正午时踏进光焰

郭爽 著

新星出版社 NEW STAR PRESS

青马（天津）文化有限公司
出　品

你曾在夜里行过群山，
在闪烁星空下赤裸头颅，
于正午时踏进光焰，
知晓某种欢乐，如我一般。

——迪伦·托马斯《青年呼唤长者》

目录

鲍时进

程家伯伯没有表情。一张他的黑白照片，被镶进相框挂起来，对着吊唁的人迎来送往。他面前一高一矮两个背影，是两兄弟。高的壮的是鲍时进，矮的瘦的是程永年。两个背影印在挂着程家伯伯遗像的黑布帘子上，把“奠”字的笔画冲散了几笔。

“走得还安详？”

“嚎了一晚上。”

“面容还安详？”

“可怜得很。”

“嗯。”

可怜得很。没有供桌，没有供果。白纸黑字一副挽联。亲戚朋友来行礼，就站在顺着煤棚门口搭出来的塑料棚里面，对着黑白相片鞠个躬。工人阶级不搞封建迷信，但程家伯伯幻想过的党旗，最后也是没能盖在身上。最后有什么呢，不过是睡在煤棚里一块卸下来的门板上面。连他的遗像，自己都做不了主，平时总在脸上挂着的一丝笑意，在这张照片里也见不着了。

老鲍老程两个背影，跟旁边蜜蜂一样乱转的人群格格不入。

“鲍脑壳！”嗡嗡作响的蜜蜂堆中飞出一个胖子，拥上来招呼老鲍。

“哟！老鲍！”更多的胖子发现了老鲍。

其中一个胖子嘴快：“你咋来了？”

我咋来了，老鲍张张嘴，两三秒，又闭上嘴，只是把两只眼睛瞪大了，像机关枪一样笃笃笃扫射着隐形的子弹。胖子们也哑了声，只把短短的手在身体两边摇摆，想要弄出些动静来。

这几年，厂子里的老人像被割草机齐整收割的谷子，一茬一茬地走。绝大多数葬礼，都是扯块黑布做帘子就收起礼钱来。老鲍基本都到。倒不是来蹭回丧饭吃。说起来寒碜，但回丧饭少则两顿多则连摆三五天，一家三口五口围着坐下，鸡鸭鱼肉一桌摆满，主人还得客客气气招待起来，很划得来。老鲍不缺这口，都是厂子里的人一而再、再而三地叫他来。老鲍，怎么少得了你。撑撑场面。毕竟，厂子到了今天，还能让一厂人在小城里直得起点腰板的，也就只有鲍时进了。

所以，这些敢问老鲍“你怎么来了”的人，多少捅破了这场葬礼的不寻常。

老鲍不言语，老程像根哭丧棒一样挺着，悄无声息。胖子们觉得也是无趣，就像遭撵的鸡，散了散了。

天倒是个寻常天。不晴不雨，烟灰色空气绷成一层纱。只有灵幡是白色，在风中招摇。幡下面又细又长一根竹竿，指向密密麻麻的人头。

再近点，看见的是从灵棚里退出来的老程和老鲍。烟一阵阵从两人背影处冒起来。老鲍三两口就把烟嘬得只剩个屁股，老程慢悠悠地，倒像是烟在抽他。

熟人话疏，又是当了半辈子兄弟的俩人，这时候就更没有话了。

只有太阳慢吞吞地应和他们，从云堆里挤出一条缝缝，光漏出来。很薄的金色，先是碎点点，然后成片，最后成了鸡毛掸子一样的光束，扑打着灰蒙蒙的空气。老鲍吸一口气，夹带着回丧饭里水豆腐的香味，跟老程说："这豆腐可以。"

"吃饭？"老程问。

"整两口。"老鲍答。

两人就往灵棚边的塑料棚走，抖张小桌子支起，喊胖子端饭来。程家老二还是老三的媳妇在边上打毛衣。不到五十的人吧，两颊无肉，头发枯黄，两只脚撇开踩在炭盆上烤火。毛衣针每捅几下，她就嚎两声，但就是挤不出眼泪，于是再捅几针。

这年头，还有谁打腈纶毛线呢。

胖子端两个灰色土碗上来，一碗水豆腐、一碗酸菜豆米。两个白瓷碗，各是一碗米饭。老鲍先刨口饭。饭是甑子蒸出来的，嚼在嘴里沙沙响。他其实从小都不喜欢吃甑子蒸的饭。那是苦日子的吃法。油脂都被米汤带走了，饭粒膨胀得再大，吃了也饿得慌。吃米得实实在在吃。老程倒酒，一瓶尖庄，直接倒在喝茶的玻璃杯里面。有了酒，杯子影影绰绰照出些人的形状来。

程永年，在程家排行第五。单身。无业。看看他那四个兄弟姐妹，跟"奠"字上面的程伯伯长得多像。鹅蛋脸、小眼睛，眉梢下垂。笑的时候五官皱成一团，像嘴里含了糖。

程永年呢，瘦小个子上长了一副不协调的浓密方正五官，跟其他四人一点也不像。

四张鹅蛋脸在棚子里外穿梭，当老程和老鲍这两个国字脸不存在一样。

国字脸的老鲍抿了口酒，低声说："这家怕是要分。"

"反正我也不想过了。"老程用手指蘸了蘸倒洒在桌上的白酒，放到嘴里抿。

"讲些鬼话。房子被程家几个收了，你睡桥脚？"

老程把玻璃杯靠在嘴皮上，答不出话。

老鲍拿筷子去夹水豆腐。筷子斜着插下去，戳起一块豆腐来，再戳一小坨辣椒放在豆腐上。等豆腐滑进胃里，带着一点温热劲儿他说："老子今天菩萨得道了，看你这个鸟样。来我工地做活路。一口热饭总是有的。"

老程放下酒杯，垂下头，又抬起头。

"就这点出息。淌猫尿。"老鲍吼他。

老程擦擦眼泪，擤擤鼻子说："欸，哥。"

打毛衣的程家媳妇唰啦啦扯着扒火的铁钩，把炭拉得翻灰。炭灰里还带着火星，直往老鲍的衣服上撞。老鲍放下碗，蹿到棚子外面，左右手交替开工，拍打着熨得齐齐整整的西裤和外衣。婆娘倒是不急，随手把火钩靠在炭盆边上，捋了捋额前的碎发，不动。

骂也不是恼也不是，老鲍只好掏根烟出来抽。棚子里面，程永年还在抿那杯酒，歪歪斜斜倚在椅子上。

天是个寻常天。所以老鲍连仰起脖子怒吼"老天爷，人在往天上走你下雨湿他的脚?！"或者"你发疯了？人都死了还下大雪断路!"的理由都没有。他一腔的悲愤显得不合时宜。所有人都悄无声息的。当然，他们嘴皮子没停下，嗑瓜子，说闲话，但心里面像河滩上的沙子一样静。

程家那几张鹅蛋脸在他面前晃来晃去，但就只有程伯伯那黑白照片招呼他。照片不是会摄走灵魂吗？为什么他盯着这张纸片那么久，还是什么也感觉不到呢？哪怕一点气息或者血肉？至于帘子后面躺着的程伯伯，烧了，也不过就是一堆矿物肥。

老鲍把才抽了两口的烟丢在地上，皮鞋上去踩踩踩。不晓得是要出气还是找气受。然后又点一根。烟燃起来，雾腾腾地绕着程家伯伯的黑白照片裹一圈。他的心思已经从厂子走到城里、从现在走到四十年前，来来回回好多趟了。他看着那张印着程伯伯样子的纸片，无端端地生气，图啥子嘛，老了，死了，睡这么个塑料棚。再用力吸一口，感觉烟戳进肚子里面了，才下了决心。走去程老大面前，伸手从裤兜里面掏出几张钱，在裤腿上抻开，“挂礼。”

程老大白麻布孝衣下面伸出黑黢黢的一只手，接过钱，冲棚子外面喊：“有客！挂——礼！”“挂”字和“礼”字之间拖得老长，像是要拖出一条财路来。

程老三戴个金丝眼镜，镜片油腻腻，装模作样咳两声，提起毛笔在白布上写——“鲍时进，礼洋伍佰圆”。

阳上小友鲍时进挂礼的那五百块钱，是早上李春凤硬塞给他的。

他站在衣柜面前对着镜子扣扣子，李春凤突然从床上弹起来，鸡窝一样的头发堆在镜子里他的肩膀上，“路过程家就把礼挂了。”

李春凤，圆脸盘，小个子。都说圆脸的人有福，放在她身上也确实没错。看女人要看手看脚。你近看李春凤的手。细嫩。看她那双拖鞋。缎子高跟还镶了些水钻。讲究。这是个小城，她都快五十了。懂了吧？

两口子吵吵嚷嚷起来，倒也不是扯皮。

“老子才不去。”老鲍硬着脖子。

“你管不管程永年嘛？”

“老子不管。”

“你不管哪个还管得起？”

“死的那个。他生都生得出来还管不起啊？”

“他把你也生出来了，你有本事不要喊他作爹。”

“老子又没喊他把我拱出来，老子要退货。”

李春凤不听他啰嗦，掀开被窝，在红色的皮包里数了五张票子，直接塞进老鲍裤兜里。

“你现在净是对我暴力执法。”老鲍装作要生气。

李春凤帮他扣上最后一颗扣子，抚平衬衫前胸的皱褶，“我还不是为了这个家。”

这个家，四室二厅，双阳台，还有个放着自动麻将桌的娱乐室。客厅外的阳台上，月季、茉莉、文竹、山茶在寒风中抖动。虽然是寒冬腊月，不见花朵，但叶片却绿油油的，看得出主人家的悉心照料。娱乐室外的阳台上，花盆里种些辣椒、西红柿，青的青红的红，讨人欢喜。还有一串串李春凤做的香肠、腊肉，挂在阴凉处风干。确实是个齐齐整整的家。

老鲍也就没再犟。

李春凤爬回被窝，“快走快走，我要看都教授。”她坚持要买这张两米宽的床，床垫还特别厚。只有一米五三的她，每次上床都像登珠穆朗玛。老鲍从镜子里看着李春凤，蓬松的睡衣下面两条圆圆的小腿，一蹬一蹬，糯得很。抱着平板电脑笑嘻嘻。

他把黑色小皮包夹在胳肢窝下面，还算高兴地出门了。

这是个小城，如果进去走，半个小时，就能从城北走到城南，一条河破开南北城。厂子原先在南岸，东郊一大片。但城一点点扩张，厂也就搬远了。家属区搬不动，还留在原地。但不管是家属区，还是十公里外的新厂区，都是下风口。下风下水。

老鲍自然不住这片。他的四室二厅新房子，买在河南岸新修的小区。老城正中，黄金地段。洋气的是，还装了地暖。一个月烧电要烧千把两千块钱。所以他出门去老字号牛肉粉馆吃早餐，也就走了两三分钟。

今天的粉烫得可以，不软不硬，汤头适中。他埋头唏哩呼噜吃起来。头天晚上喝多了，所以他今天没有点红烧，要的是清炖。清亮的牛肉汤里面，粉、牛肉、牛肚、牛舌混在一起，芫荽绿油油，这是碗“全家福”。热乎乎进了胃，逼出残余的酒气来。

“哟，鲍总，开钱没有我来开！”旁边一个男人声音。

老鲍顾不上抬头。

“鲍总，吃早餐啊。”

他这下抬头看了，但碗还是没有放下。一个干巴瘦小的男人，好像认得，又好像不认得。就稀里糊涂点个头。

“讲出来你肯定不相信，猜我昨天遇到谁了？”干巴男人兴奋得眉毛都往上提了。

老鲍把一筷子粉窸窸窣窣吸到嘴巴里，脑袋晃一下当是回应。

“钟五四！狗日的我喊他他装听不到！拎个密码箱，穿个毛领子的皮大衣，鬼眉鬼眼的。我一眼就把他认出来了！”

老鲍捧紧碗。

“大清早的，一个外地车牌车停在我家对面。翘起屁股钻出来一个男的，还拎个密码箱。你说怪不怪？我赶紧去路对面看。还没有回头我就认出来了！钟五四！

“我说，小五四，你现在晓得回来了啊，你妈你爸往生都不见你。全靠我们这些老骨头去扛棺材板板。

“你猜他咋回答？说出来简直气死你！他说，哥，披麻戴孝这种事，又强求不得。大家学雷锋做好事，就不留名嘛。

“我说，小五四，你在外面躲这么十几年，现在敢回来，不止我一个人要找你算账。你现在敢跟我雄起，等着，有别人跟你雄起。

“巧不巧？巧不巧！鲍总，今天我居然就遇到你！”干巴男人早就吃完了他的粉，就着店家免费的稀饭和泡菜又吃起来。

鲍时进喝干了碗里的汤，走去隔壁桌扯了点卫生纸来擦嘴。纸一沾嘴就被油胀满了，这碗“全家福”倒是真材实料。老鲍把纸坨坨甩到地上，再一脚把它踢滚到桌子下面去。

毛领子皮大衣，密码箱。

他也不晓得自己在嘟囔什么。

干巴男人眼珠子转动得滴溜快，晾出黄色眼白和红血丝，自顾自说着厂子里就盼着钟五四这个砍脑壳的回来，这下我们不可能放过他的。鲍哥，鲍总，你说咋办我们就咋办。

鲍时进却像失了魂。

半天，干巴男人怎么说也没激出鲍时进一句话，只好随口说，程家老爷子听说今天就出殡了，他眯起眼睛，“可缺不得你啊鲍总。”

“关你屌事。”老鲍终于说出了第一句话。

程家老爷子，也就是鲍时进喊的“程伯伯”，大名叫作程万来。

工程的程，万岁的万，来往的来。程万来都是这样自我介绍。然后一边伸出右手跟同志握手，一边欠身点头。不认识他的人，都会暗暗笑话这个锅炉工——还别支钢笔在胸口，一个烧锅炉的装什么知识分子派头。有了点交往后，他们会笑话得更厉害了——这个烧锅炉的虽然爱写错别字，但还真是个臭老九。他闲来无事就研究地方志，还把十里八乡的村寨名字编成好些个谜语，动不动就拿来考你。他的谜语吧，还不是“一脚踢开茅厕门——打一地名”这种博得满堂大笑的款式，而是“磨麦赈灾”“井里淘金”这种特别拗口的。光是谜面都要解释半天。“磨麦，就是磨麦子。赈灾，就是用粮食来安抚受灾的群众。安抚？哎呀，安抚就是慰问、慰劳……”就算他自已解释清楚了，猜谜语的人也听懂了，最后揭盅的也是一个不好笑的谜底。

久而久之，大家说起程万来，都会先赞不绝口：“好人！”然后再补充几句不痛不痒的小评价。但就是这样，闲言碎语往往传得更远。没几个人记住程万来是个好人，但都记得他有点迂，好打发，容易骗。

要说起来，也是托钟五四的福，才让鲍时进对这一点有所了解。

那时候，鲍时进、钟五四他们刚开始长胡子。身体像甘蔗一样在抽节，胃口也就大得吓人。路边的野草都要扯下来嚼个稀巴烂。更不要提那些喊不出名字的浆果，统统塞进嘴里，把牙齿都染黑了。

但一点小果子抵得住什么呢，心头想的还是肉。那时候，“文化大革命”已经闹了七八年，国务院提出要整顿企业、压缩基建规模，一厂子人心惶惶。哪里可能吃饭带荤。各家各户也就有点过年前做的腊肉，初一十五打牙祭，好日子里割一点，总算能熬过大半年。就这么一点黑黢黢的香肠腊肉，怕老鼠惦记，怕猫儿惦记，更怕这些饿昏了的半大小子惦记。都收收捡捡，藏在哪个窗户看不见的角落里。保险起见，再罩层报纸。

程万来家住的是一楼。饿死鬼一样的钟五四，天天围着宿舍打转转，终于有一天，被他发现程万来拿个菜刀，遮遮掩掩在房间的一角割腊肉。

第二天下午，上工的铃声一敲，宿舍区就空了。钟五四三两步就从树荫底下蹿出来，爬上了程家的窗台。那时候家家烧煤，一个带烟囱的铁炉子，总是放在房间正中央。煤燃起来要出烟，烟囱就要伸到屋外面去，于是，玻璃上总会凿个圆孔走管道。可是程万来这个孔乙己特别不管事，窗户一格的玻璃整块取了，弄个纸板遮着了事，上面戳个窟窿过烟囱。没有他这心不在焉的样子，也不可能招来饿疯了的钟五四。

几手脚，钟五四就把纸板扒下来了，再拿个铁丝勾啊勾的，就把窗栓拔起来了。窗户一开,他整个人跃进屋里去。简直身轻如燕。

这些，鲍时进都看在眼里。他就站在对面楼道里放风。程伯伯家的东西他不能偷，但那是肉啊，你不想吃肉啊鲍脑壳？五四恶狠狠地盯着他，就像他是块红烧肉或者回锅肉或者炖牛肉。眼睛都盯出油光来。鲍时进咽了口水后就不言语了。

程家虽然娃娃多，但都跟程万来一样不会说话不会做事。该上课的时间就上课，关在教室里虽然目光呆滞但绝不逃课。不会有哪个人把守在家。所以，这块腊肉在声声召唤钟五四。出于义气，也考虑到站岗的重要性，五四跳进房间的那一下，决定腊肉可以分一半给鲍时进。之前他想，分个尖尖就够意思了。

好多年后，钟五四都记得那块腊肉的样子。不是说那腊肉长得多么俊美，或者放了什么特殊的香辛料让它异香扑鼻。而是，因为主人家在它外面牢牢包了好几层报纸，放的时间又太长，最里面那层报纸上的字就长到了腊肉上。一块喊着领袖语录的腊肉。腊肉中的魁首。

但对钟五四这个没文化的来说，虽然这画面让他震慑，他想的却是——吃下去，怕是要变文曲星噢!

站在阴影里的鲍时进，听见蝉突然大声地叫起来。而他的拍档被手中的腊肉定住了。如果讨厌的蝉声不是那么响亮又持久，他一定以为时间停止了。

让画面重新动起来的，是程伯伯。他掀开门帘，从里屋走到了正屋。跟钟五四面对面。

原来,他就属于“压缩基建规模”里那个被“压缩”的。当然，这些是事后才知道的。当时的情景就是，他居然没上班，他居然就在这个屋子里头。天哪。

钟五四的胆大包天，大概就是那时候练就的。

他张嘴就来:“革命不是请客吃饭,你私藏腊肉！”顿了顿又说:“扭转国民经济下滑，响应号召，要努力生产，你为什么不生产？”这句话问出来，威风凛凛，把程万来和五四自己都吓着了。

汗顺着下巴滴下来。蝉叫破了空气。

五四抓紧腊肉从窗子上跳出来，狂奔突进，搅起一股旋涡状的热浪。鲍时进一边腿脚生风跟着往前跑，一边回头看了一眼那痴痴傻傻杵着的程万来。

只剩那些讨厌的蝉在拼命叫唤。

原来我们不是顾念所见的，乃是顾念所不见的。

在牛肉粉馆听到钟五四回来了的消息后，鲍时进脑子里翻来覆去都是他跟钟五四的第一次“革命行动”。为了吃上肉，第一个拿来开刀的，居然是程伯伯。

程伯伯窝囊。连一块腊肉都保不住。程伯伯。

不窝囊，像他和钟五四那样，过大侠一样打打杀杀、飞檐走壁的人生，又如何呢？当然，这个打打杀杀，只是个夸张的说法。

鲍时进从车窗望出去，一个老太婆拿着钉锤、铲子，正在路边的一堆煤上敲敲敲。把大煤块敲成小煤块，小煤块装进铁桶里。吭吭哐哐。老太婆吐瓜子壳一样念叨着又是哪家不要脸的偷了煤，昨天明明有多少多少，今天又少了多少多少。哪家生娃娃又要没屁眼了。

老太婆背后就是红砖的厂区宿舍楼。连绵一大片。陈年的潲水桶，猫狗人的便溺，腐烂的落叶残枝和太久没洗而发霉的棉毛裤，从每一块红砖缝缝里漏出来。这些味道根本是经年累月的尴尬。一个厂子里几百号人，挤着住在这建制一模一样的屋子里。你家的厨房正对我家的客厅，共用一个臭气熏天的厕所的时候，也就谈不上什么体面了。

“走！”鲍时进对司机小刘发令。

小刘也是等久了，一脚油下去，把过眼的陈砖旧瓦、枯枝败叶冲开，撞出他们回城的路来。黑的红的一切从鲍时进的眼角擦过。他伸手掸落衣服上的一粒炭灰。

钟五四这个卖屁股的，怎么说走就走呢？

钟五四这个砍脑壳的，现在回来图什么呢？

这条路刚上过一层沥青，白色的虚线崭新得扎眼。车子像吃面条一样，把虚线一口口吸进来，吞下去。不知餍足。

就在这黑、白和灰蒙蒙的空气里，突然闪出一点红来。

穿红内裤的钟五四从马路上蹿出来，后面尖叫着追他的是李群芳的老公。那男人左手扬着锅铲右手提着菜刀——你个砍脑壳的钟五四！偷人偷到我屋头了！

鲍时进伸长了脖子要看个究竟，钟五四红内裤下面的大腿像田鸡一样肌肉纠结。三两步就跨上他车子的挡风玻璃来，像巨人一样要从车子上碾过去。

老鲍吓得身子直往座位上贴。

但只一眨眼工夫，钟五四就消失了。马路上只剩泥巴和汽车尾气。一个包头巾的布依族妇女，坐在马路边上卖烤苞谷。苞谷叶子燃起的烟黑黢黢地腾起。

撞鬼了。老鲍嘟囔。

钟五四此时就在小城的一间客厅里喝茶。毛领子，皮大衣。茶喝得客客气气。

鲍时进的手机这时候像心灵感应一样突然叫起来。

“喂。”他嗓子含糊不清。

“快来老丁这儿。”是陈毛。

“大中午整什么农家乐哦。”

“就等你哦。”

“有事。”

“你哪天没事，来来来，我给你整只甲鱼。”

主人的邀请和老鲍的拒绝，来来回回换了好几个花样，老鲍还是咬得紧说不去。陈毛没了辙，只好软绵绵地问，天塌了说，啥要紧事。老鲍不理他。陈毛在电话那头扭捏得像个女人，沉吟半天，才对着电话吐了一句——有人看见钟五四回来了。

“关你屁事。”老鲍粗粗吐一口气。

“有人看见他，从老房子里钻出来。”

陈毛又啰啰嗦嗦补充细节，就是钟家在厂子里的那套老宿舍，钟五四躬身提个密码箱，不晓得放了什么好东西。他请老鲍放心，自己已经到处在打听，到底这货是回来搞什么勾当，这些年又跑去了哪里。

老鲍听他半天都没说出什么东西，有点不耐烦，“没有消息你啰嗦个屁。”

“哥，老子剥他的皮抽他的筋！”

“你喝他的血嚼他的肉嘛。”老鲍讥诮。

陈毛一听笑了，“要咪西，我也咪西小姑娘。”

“八格牙路哟。”老鲍也笑了。

该不去还是不去，电话该挂还是挂了。

鲍时进确实有点事，他突然想起了龙干妈。车直接开回了城。穿街走巷，一路往北去。

龙干妈不是鲍时进一个人的干妈。龙干妈的儿子龙顺，跟鲍时进、陈毛、钟五四一批进厂当学徒。守机器时打瞌睡，大半个身子卷进机器，送到医院没多久就断了气。

死无全尸，简直是对龙家三代单传的一个诅咒。于是哥儿几个都认了龙顺妈做干妈，要给这个小个子女人壮点气，活下去。

龙干妈一个家庭妇女，倒是很有生意头脑，先是在厂子外面租了个小铺面卖糖烟酒，慢慢炒点饭、做点卤菜给下了班的年轻工人下酒吃，后来攒够钱，就在北边买下一个小门面，二楼自己住，一楼开小馆子。还是做这些酒客生意。没有儿子，倒也没有太为下半生的生计发愁。手脚带风，尤其炒饭的手势，一把锅铲在手里转得生风，看着就不是普通老年妇女。

车在巷口停稳,鲍时进抬脚往干妈家走。没走几步,又调转头来。

巷口对面的房檐下，一个乡下婆娘守着两个竹筐，一根扁担。竹筐里橘子堆得冒尖，黄中带红，个个饱满。鲍时进背着手，隔两三步看那些橘子。大红袍。他念叨橘子的名字。这方的名产，到寒冬腊月就上市，红彤彤的让人欢喜。

婆娘看他眼神不动，开口招呼："老人家，买点橘子嘛。"

老人家。鲍时进本来汪着口水的嘴巴变得又干又苦。憨婆娘。话都说不周正。

老鲍把手背得更紧，简直像箍在自己身上了。操正步一样直挺挺转身要走。婆娘又说话："自家老树子结的果子，尝尝嘛，不是大红袍不要钱。"

老鲍揪起一个橘子，几下把皮剥开，橘瓣滑进嘴里，又甜又凉。哟，简直太甜了。他嘴巴还不闲："你这个哪里是大红袍，酸溜了。"婆娘也不接他的话："十块。十块一斤。""再喊贵点嘛，橘子里面有宝哦。"鲍时进吞下一整个橘子，橘子皮甩在地上，薄薄一层黄。嘴巴讨嫌是讨嫌，老鲍右手扯下一个挂在扁担上的塑料袋，把黄红黄红的橘子塞进红色的塑料袋里面。

鲍时进喜欢橘子，尤其是这时节这地方的橘子。冰糖一样冰，冰糖一样甜，吃了好过年。他还是个娃娃的时候，攒的零花钱大都拿来买橘子。只是这橘子，越吃越少了。

小时候，大红袍还常见。后来就珍贵起来。果农怪他们厂把水搞坏了。全部往河道里面排污，水都黑了！厂子里的人却说，明明是农民懒，不拿榨油剩下的油枯来沤肥，用化肥。活该，大红袍哪能喂化肥！城里头的人却说，几棵树子了不得啊？还学人家分家产。挖来挖去，砍去砍来，树子怎么活得下去！不管怎么吵，说法又如何多，这种长得极美味道极甜的橘子，确实渐渐少了。都说，要绝种了。但小地方的人，也就嘴巴上说着“吃一个少一个”，叹叹气，就过去了。

婆娘从老鲍手上接过钱，撩起围裙，揣进裤兜。钱落袋了，才又抬头看主顾。只见老鲍拎着个红塑料袋过马路，两条细腿在裤子里晃荡，上半截身子圆鼓鼓，不协调得很。简直就是个会走路的橘子。婆娘龇牙咧嘴笑，风又急又冷，她舌头翻上去舔舔门牙。

风又冷又急。

龙干妈正准备睡午觉。一件棉衣披在背上来开门。“脑壳，干妈正想你呢！”

在这个小城里面，虽然鲍时进也算个响当当的人物，但喊他“鲍脑壳”和敢喊他“鲍脑壳”的，都是些真正的老相识。就像龙干妈当年说的那样，“脑壳最转得快的，还是时进！”

“来看看干妈！”鲍时进把一袋橘子先递到干妈手里，“正宗大红袍，吃一个少一个。”

“吃饭没有？”

“吃过了，吃过了。”鲍时进在皮沙发上坐下来。

干妈拎起暖水瓶,“别人送给我的铁观音,有点高档。泡了啊？”

“得行。”鲍时进眼睛随着干妈的手走去那礼盒装的铁观音茶叶上，“哪个比我还孝敬？”

“五四,五四来过了！”龙干妈把茶叶沙啦啦倒进杯底，像要变撒豆成兵的把戏。

“哟，发财了啊，还是想不通要回来自首了啊。”老鲍点支烟。

“五四还是多想你的。他早上一来就问我：‘鲍哥在不在城头？’还说有事情要找你。”干妈把茶端过来。

“找我那还不容易。”一口抽掉大半支烟。

干妈手停不下来又给时进削苹果。苹果皮一圈圈随着小刀往下转，露出粉白粉白的果肉来。干妈手不停，嘴也不停，跟时进数算着五四的模样、谈吐，她对五四的叮咛。看他过得这么好，钟家两老泉下有知也瞑目了。削好苹果递到时进手里，干妈突然站起身来去翻抽屉。

鲍时进接过干妈递过来的那张名片，从胸前口袋里摸出老花镜戴起来，仔细看那张金灿灿的小纸片。“鸿业有限责任公司，钟五四总经理，平阳市富民路 7 号”。这么些年没有他消息，原来跑去邻省的小城市猫下来了。名片背面光溜溜，不像一般老板都会印上自己的主营业务。

干妈看时进盯着名片不动，苹果又是一口没吃，就又动手削一个橙子。话说这么多年了，龙干妈逢人就说“我们时进如何如何”，夸耀得很。但她根本不知道，鲍时进只爱吃一种水果，就是大红袍。

这些，鲍时进暂时都没去想。他摘下老花镜，看着名片上的字一下子模糊了，但再怎么模糊，钟五四这几个笔画简单的大字，也还是印在他眼前。

五四跑的那天，是个星期天。

鲍时进之所以记得这么清楚，是因为那时候每个星期还只有一天公休。宿舍楼中间的水泥空地上，娃娃跑的跑跳的跳，几个婆娘在剁辣椒。一个大澡盆，泡满了红艳艳的辣椒。准备入冬了，剁辣椒，这边的人习惯在冬天来临前储存一个年份的收成和辣意。

平白无故就一声女人的尖叫："啊——"的一声，尾巴拖得老长，钻进耳朵还打转转。然后就是楼上楼下的脚步声，咚咚咚地有人下楼。哎呀，热闹不看白不看啊。鲍时进也冲去阳台上，他家住三楼，阳台正对空地，简直就是包厢位。

一个女人披头散发塌在地上。拖鞋一只套在脚尖，一只踢翻在地。乱蓬蓬的头发下面，好眉好眼一张俏脸。居然是李群芳。都是几十年的熟人、同事、朋友、亲戚，拉的拉劝的劝。嘿，她就是不起来。人群里面嗡嗡地挤出些字来。什么钟五四、什么跑了、什么良心狗吃了。大家议论、叹气了一阵，又继续拉和劝。李群芳却铁了心一样要跟屁股底下的水泥地共生死。不起来。

那时候又没有手机，鲍时进咋可能通知钟五四呢？他只是摸了烟出来，看这婆娘要闹多久。

其实也没有多久。因为比李群芳叫得更大声、更凶的是她男人。他弓着背冲进这个临时小广场，指着李群芳吼："给老子回家！"李群芳怎么可能听他的，她的爱人钟五四刚刚留下一张小纸条说他

“走了”。她男人等了等，没有反应，小广场上的眼睛嘴巴又那么多。他突然一把扯住李群芳的头发，死命把她往前拖。人群一下就炸开了，七手八脚把那瘦精精的男人按住。女人们赶紧掏出手绢来，擦着李群芳的眼泪、汗水和鼻涕。李群芳像个面团一样被那些平时近不得身的老妇女揉来揉去，一会儿就没了形状。裤腰下面白生生的肉露出一截，好像真的不知羞耻。

再好看的女人，住在这厂子里，都迟早没了个形状。

鲍时进被烟烧着了手指头，才发觉，自己原来比李群芳更后知后觉。耳朵里面嗡嗡响。五四真的走了？

直到现在，他也没再见过钟五四。腊肉偷来后，被五四洗得白生生的，煮得又软又香，咬进嘴里糯得要化了。五四够义气，一大半肥的扒拉到时进碗里，自己嚼着有点柴的瘦肉，笑眯了眼。

鲍时进从没想过，五四会一走了之。

龙干妈磕着南瓜子，脆生生的。看老鲍跟个木头一样，她就主动问起话来：“程家伯伯的事，办得还圆满？”

“就停在楼脚煤棚里面。”

“我们这种半截入土的人，最看不得这种事。”

龙干妈说，厂子怎么就垮成了这个样子。程万来虽然不算个什么大人物，但老了死了，怎么能在煤棚里面了事呢？说是煤棚，煤恐怕早就没有了，乌七八糟堆些杂物，跟垃圾场没个两样。程家伯伯啊，好人不得好报啊。

“哎，只是苦了永年。”龙干妈抬一只眼睛看鲍时进的脸色。

“几万块钱买断工龄，以为吃得起饭。”时进说。

“那是当时。现在吃不起了。”

龙干妈端起茶杯，呷了一口茶，连连说清香得很。鲍时进也就端起来喝了两口。太淡。他喝惯的是绿茶。泡得很酽，茶叶老老实实沉在杯子底。不像这铁观音，吸了水都把大半个茶杯胀满了。外面的东西，终究是不行。

鲍时进抬头，“卖厂子的事你晓不晓得？”

“我晓得。不不，我怎么可能晓得。”

“五四牵的线。”

“五四他偷人可以，偷钱不敢。”干妈又磕响了一颗瓜子。

“那他跑什么跑？”

“那是大人物喊他顶包。”

“哪个大人物？”

“上面的。”

“上面的？”

“省里面的。”

“省里面的？”鲍时进回想，干巴男人说，钟五四开的车是外地车牌。这个外地到底是哪个外地？

龙干妈乱蓬蓬的一窝头发中，眼睛突然一闪一闪。

“脑壳，干妈话说出来你不要生气啊。”

鲍时进点点头。

“人家都说，是你把厂子卖了的嘛！”

鲍时进“唰”一下站起来，把茶几都撞歪了。

“我得了钱我不跑，留在这里等死啊！”

“你生意做得可以啊，后来。”干妈说。

“我日！有鸡巴关系！”

“人家不都说，你不做亏心事，你养起陈毛他们做啥子？！”

敌军冲破了我军防线，小鬼子一脚踢门进来，对着老鲍的胸口一刺刀。刺刀白花花，插穿了老鲍的身体，小鬼子想拔，拔不出来。两个人拉扯，血和肉，肉和血。老鲍觉得好痛。痛得眼前一阵白一阵黑。不晓得是不是梦。梦咋会这么痛。

到现在，我们可以看得很清楚，从今天早上开始，这才到中午，鲍时进已经蹚了几次刀山火海了。虽然在外人眼里，哪怕在一直陪着他的司机小刘眼里，他不过是去挂了个礼，然后高高兴兴买了橘子去看干妈。

卖橘子的乡下婆娘喊他“老人家”。这称谓背后是什么呢？老鲍想不清楚。

他妈去得早，老爹倒是活得长，但前两年也走了。这世上跟他还淌着一样血的、热滚滚的血的，就剩程永年，还有老鲍和李春凤生的娃娃了。数来数去只能竖起三个手指，老鲍一惊。

其他亲戚？父母的兄弟姊妹？那辈人谁不是灌一耳朵南腔北调，老了死了，“荒冢一堆草没了”？没意思的，对吧。

娃娃是来讨债的，你巴心巴肝伺候她，她大了就飞走了。说来说去，只有永年跟自己是连在一起的。但鲍时进你怕人议论，怕人嚼舌根，你这些年来也没帮扶帮扶永年。永年都五十了。连个住处都没着落。

老鲍越想越难过，简直就要抽起自己耳光来。

更不要提养了永年半辈子的程伯伯。

他猛地把车窗按下来，风灌进来，刮着他的脸。

“鲍总，空调开大了是不？”小刘问。

“闷得很。”老鲍说。

“这天色，恐怕是要下雪。”小刘说。

雪是没有下，只是天更阴了。

程永年蹲在KTV门口，麻布孝衣都没有脱。看鲍时进下车，赶快走上去，“哥，没得事嘛？”

鲍时进摆摆手，直接往包房里面走。KTV走廊上站满“少爷”“公主”，准备上班前的点名训话。一看鲍时进腿脚生风地进来了，“鲍总”“鲍总”的叫唤此起彼伏。程永年乖乖踩着这些叫唤进去。

VIP还不够，又加了一个V，这个包房变成VVIP。宽倒是宽敞，一箱啤酒三个人，飞只母鸡进来都撞不到人。经理推门进来寒暄，扫了一眼马上怒骂一个“少爷”：“鲍总喝不得啤酒！马上给我换支皇家礼炮上来！”转过身笑眯了眼对着鲍时进，“鲍哥，蓬荜生辉！蓬荜生辉啊！”

鲍时进摆摆手，“今天都是家人，不搞那些。”

经理一口一个“是”，应着声，背对门口一点点退出去，笑留在房间里。他是个外地人，但本地话已经说得不带口音了。

包厢门突然开了，先是一只手，然后半个身子，整个脑袋，人模人样的钟五四。程永年目瞪口呆。

三人也没有打招呼，各自抽各自的烟。

程永年这才想起把身上的孝衣脱了。麻布孝衣团成一坨放在沙发边上，他坐到茶几面前的小凳子上去，把酒开了。说是小凳子，其实就是个墩子，“公主”穿迷你裙坐上去，不小心露出大腿根或者小内裤，老男人们就很开心。现在程永年坐上去，腿并拢也不是叉开也不是，最后只能像大师兄悟空要起飞时候的造型一样，跷个二郎腿，单脚点地。自己都觉得笑人。

永年就这么没心没肺地笑了几声。空气也就松动了些。

老鲍指指钟五四手边的密码箱，“什么宝贝？”

“哥，没得必要嘛。”

“腊肉都舍得，一个箱子舍不得啊。”

“我总有点隐私嘛。”

“学洋气了啊？隐私。”

“没得，没得。”

“把你睡婆娘那点本事拿出来啊。”

“说是这么说……”

“我还是不是你哥？”

“肯定是啊。”

鲍时进要起横来，谁也挡不住。又是这么多年的情分。

钟五四只好弓着背，手指拨弄着红色的密码数字。三个数字选好了，右手在保险栓上一拉，箱子就弹开了。

程永年伸长脖子去看，大吃一惊。

两张黑白遗像，把箱子挤得满满当当。左边是钟五四他爸，右边是钟五四他妈。

“耍老子？”鲍时进火冒三丈。

“都说是我的隐私。”钟五四坐回沙发上，想把笑意从嘴角生生挤回去。

鲍时进一把揪住钟五四的衣领，拳头就要落下来。程永年从墩子上跃起，死死箍住鲍时进的身体，“哥！哥！要不得！”

钟五四踉踉跄跄往角落里躲，一边嘴上还在骂：“鲍哥，你昏了?！东西咋会在我手上！是刘志平喊他女儿调的包，你忘了?！”

鲍时进的拳头在钟五四双手护住的头顶停下了，程永年被这个急刹车带得一屁股坐在地上。三个半百男人，泥巴一样塌在地上。

刘志平的女儿？鲍时进脑袋里面，石头裂开、松动，被山洪冲成一股泥石流。唰啦啦连泥带水往下冲。他看见钟五四的嘴巴张张合合，好多字涌出来，但他什么都听不见，不想听见。

程永年也惊呆了，但他始终是局外人。局外人一是听得进，二是不会痛。所以，之后他的大脑选择储存而不是删除这段记忆。

钟五四说，当时，厂长刘志平喊鲍时进和他，一起把厂子的调研文件送到省城去。那时候进城还没有快速路,他们坐了半天的车，傍晚时候到的省城。为了办事方便，就住在省委边上的小招待所里面。

当天晚上，刘丽丽来了。刘丽丽，刘志平的女儿啊。那时候不是在跟鲍哥耍朋友吗？都说是刘志平找了关系把她调去省里面的嘛。对对，你想起来了。

好，刘丽丽来了。穿个湖蓝色的连衣裙，腰线掐得好，头发披着。你听我说，不是我好色，是她穿成这样，事后想是有预谋。我就先回避了啊。出去乱转，快十二点了才回来。我回来的时候，鲍哥已经睡了。刘丽丽？走了啊。

第二天大清早，鲍哥先起来，就发觉文件没有了。我们火急火燎把床都翻转了，没有！咋整？只好跑去找刘丽丽。

我们冲去刘丽丽宿舍门口，她一个单身职工，就住在单位后面的宿舍楼。还好，她在。鲍哥就和她吵起来。刘丽丽说她没有拿，鲍哥不信。两人吵来吵去，刘丽丽说，哼，说不定是钟五四拿了，吃点回扣，他又不是没有干过。我有点发火，但怎么说，她都是嫂子，好男不和女斗。我跟鲍哥说，你搜我身！上上下下，包包裤子，有没有！刘丽丽怪我怪不成，就说是鲍哥自己恍惚，说不定在路上就搞丢了。

鲍哥那个脾气，你晓得吧。他把包包里面的东西全部倒在地上，乱七八糟，但哪里有？刘丽丽就哭了，说鲍哥不相信她，要分手。我哪里经过这种事啊，整个人木头一样杵在那里。我看见鲍哥扇了自己两耳光，求她不要分手。

我心头难过啊。刘丽丽单位的那些人全部出来看热闹，楼上楼下都站满了。鲍哥扇了自己，也不说话，等发配。

哪个晓得，刘丽丽就发疯了，说鲍哥疯了，要把她也逼疯了，喊我们滚。马上滚立刻滚。

到第二天我们坐大巴回城，她都没有来招待所。然后厂子就卖了啊！刘志平开大会宣布的啊，五百万安置费打发我们。

我本来等分钱，李群芳那个憨婆娘突然说怀了我的娃娃，她老公要杀我，我就跑了。咋就变成是我把厂子卖了？

程永年端起杯子喝了一大口酒，好不容易才理清楚钟五四说的事。

“五四，你现在突然讲这些，我们咋去信你？

“你说李群芳怀了你的娃娃，那婆娘后来疯疯癫癫，她男人骑车驮她出去给人家睡，一次十几块钱，不要逼脸，他还敢杀你？

“你说刘丽丽调了包，证据在哪里？”

钟五四闷下一口酒，“程哥，卖厂子的时候大家没想到会没饭吃。后来进城吃个饭都吃不起，娃娃孙孙学费都发愁，才来翻这个老黄历。

“我问你，有人造谣说你不是程万来的儿不？没得，是不是？

“为啥子没得？就因为大家都晓得，你就不是程万来的儿，你就是鲍光明的儿！

“现在造谣说我卖了厂子的，他妈心头都有鬼！”钟五四狠狠把杯子砸在茶几上。

鲍时进一直没说话，他不觉得是刘丽丽把文件偷走了。刘丽丽有次不小心在人前放了个屁，还是轻如空气的一个屁，都羞得半个月没有出门。她做不出来。

但钟五四睡婆娘睡出事来要跑，这个他基本相信。到底是谁第一个跟他说钟五四勾搭了上面的人就跑了路。“半点有假我手板心煎鸡蛋给你吃。”玩笑话记得，说话人的脸，他记不清了。

讲屎不清楚。

龙干妈还说是他鲍时进把厂子卖了。他简直想把那些红彤彤的橘子全部捏烂算了。

程永年瓮声瓮气地问：“那个文件到底写了些啥？”

鲍时进和钟五四你看看我，我看看你，不晓得怎么回答。

钟五四说：“我只晓得厂子不止卖了那么点钱，五倍，不，十倍不止！”

程永年呆呆地说：“钱去哪了呢？

“从卖厂子到现在都十几年了，大家天天骂那个卖厂子的人，越骂越凶，但有什么用？

“他们说日工资制，就日工资制了。说买断工龄，就买断工龄了。说下岗，就下岗了。

“本来好好吃饱饭，咋个突然就没饭吃了。

“我搞不懂。我脑壳太笨了。”

跟钟五四从省里面回来的那天，鲍时进没有回家。他晓得程伯伯那时候已经不在厂里面了，在城头给一个机关宿舍看大门，就直接去了那里。

门卫室里面一张办公桌、两把椅子。照顾程伯伯年纪大，专门给他支了张木板床，而不是折叠的弹簧床。程伯伯招呼时进，让他坐床上。

程伯伯说，时进啊，人生要忍耐。要忍耐，才有奋进。又说，工作上受了什么委屈都不要紧的，记住我教你背的，君不见将军昔忍胯下辱。是不是。你今年三十岁了，三十而立，好男儿要有鸿鹄之志。

程伯伯站起来，从抽屉里面拿出两包方便面，说，时进，吃点东西，吃饱了就好了。

两个面饼，一上一下叠在程伯伯的搪瓷缸缸里，作料包撕开，红彤彤的堆在面饼中央。开水一冲下去，小房间里就被防腐剂和五香粉的味道占满了。程伯伯手忙脚乱地给搪瓷缸盖盖子，“香味不要跑了。”他后脑勺上，不知道是哪个剃头匠的失误，拉出一道歪歪斜斜的白线来，像被做了个愚蠢的记号。

程伯伯说，这方便面真是高级玩意啊，你看，开水一泡，有油有味道。又说，时进你快吃，不够我还有两包。

鲍时进窸窸窣窣吃面，坐在硬邦邦的床上。这是间连电视都没有的小屋子。两三件衣服裤子。毛巾。牙刷。一块肥皂。一双拖鞋。做一个好人有什么用呢？那些翻来覆去的道理，除了会让人觉得最终是自己错了，而不是这个操蛋的世界之外，还有什么用呢？最后吃到腊肉的，难道不是他和五四吗？

他突然止不住地淌眼泪。面更咸了。

要怎么才能让程伯伯明白，自己不光是看透了这辈子都要被人耍弄，而且——自己那么信赖、那么喜欢的一个人，居然可以随便把他的心扯出来在地上踩。还有什么事情是不可以不可能的呢？

程伯伯坐在边上抽烟，像他一直以来的那样，告诉时进如何跟这个世界和平相处。不要太在乎自己。要相信点什么。他说，时进啊，吃面，吃饱了就好了。

那天之后，鲍时进割除了一个自己。不见血肉。

他再也没去找过程伯伯。

现在坐在面前的钟五四，就像假的一样。他的声音语气一点儿没有改变，还是那样吊儿郎当地眯起眼睛抽烟，“哥，你以为我箱子里头是什么？”

“钱。”鲍时进说。

“我也想是钱。”

“把你老爹老妈相片放里面辟邪啊？”

“我都回来了，骨灰也不能寄在庙里面了啊。请走，请走。”

“你回来就办这个事？诓我。”

“也办点其他事。”

“找李群芳啊？”

“嘁，哥！老宿舍要拆迁了。”

“哪里的消息？”

“上面。绝对准确。”

“你又来拉皮条啊？”

“又？我来做点动员。”

“动员可以，先帮永年整一套新的。”

“哎哟哥……”

“办成了，我喊你哥。”鲍时进说完，抓起程永年放在沙发上的孝衣，“走。”

鲍时进不允许自己跟钟五四多谈。太旧的人了。

还在路上，陈毛就打了两个电话来催命。“幸福桥脚，老马家，干锅牛肉。”“桥脚左拐，直走一百米，看见没有？红色招牌。”

车开进停车场的时候，路边有个男人背着背篼，白菜帮子高高地堆得冒出来。司机小刘的喇叭声猛了点，男人吓得跳了半步，差点打翻一筐白菜。霓虹招牌照亮男人的面庞，老鲍觉得他很眼熟。

馆子二楼临街的窗户拉开了，陈毛和万二的身子探出来，对着老鲍的车招手，“这边，这边。”司机小刘方向盘一打，车停稳了。

干锅牛肉是当地人改良回民的吃法。牛肉切厚片，跟花椒、辣椒、芫荽、香芹一起炒。又麻又辣有嚼头。喜欢翘菜的，在里面加些洋芋、魔芋、腐皮，也是好吃得很。老鲍一坐下，陈毛就揭开锅盖。肉和油在锅里滋啦滋啦爆炸，老鲍就饿了。

老鲍这人有个毛病，吃东西的时候受不得别人打扰。哪怕他吃个橘子，你在旁边硬要跟他说话，他也觉得烦人。大家也清楚他这个习惯，就抓起筷子开始整。三斤牛肉，空口就消灭了大半。又喊服务员打饭上来，唏哩呼噜吃得底朝天。牛骨清汤倒进吃空了的锅底，浮起一层油。要是有婆娘在，这时候就会张罗着下各色蔬菜。带点苦味的山野菜跟浓油汤锅最是相配。有人要蘸蘸水，有人空口吃。两三盘蔬菜吃完，面上一层牛油被蔬菜吸走，剩下的汤又白又浓，三两勺喝下去，胃又服帖又安稳，额头也欢喜得挂出一层薄汗。一顿干锅牛肉吃到这程度，才算是过瘾、尽兴，才能让人贴膘，也才抵抗得住高海拔的漫长冬季。

所以要喊这方的男人吃饭不喝酒，那简直是开国际玩笑。要喊鲍时进、程永年几个数算从小到大喝醉的次数，那他们简直要笑破肚皮。

鲍时进吃得最专心，所以也最快结束战斗。扯两张纸擦擦嘴巴，再抖根牙签出来。肚子重重地搭在大腿上。影影绰绰的灯光下，陈毛他们被裹了油烟的水蒸气熏得红光满面，跟喝了酒一样。

刚才说，这地方男人吃饭少不得酒。酒多的地方，醉事自然也多。但除了身体失控出洋相，这些醒着的人会觉得不够雅观的事情之外，剩下的醉事，好像跟其他不喝酒地方的不雅程度也差不多。

据说程万来之所以会有一个国字脸的儿子，也是因为好多年前，吃醉了的鲍光明，跟半醉了的程万来老婆倒在了一起。龙干妈之所以会年轻轻守了寡，也是因为龙顺爹吃醉了走路打偏偏，栽进了厂子外面的水沟里。平时水最多淹过他脖子，那天怎么就撞上大雨，龙顺爹被捞起来时肿得像个鱼鳔。

还有更多隐秘的醉事，比如鲍时进为啥一直没有包二奶，龙顺的骨灰为啥一直没入土，钟五四是不是个烂屁股。这些事，厂子里的人都会传，都会编，都会自己长成离奇的故事。

所以这个晚上，几个男人没喝酒，吃完饭后把脑袋密密埋在灯光下，太不寻常了。

“今天午睡，居然梦到龙顺，有手有脚，好生生的。他问我，五四回来了啊？我说是。他就说，那你晓不晓得他回来做什么？我说不晓得。他就笑了，说，他来帮我换房子。我一想，龙顺的房子？龙顺哪里有房子，不就是一个骨灰盒，在庙里面供着的吗？活活把我惊醒了，一脑壳都是冷汗。”陈毛拍拍心口。

“你这个梦倒也没做错。”鲍时进说，“钟五四回来就是要给他爹妈的骨灰入土。他算不出来供奉钱比坟地便宜？还不是因为，庙连着厂区宿舍那一大片，都要拆迁了。”

“拆迁？”陈毛、万二、武健、老丁，眼睛都亮起来，比吃肉时更亮。

鲍时进不疾不徐，点燃一支烟。“下午，我喊他当着我的面把密码箱打开。一打开，里面就是拆迁的红头文件。不要看钟五四鬼眉鬼眼的，这些年在外面，他还是搞到事了的。”

“文件上写的啥？”万二问。

“厂区这一大片，统统要拆迁，打造示范新城区。”

“钟五四当官了？”老丁问。

“不晓得他咋就通了天，现在是特派动员专员。”鲍时进淡淡地说。

牛肉锅里，汤还在咕嘟咕嘟地翻滚。鲍时进摆开架势，准备好好给兄弟几个动员动员。

程永年先是呆呆地望着他哥，等他终于会过意来，就接口说："鲍哥问钟五四，他一看都瞒不住了，就求鲍哥，'厂里头都没人相信我了，就算我说这次是来给大家送钱，都没得什么好结果'。"

"那他承认当初是他跟刘志平串通搞鬼？"武健问。

"我直接问他，是不是你玩小脑筋，跟人说是我和刘志平搞的鬼、吃的钱？"鲍时进朗声道，"他不承认。但除了他，还有哪个呢？"鲍时进把钟五四的名片掏出来随手一扔，"名片都是镶金边的。"

镶金边的道具太抢眼，鲍时进轻描淡写说出的一句"重大事实"，也就打了掩护，轻轻松松进到几个人的耳朵里去了。

几只手把那张名片搓来搓去，想看出点道道。才印上几个拇指印，鲍时进就把名片捡起来，放回口袋。

"我说，钟五四，你拍屁股走了倒是爽快，留下兄弟些要死不活。守大门的守大门，睡工地的睡工地。老丁好不容易开个农家乐，现在小年轻又都时兴去会所，没生意。你说，咋办？"鲍时进再点燃一支烟。

"喊他把钱还给老子！"老丁气鼓鼓。

"还？证据在哪？没得证据啊！"程永年叹气。

"不过，这次他回来，动员拆迁，算是戴罪立功。消息先不要外传。"鲍时进说。

"那是肯定的！"一个个拍胸脯。

"龙顺给我托的这个梦，也太准了。"陈毛说。

"哼，龙顺走是走了，在下面肯定混得也还可以。看，龙干妈的生意是越做越好了。"万二接话。

“龙顺咋不托梦给我呢？也保佑保佑我。”老丁皱眉头。

“保佑你？你说人家吴桂花的儿子长得像龙顺。你脑壳是被门夹过是不是？”陈毛翻个白眼。

“吴桂花确实是和龙顺谈过朋友啊。”老丁说。

“你以为吴桂花是李群芳啊？我看你也是钻李群芳裤裆钻多了把脑筋搞散了。”陈毛冷笑。

老丁凶起来，“陈毛，我看你就是嘴巴得行，不然也不会把鲍哥哄得这么好，每个月给你几千块钱。”

陈毛瞪眼，“丁建国，你是疯狗啊？”

武健、程永年把两人拉开。两个男人气喘吁吁地生闷气。其他人也只是抽烟。烟越积越多，几个肺吸不过来，一屋子乌烟瘴气。

鲍时进训陈毛：“几十岁的人了，说些什么话？现在是要一致对外。”

陈毛蔫蔫的，跟锅里被煮塌了的芹菜一个样。

“钱，房子，搞不到这些，你们也只配围着李群芳打转转。”鲍时进说。

沉默了几秒，万二的光头在灯光下闪了一下，“鲍哥，那你说我们现在咋办？”

等的就是这句话。

鲍时进两只手撑在大腿上，身子往前凑。“回厂子去吹吹风，就说要拆迁了。不要提钟五四的名字，不揭老疮疤。”鲍时进清了清嗓子，“喊大家来找我。”

因为所见是暂时的，所不见是永远的。

司机小刘三步并两步跑上楼。接到鲍时进电话的时候，他身下还躺着个姑娘。“哎哟，你老板不是都要十一二点才让你去接吗？”姑娘翻个身，嘟囔着。小刘一边提裤子一边想，不会出事了吧。

出事倒是没有出事。鲍时进眼睛滴溜溜转，一点醉意没有。陈毛、万二几个人更像是打了鸡血，眼睛亮得像要上阵打鬼子。

小刘一个毛头小伙子，血气方刚，一进包房就觉得闷热得不行。才脱了外套，老丁就指着小刘叫起来：“会留口红印的，我看是野花哟。”

哄笑声中，小刘被那嶙峋的手指点住，两只手在脖子和脸周围胡乱一通抹。

老丁不依不饶：“哪家的姑娘，这口咬得欢！”

“你嘴巴积点德，人家小刘女朋友在国税局上班。”陈毛瞪他一眼。

“哟，可以啊，小刘。”老丁怯怯地把一嘴脏话吞回去。

“婆娘跑去广东，你就成公狗了，闻到点尿味就要吼两声。”陈毛挖苦。

“老子愿意，汪，汪。”

老丁学狗叫的汪汪声中，鲍时进一边喊小刘结账一边起身要走。一桌子人都站起来送，送出门还不行，直送到楼下，看鲍时进坐进小轿车的后座，程永年坐进副驾，小刘方向盘一打，车掉头上公路，才算是可以了。

车开得平稳，鲍时进眯起眼睛养神。几团黑影从眼前跳过，直把他往梦里拽。手指一点点松开，脚下就要飘起来。突然，他脑袋重重地撞在副驾的座椅靠背上。急刹车呲的一溜摩擦声。

一睁开眼，挡风玻璃上斑斑点点的血往下淌。鲍时进挺直了身子吼："刘勇，撞到人了？"

"不是……不是。"小刘的声音打着颤。

三个人推门下车。汽车尾灯照到的地方，一串血迹。

"撞鬼了！咋会跑出来一只猫！"程永年蹲下看粘在血迹上的白毛。

"猫呢？"鲍时进昏昏沉沉看着路。

"不晓得。"小刘应声。

"不晓得？"鲍时进突然暴躁起来，"是不是卷进轮子去了?！"

程永年和小刘转身去车下面看。小刘的手机变成个手电筒，白色冷光在车轮下面照来照去。

气温肯定在零度以下，两个人喷出的热气，在冷光光束里变成温柔摇摆的海草。老鲍背上有点发毛。

"没有猫！"小刘扬起脑袋对鲍时进说。

"再看看，再看看。"老鲍不由自主抱起双手。

小刘和程永年趴在地上继续找。老鲍掏烟出来抽，火机打了两下都打不燃，他也不晓得手抖个什么。

"找到了！"程永年大喊一声，老鲍撵上去。

"只有半截尾巴，估计逃脱了。"小刘说。

那半截白毛的尾巴贴在一个轮子上，被压成了轮胎的花纹。三个人你看我，我看你。愣了几秒钟，程永年爬起来，打开车门，把今天一路带着的那件麻布孝衣拽了下来。

孝衣裹在手上，程永年把那坨血肉剥下来，卷起来，再拿干净的地方去擦了擦挡风玻璃。正要把孝衣甩去马路边，鲍时进喊住他："烧了，烧了。"

程永年摸个火机出来，只一下就打燃了。黑咕隆咚的夜卷成一张幕布，从边缘烧起来。

"那猫反扑到车前盖上，还看了我一眼。"程永年低声说。

"呸，呸。"鲍时进啐道。

两兄弟一高一矮两个黑影，背着那团火，走进路对面更深的暗影里。小刘呆呆杵在原地，火光照亮他饱满的脸。

"哥，你说会不会是我爸程万来……"程永年袖着手。

"它喊你儿了啊？"鲍时进笑。

"这倒是没有。"

"那你乱想什么。"

"早上你走了没多久，我们就押车去火葬场了。我爸睡在铁皮床上，要拿去烧。咋讲呢？我看着他，心里面清清楚楚，他已经不在这了。那个铁皮床上躺起的，只是个空壳壳。"

"那跟猫也没啥关系。"

"它不躲，站在路中间像在等我们一样。"

"等我们？"

"等我们。"

草木余烬的烟火味飘散过来，裹挟着冷冽的空气有点刺鼻。鲍时进突然想起他见到程永年的那一回。

也是冬天。雨水和着泥巴，黏住路面让人难以下脚。皱得像咸菜的红领巾，油光锃亮的书包，裤兜里沉甸甸的玻璃弹珠。鲍时进跟钟五四勾搭着肩膀走在放学回家的路上。天色一如既往地阴沉，哪家烤馒头的香味飘了出来。鲍时进肚子“咕”了一声，于是迈开腿小跑几步，书包一颠一颠打在屁股上。钟五四的裤子总是提不正，裤裆歪歪斜斜挂着，腿也迈不开，勉强跟上鲍时进的步子。

从子弟小学到鲍时进家，要穿过两片宿舍区。这“片”的范围，是鲍时进自己划分的，因为单从外观上，这些五层高的宿舍楼长得一模一样。红砖外墙，黄木头框门窗，猫猫狗狗的屎尿味，还有阳台上窗台下晒着的棉毛裤。都差不多。但在鲍时进眼里，前面那片住着几个高年级生，控制了乒乓球桌和草地。第二片住着刘丽丽，很爱干净，还好看得很。在一片和二片之间，除了有这世上最好玩的一片野草地之外，还有一条小河沟。河沟两岸长着些狗尾巴草、车前草，还有很多叫不出名字的草，可以扯来斗草。

鲍时进甩着泥巴跑起来，就快到小河沟了。同班的武健和万二，跟几个高年级生站在沟边丢石子。怪的是，石子砸下去，没有噗通声弹回来。最高的那个男生整个身子往后扯成个弹弓一样地砸了一颗石子，也是没声音。好奇压过了害怕，鲍时进把身子探向沟边看了一眼。沟下面一双眼睛居然看回来。

很多年后，鲍时进才意识到，程永年看他的那一眼之所以难以忘记，是因为他跟永年都遗传了鲍光明的眼睛。眼角稍稍往上吊，眼珠子黑白分明。

小石子砸在那望着他的身体上。一点声音都没有。

钟五四在边上提了提裤子：“他哥咋不来救他？”

鲍时进转头问：“他哥？”

“他是程家老五啊。”

“哦。”

“不过他哥有可能也不来救他。”

“为什么？”

“他是个野种。”

“野种？”

“我妈讲的，他爸受了工伤，他妈就到处和人睡了。”

高年级生发现了沟边的鲍时进和钟五四，带点挑衅地砸了颗小石子过来。小石子砸在鲍时进脚边，溅起一些泥浆。

“走吧走吧！”钟五四用力拽鲍时进的袖子。

鲍时进本能地要走，但沟底那个人的额头突然流下一道血。

“我们走了他就完蛋了。”鲍时进说。

“我们可以去程家通风报信。”钟五四说。

“你去，我在这守着。”

石子还在往下砸。钟五四提着裤子跑，鲍时进则沿着沟边的坡往下溜。

万二和武健停了手：“鲍时进，你干什么？”

鲍时进不回答。

“我们班的鲍时进。”万二和武健向高个子汇报。

“喊他滚上来。”高个子说。

万二和武健得了令，又叫又跳，想让鲍时进从沟底上来。已经站在程永年边上的鲍时进一动不动。

喊了好一会儿，高个子被激怒了，发狂一样地把石子砸向鲍时进的脑壳。鲍时进把书包举在脸面前，还是不动，骂身边的傻子：“你不会拿书包挡啊？”程永年才呆呆把书包也举起来。

程永年的爹程万来赶到时，看到的就是这一幕。一高一矮两个身影，站在沟底的野草堆上，举着书包。

厂子有厂子的规矩，大人一旦出面，就不再问娃娃对错。程万来只是瞪了高个子两眼，就冲去沟底，把两个男娃娃揪上来。

三个人，六只脚，在泥浆里踩出些深深浅浅的窝，一路往程家去。没有人说话。钟五四远远地看了几眼，以为要挨揍，就逃了。

程万来奖励鲍时进一碗猪油拌饭。鲍时进狼吞虎咽，程永年在边上罚站。

那天之后，鲍时进没少吃程家的饭。在吃饭、晒太阳、打弹珠、扇洋画、斗蟋蟀这些人生大事之间，大人的秘密，都算不得什么，也经不起太阳的光照，终究化作了流言和尘埃。

而老话说，三岁定终身。四十几个冬天过去，鲍时进的执拗和程永年的窝囊，都没有改变。但程万来的善心，现在则要入土化泥。

火光一点点弱下去，一件孝衣和半截猫尾巴，阎罗小鬼收到算咋回事呢？

“程伯伯是个好人，要投胎转世，也是好人家。”鲍时进转头对程永年说。

“是的，哥。”永年说。

李春凤打开取暖炉，把老鲍的两只脚搬上炉子边沿搭着。

电暖炉的橘色光芒映在李春凤半边脸上，老鲍怏怏说：“今天买橘子去看龙干妈，卖橘子的婆娘居然喊我老人家。”

“乡下来的人，喜欢把人往年长喊。”

“那也是伯伯嘛。”

“你还怕老啊？”

“本来不老，喊就喊老了。”

李春凤懒得哄他，心头揣了事急急要出口：“今天出件大新闻你晓不晓得？”

“钟五四回来算什么大新闻。”

“110车子来了，把李群芳弄走了。”

“110？”

“她男人打的110！两个人打架李群芳把他耳朵差点咬落了。”

“他两个不是天天打架吗？”

“就是嘛。”李春凤喝了口水，“听说是李群芳疯了。”

“怕是他男人想脱手哦。”

“我也是这么跟陈姐说，李群芳年纪大了没得生意了，他男人当乌龟当不动了，想撇脱。”

“乌龟？他还不如畜生。”

“结果陈姐说，李群芳出问题已经有段时间了。有次差点把个嫖客咬了，陈姐还见过她在沟边发呆，喊都喊不答应。”

“今天又咬人了？”

“他两口子，先是摔碗砸锅的，哐哐响，然后两个人打起来。那么干巴一个男人，居然还有力气拿皮带抽人！后来就一声吼，杀猪一样叫唤！大家冲进去看，男人在地上捂着耳朵打滚。李群芳满脸是血，也倒在地上。”

“打人倒是有本事，他咋不去卖自己屁股赚点钱呢。”

“我说厂子那片已经住不得了。跳楼的跳楼，发疯的发疯。男人没了婆娘，娃娃没了妈。”

李群芳没有当过妈。都说是睡坏了。没睡坏之前，她当年可是乖乖俏俏一枝花。不然也不可能让钟五四鬼迷了心窍。睡一次两次就算了,后来简直上了瘾了。那时候钟五四已经是销售科的红人了。年纪轻轻，又是厂里子弟，很受重用。但因为李群芳的事，科长也跟他做过思想工作。眼光要长远，心胸要宽广。换句话说，城头漂亮姑娘还少啊。

但鲍时进清楚，李群芳那哀哀凄凄的眼神中带着点疯狂。后来听说其他人都敲不开李群芳家的门了，鲍时进才知道坏事了。一个有夫之妇如果全厂人都可以睡，那你睡睡也无所谓。如果只跟你一个人睡，钟五四，你麻烦大了。

钟五四哪里听得进这些。春风得意。厂子那时候也不愁销路，十里八乡都争着抢着来进货。权力大得很。偶然吃点小回扣，日子那叫一个滋润。

李群芳之所以有那么哀哀凄凄的一对眼睛,是因为十八九岁时,跟城头一个干部子弟相好过。谈婚论嫁了都。据说，干部子弟把她甩了。原本那些叫好鼓劲的大娘大妈，突然冷淡起来。瓜子皮带着唾沫啐出来。麻雀哪里会有凤凰命。你一个小学文化，生了娃娃都影响基因。毕竟还是上不得台面。净说些这种话。好像已经时移世转，年轻貌美不再是女人的硬通货了。

所以李群芳对男人用得那么狠，用得那么勤。带着刺青般的疯狂。

她勾住五四的，就是黑洞一样的下坠力。别人会害怕，钟五四？从来不信邪。

五四笑嘻嘻地跟时进说，她好得很，你不懂。

可能吧，鲍时进不懂的事太多了。

跟五四好了，李群芳的脸上又有了光。声音脆生生，走哪儿都礼貌周到得很。像是忘记了，或者被治愈了。五四给她买穿戴，带她去城里烫头发、拍艺术照、跳迪斯科。给她买最贵的丝袜和胸罩。就像当年偷腊肉一样，五四胆大心细，不择手段。

五四笑嘻嘻地跟时进说，现在离婚又不是什么新鲜事了。

后来，好像厂子一卖，笑嘻嘻的一切都灰飞烟灭了。

五四跑了后，李群芳坐在水泥地上就变成了一个泼妇。好光阴尽了。美女不美了，日子就突然残酷起来。

人们对李群芳的唾弃、羞辱、折磨，一度到了可怖的程度。却又忘了,他们也曾这样折磨和侮辱程永年。因为他是一个臭老九(即使只是假的臭老九)、大乌龟、窝囊废。而李群芳之后，隔不了多长时间，就会出现新的箭靶，被射得血肉模糊。最后一个箭靶，大概是那个神秘的“卖厂的人”。人们天天念叨他，诅咒他，唾骂他。虚构出一个完全邪恶的人格。而真理是——揪出他，杀了祭天，厂子就能一下回复清平世界了。

女人对同类的命运更敏感。李春风在跟老鲍汇报完李群芳发疯的消息后，幽幽说了句：“不过，老厂子里面出去卖的，也不止她一个。”

“你还晓得这个？”

“嘁，那些跑去广东的，你以为呢？还有邹老六在临街租的那套房子，哪个不晓得是做过路司机生意的？”

鲍时进脸颊的肌肉抽动着，不想再说话。

半天没有反应，李春风不满意，扭着粉红色的毛绒睡裤进卧室了。

鲍时进一个人坐在沙发上，电暖炉烤着裤子，热烘烘的布料味。他眯眼看被李春风收拾得整整齐齐的客厅。平板电视、立式空调、景德镇展销的青花瓷、恐龙化石、全家福、兰草、一茶几水果零食。

然后他就睡着了。

程家伯伯从背后喊他，时进，时进啊，你在这儿做什么，怎么还不回家？

他转过身看程伯伯一眼，不说话。

程伯伯俯身摸摸他的头说，走，长征！

时进就笑了。

他们第一次秘密地遇见，就是在这围墙脚下。罕有人至之地，两人从各自家里跑了出来。不知何处去。

程伯伯脸上是刚刚被打出来的淤青，淤青周围是些结了痂的旧伤口。每天，都拉他去斗。先头还文明，后面就开始动手。只要有一人动手，人群就像犯麻风一样都会手痒。“噼噼啪啪”打下来。越打越凶。今天不够，明天再来。

时进装作没看见那些伤口。看见了，就要问。问了，就不好受。

他们只是一起往前走，路过草地、河沟，路过刘丽丽家，再路过鲍时进家。像他们之前走过的那么多次一样。一直往前走啊走。周围的路和树都走成了黑白的，只有他们两个人的脚步和呼吸，带着彩色。

时进说，我们厂真大。

程伯伯说，比专区大院大多了。

时进说，刘丽丽也比城头的姑娘漂亮。

程伯伯说，那当然。

时进说，当锅炉工好不好玩？

程伯伯说，好玩，也不好玩。

时进说，我好想快点长大。

程伯伯说，那么快长大了，做些啥？

时进说，长大了我就可以走路去城里面了。现在每次走出厂，我就走不动了。

说完这话，时进突然累了，就坐在路边的草堆上休息。

一群麻雀低低飞过。

程伯伯蹲在一边抽烟。

停下来不动，时进感觉有人在看着他们。好像他们被放在一个舞台上，有个巨人或者什么怪物在后面，扒开幕布在看。

眼光包裹住他、草堆和程伯伯，时进手脚都不自在了。

他突然意识到自己在做梦。只有梦里面才有这种被绑住了手脚的感觉。

但这个梦，究竟是在哪个时空呢？这一个鲍时进，是不是再往前跨几步就变成老人家了呢？

呼吸仍然是彩色的。路和草是黑白的。

既然是梦，他突然有了做点疯事的勇气。

他决定伸手拍程伯伯的背，想看他转过身来的脸到底是几岁，然后选一个秘密告诉程伯伯。

但他伸手出去，重重地扑空了。

程伯伯不见了。

手机铃声把鲍时进吵醒的时候，他觉得自己刚刚从一条河里面爬出来。手脚都是冰的。一个很深很重的梦。

所以电话那头在鬼哭狼嚎的人是谁，他也迷迷瞪瞪没听出来。直听到“失火了”“爆炸了”才猛地清醒过来。

“喂喂，你说慢点，爆炸了？”塌陷在沙发里的鲍时进坐起来。

“厂子里管道不晓得咋就漏了，爆炸，五六个人送医院了！”竟然是钟五四。

“哪个人通知你的？”

“应急办的李主任！”

“没得哪个兄弟受伤吧？”

“都是年轻小工。”

“哦。”

鲍时进挂了电话，更多的电话打进来。说是有人故意把管道整漏了。说是欠工资的人报复。说是伤得最重的那几个人会死。说来说去，大家也讲尿不清楚。

背一筐白菜的男人的脸闪进鲍时进脑海。还有早上在牛肉粉馆遇见的那个干巴男人。还有更多，每天走在路上，半生不熟的一张张脸，从厂子里散出来的游民。

毕竟厂卖了快二十年了，哪个还记得清楚，又讲得清楚。

鲍时进站起来，走去推开卧室的门。李春凤喜笑颜开地在跟女儿聊视频。他悄悄又把门关上了。

跟李春凤结婚的时候，住在厂里面第一批集资建房修出来的单元楼。按当时的流行，一楼不住人，隔成一间一间，给各家做煤棚。说是煤棚，买得起房子集得起资的，冬天都不烧煤了。也有个别，家里老人管事，不怕烧穿地板的，还在烧煤。烧出来的煤灰，乱七八糟就倒在垃圾桶里面，跟三楼家的计生用品、五楼家的破洞丝袜，和二楼家的娃娃奶瓶混杂在一起。每个月都要吵几次。

只有他们两个，一身好时光，不带丁点赘肉。就在床板上滚啊滚。

这些事，好像手一摆就过去了。

鲍时进走去阳台上，把铝合金窗户拉开个缝，又湿又冷的空气涌进来。雪终究还是没有下下来。

他突然觉得胸口闷，就猛抽了几口烟。烟屁股没有按照平时李春凤要求的那样放进阳台上专门给他准备的烟灰缸里面，而是在月季的花盆上戳灭了，然后用烟屁股在花盆里面拱出一个小坑，把自己埋了。

爆炸了。死人了。他们都在电话里面喊，老鲍，哥，你快想想办法啊。厂子要没得了。

当了几十年老鲍的鲍时进，提起沉甸甸的大衣，武装一样往身上套。一边打电话给小刘，喂，来接我，出事了。

钟五四背后是熊熊火光。

应急办的李主任、厂子的现任领导班子五六号人、区里面的领导、公安局的王副局长，在警戒线外面围成几个小圈子。都是熟人。

鲍时进放慢脚步，掂量清楚，根本没有搭理钟五四，一个箭步上去，钻进了王副局长和朱副书记围成的小圈子。

鲍时进的眼睛在天上转，看清楚这些人物。只有钟五四一个，比自己弱。他给几位领导递烟，点火，寒暄，然后伏在王副局长耳边悄悄说："钟五四咋会跟李主任在一起？"

王局跟鲍时进是老牌友了，转身悄悄回他："钟五四报的警啊。"

鲍时进一惊，继而说："钟五四卖了厂不说，现在干脆回来把厂炸了嗦。"不动声色丢个炸弹，马上话音一转："学校的事已经打听好了，你喊嫂子把童童的资料给我。"

王局拍拍鲍时进的肩，朗声对身边那个陌生人介绍说："冯主任，这位就是我跟你说过的，鲍时进鲍总，能人，你要搞动员，少不得他哦！"

看鲍时进握住了冯主任的手，王局又说："老鲍，这是拆迁办的冯主任！"

冯主任在王局和朱副书记面前欠欠身说："没得没得！还没正式下文。朱书记、王局、鲍总多多修理小弟。"

朱副书记手一摆，"既来之，则安之。"

四个人于是笑嘻嘻地说起话来，把火光都说淡了。

鲍时进的手冻得有点僵，刚伸进大衣口袋里，就摸到那张镶金边的名片。他不动声色把手背在身后，任名片飘下去，皮鞋底子再踩啊踩。泥浆，杂草，一百五十斤男人的体重。没有人能认出这是什么了。也不会再有人知道。

鲍时进遇见梅梅的时候，厂区宿舍拆完已有大半年。

拆这片老房子，鲍时进费了大力气。虽然一早就埋好伏笔，还拖了钟五四垫背，但穷人自带几分刁，想着靠拆迁可以赚棺材本，也就拼尽全力跟拆迁办斗智斗勇。原本预计六个月内动员完毕、全体签约，拖来拖去搞了一年半。鲍时进主业是做水利工程，盖这么大个楼盘，自然有利可图，但跟老邻居磨嘴皮耍机关，持久战打下来，他整个人瘦了一圈，原来的裤子全部穿不成了。

这些，在鲍时进看来都只是琐碎，事情成了就是成了，中间的波折只是九九八十一难。但有件事却压在他心上。

厂区宿舍边上原本有座庙。不算什么佛门正宗,供果香炉摆开，又拜菩萨又拜财神。厂子景气时,没人往这个破庙里来。厂子一垮，香火倒旺起来。再加上城里坟地价钱暴涨，开始有人把骨灰寄放在庙里，每年给点香油钱了事，慢慢也养得起一个住持来。迁庙是大事，牵连出活人死人一大堆，还要去宗教事务局报备，前前后后鲍时进也就去了好多次庙里面。

住持头是剃了，但不穿长袍穿短袄，比起一般大寺庙里的和尚更显出几分亲切。出家人不打诳语，但他跟鲍时进一来二去却是聊得投机。搬迁前清点物资，鲍时进随手翻了翻住持的一箱子旧书。一本《关帝灵签》夹杂在《南华经》《金刚经》之间，鲍时进哑笑，这和尚可是没少挣外快。不声不响就把书抽出来一卷，捏了把柄，等着要捉弄捉弄这人。

鲍时进请住持坐自己的小车，押送一车物资往暂住的地方去。两个人言笑晏晏，鲍时进装作不经意，从包里抖落出《关帝灵签》。和尚倒还镇定，捡起书来，“咦，是我的书嘛。”鲍时进兜不住，笑出一声:“师父，你这是修的哪门子道。”和尚讪讪，倒也不生气，只半天说不出话。

老鲍见他不言语，找台阶给他下:“尘缘都了了，那还修行啥呢，你说是吧。”

两人心知肚明后，倒真可以做起朋友来。和尚虽然是个旁门左道，但也真研究了些命理，底牌一摊开，也就乐得跟鲍时进吹一吹。鲍时进听他说些“君子敬鬼神,小人畏鬼神。非有所惧,即有所求”,

晓得这和尚不光是半路出家，信的还不是阿弥陀佛那一套，但难保没有哪家领导的老母亲，用得上这些打卦消灾的，也就跟和尚好来好往。

至于老鲍怎么会跟他说起自己的梦来，和尚又怎么给他解梦，都是后来偶然的事，没有太多逻辑和道理可讲。只是，和尚听他讲了梦，又晓得了做了梦厂子就爆炸了，就跟老鲍嘱咐："成事在天。遇人遇事，不问是劫是缘。"多的不肯再讲。

这十个字却叩响了老鲍心上的一根弦，嗡嗡震颤，余音不散。

遇见梅梅的这天，一行人从竖着"天御华府"招牌的工地出来，径直往饭馆去。梅梅手上拎一盒月饼，一进包厢就递给鲍时进，说是公司的一点小礼物。司机小刘上来接，跟梅梅两个人四只手就在鲍时进面前僵了几秒。鲍时进看见红色礼盒上正面四个字——天地人和，让小刘把盒子翻转。一翻转，看见背面又有四个字——广结善缘。中了和尚说的两个字，鲍时进也就在意这礼物，往常他都直接送给小刘做打点。于是抬头问："这是你们招的新人？"

天御华府的总监是小个子，勾腰驼背给鲍时进点烟，"这是梅梅，销售顾问。"

鲍时进是晓得这些销售顾问的，新房子还在打桩，售楼部倒是早早立起来。两层高的小楼，大理石罗马柱装点门面，地板更是擦得锃亮。招几个小年轻，一人守一个格子间，再一人发一盒名片，销售顾问就上岗了。抬眼看这个梅梅，说不上有姿色，只是年轻姑娘嘛，眉目清秀，鲍时进问："听口音不是本地人啊？"

梅梅笑："外县的。"

于是上席。座次有讲究，鲍时进左手是大老板，右手本来该是总监，但全桌就梅梅一个女的，所以被分配去坐了右手，端茶递水。

菜还没上齐，总监挑头，先敬一圈。空肚子喝酒自然难受，但先声夺人，一下子就把气氛松下来了，还给人留下耿直的好印象。这样又喝了两轮，到梅梅敬酒。总监说，我们这个小姑娘厉害的，打一圈打一圈。鲍时进却说："小姑娘家，就不要喝这么多了吧。"这种局，鲍时进也不是头一次赴。只是，这位老板跟自己还算不上相熟，不晓得他老鲍从不搞花花草草的事，才安排一个女娃娃来陪酒。

老板和总监像是在揣摩意思，一时没言语，梅梅却仰脖一口干了说："先不管嘛，我们做晚辈的，先干为敬，鲍总是大人物，不跟我们一个标准，随意，随意。"这么一下，鲍时进也就只能回敬一杯。总监这下找到话头，趁势说："鲍总太给面子了，梅梅必须再敬一杯。"梅梅也会意，又喝了一杯。老板接话："这个地块，没得点本事，哪个敢竞标？不是我吹牛，全城也只有我敢接。但是今天要感谢鲍总，没得鲍总关照，我看是哪个也摆不平这片的。"话说得带几分诚恳，也就进到了鲍时进耳朵里。

鲍时进这才开了话匣子，说起拆迁安置的各种琐事。

拿得下这个项目，老板也不是简单人物。

虽然比不得那些全国布局的大房企，但他根底深、腰杆粗，稳扎稳打十几年，是省里面最喊得响的本土开发商。市里面又把项目立了重点，老区改造、生态建设、产业升级，都要落到这个居住、商务、文旅三合一的大楼盘里面来。有政府的令箭，下面的人松懈不得，领导隔三岔五来视察，拆迁办的冯主任、分管企业的陈副部长前后脚来，站在楼盘模型前听汇报。模型上安了些小灯管，全部亮起来时，确实是万家灯火、祥和升平。

至于鲍时进，以前生意虽然做得顺畅，在城里面有头有脸，但跟这回拆迁相比，只算是小打小闹。就像朱副书记说的，这么大一个项目，不说市里面，在省里面也是重点。鲍时进是知根知底的本地人，从爷爷辈起就进厂有了编制，父亲也是一辈子在厂里，他自己又从学徒做起，直到厂改制、下岗才出来做生意。没有谁比他更了解这个地块了。地面上走动的人物猫狗，不走动的树木花草，他闭着眼睛都能复盘出来。所以几个官员倚重他，不只是念旧情。鲍时进跟老婆李春凤说，这就是命中带的，是注定，是和尚讲的“成事在天”。可能一辈子就是在等这么一次。那些敢来挡路的，都给它铲了。

鲍时进只提了两句，做这单生意多不容易，天御华府这边就赶忙派定心丸。

“没得事，我们是坚决站在鲍总这边的。”老板拍胸脯。

“那些人上蹿下跳，哪个不晓得他们的烂事。鲍总你放心，便宜不能给小人占了。”总监也表忠心。

鲍时进没什么表情，只是端起酒，跟两人碰了杯，一饮而尽。梅梅看他一杯下去直咂舌头，赶紧夹了两筷子菜到他碗里。

表态表完了，酒桌上就剩些闲话可讲了。老板先讲了个笑话，活跃气氛。总监接着讲了一个，大家又笑了。一看大家都松了，总监说：“我面试有个绝招，说出来给鲍总当笑话。”

总监说，他一般都会在桌子上摆瓶矿泉水，跟面试的人说，你把这瓶水一百块卖给我。

鲍时进听了果然大笑。

总监示意梅梅接着讲。梅梅就说，我哪里懂这些，只能跟总监说，这瓶水是普通矿泉水，如果没有附加价值，很难一百块卖出去。脑子一转又说，如果我们是做矿泉水的企业，可以把精华产品卖出更高价格，普通产品卖出更多销量。

“老实娃娃，但估计通不过哦。”鲍时进对总监说。

一桌人见鲍时进笑了，就都跟着笑了。

后来，梅梅告诉鲍时进，其实面试最后，发生了一件小事。总监一边翻她简历一边抽烟，老烟枪，才抽两口就咳痰。梅梅突然起身，把放在一边的垃圾桶端去离总监半米的位置。

这下总监笑了笑，说：“那些吹得天花乱坠的，如何如何把这瓶水一百块卖出去，都是些绣花枕头。做销售，最重要的是什么？你记住，是软。对客户，要察言观色，要诚恳仔细，客户舒服了，对你就放下戒心了。”

鲍时进说，你也是不容易。只是，你原名好生生的，蒋立立，改什么名字呢。

梅梅笑说：“想转运嘛。测字网站上说我五行缺木！”

鲍时进笑，“还信这些！”

梅梅说，你看发廊里面的小弟，哪个不是一进城就把名字改了，都要先变成 Kevin、Tony。我改名字，多自然的事。见鲍时进不言语，就低声附在耳边说：“你就不想重活一回啊？”

“重活一回？你咋不上天呢？”鲍时进说。

“你想不想嘛？我就不信你没想过！”梅梅捶他。

这话问倒了鲍时进，他在梅梅身上乱掐几把。“我早就重来好几回了！”两个人就扭成一团。

钟五四走之前，跟鲍时进说了几句话，意思是，今时不同往日了，好自为之。

钟五四算什么东西，轮得到他来教训我？鲍时进不舒服，但也没有发作。最后他给钟五四的那一手，不管姓钟的晓得不晓得，两人都不可能再有什么关系了。鲍时进不去想什么应该,什么不应该。太在意是非对错，反倒耽搁了正经事。

就像跟梅梅，是不是鬼迷心窍，他也不在乎了。好像这一年半载以来，事情都不按原先熟悉的套路走，也容不得他思前想后。外人说的那些，梅梅长得不好但活路干得好，等等等等，都不是真正让鲍时进跟她扯上关系的原因。他晓得梅梅不简单。大学没读毕业，父亲自杀。也晓得梅梅多少有点不正常，才会跟他在一起。但梅梅图什么，他一清二楚，反倒轻省了。

鲍时进也想起过刘丽丽。上一次见，是哪个朋友家娶儿媳妇，摆喜酒。刘丽丽还是好看，但也老了。老鲍送她回家，两人一起坐在后座。刘丽丽抬手帮他扯了扯衣服。老鲍却是什么反应都没有。不会再有了。

半年后，或者更长的时间之后，一天，鲍时进在手机上搜新闻。是的，梅梅教会了他用手机看新闻、上 QQ、拍照片。

鲍时进用手机搜新闻，xx 厂，爆炸。只有两条搜索结果。他点进第一条去看，新华社报的，百十来个字，点击数不到 50，第二条他干脆不点进去看了。

所以，其实你可以说，鲍时进的这些事，根本没在这个世界上发生过。

拱猪

卤肉铺在向阳路的尽头，向阳路在小城的东北角。丁小莉头天晚上搓了通宵麻将，靠在沙发上打瞌睡。几只苍蝇趁她不备，盯上了卤水大锅里翘出来的半只猪耳朵。猪耳朵不声不响，伺候节肢动物跟伺候灵长类动物并无区别，只乖乖趴着等嘴下口。沙发被无数个屁股蹭过，里面的弹簧早就忍受不了，把海绵拱了出来。黄色的一坨老海绵，刚好顶住丁小莉的脸。一张胶原蛋白大量流失后有点松垮的脸。

太阳慢慢升起来，卤肉铺里平时黑黢黢看不清楚的角落，也在近午时的光照下变得清晰透亮。自然，锅碗瓢盆都镀上一层经年累月的油污，见证了卤肉铺十几年来火红的生意。但丁小莉坐着的一张三人沙发，以及沙发前面拿来当茶几用的两张竹凳，又暗示了这家卤肉铺招徕生意的特殊之道。柜台背后一溜玻璃坛，泡了些田七、杜仲和狗脊，大小几个酒斗倒挂在坛子边沿，斗柄早被人手摸得发亮。

如果是平日，丁小莉早就歪歪斜斜倚在沙发上，笑眼望着门口尘土飞扬的小马路，等下工的人踩上门槛，吆喝切二两耳朵、肚条，再来一斗养生壮阳酒。但头天晚上她输得太凶，输得丧失了所有斗志，连站起来用筷子翻一翻锅里的肉都没心思。

不见酒客上门，远远倒是一个熟悉的身影往这边走。丁小莉起身，把紧身毛衣裙拉扯拉扯，包住圆滚滚的屁股，回头说："老张，我回家一趟。"老张正在油酥花生米，"有事啊？"丁小莉瞟一眼那个越走越近的身影，"珊珊一个人在家，我看一眼就回来。"老张"唔"了一声当是回应。丁小莉三步两步跨过赶早市的人留下的烂菜叶子，直冲冲往家里去。那个影子像是有默契，不远不近地跟着丁小莉的高跟鞋。两个影子就吸在了一起。

家里哪里有人。门"哐啷"一声推开，停了数秒，再"吱溜"一声合上。四只脚交交叠叠就坐到了沙发上。男人伸手出来，搭在丁小莉膝盖上。丁小莉没有躲闪，也没有叉开腿让那只手滑向更深处，只是说："要搞就在沙发这里搞，刚给珊珊换了床单。"手被这句话打蔫了，慢慢缩回它主人的身体，在膝盖和大腿上逡巡着蹭了蹭。

珊珊还乖吗？男人问。

乖得很。丁小莉仰头靠在沙发上，一对大胸脯从山峰塌成高原。

我准备去广西走一趟，拉点水果回来卖。

车子哪里来，油钱哪个出？丁小莉眼睛缝里漏点余光出来打量他。

我有钱在左老五那里。再说了，卖了货给他们点数嘛。

丁小莉不再吭声，从红色手提包里数五张毛爷爷出来，放在男人大腿旁。沙发上铺着碎花坐垫，姹紫嫣红，俗气得很热闹，把毛爷爷红灿灿的脸膛都映得黯淡了。

男人突然咳嗽一声，咽下去一口老痰，哑着嗓子说，你受累了。

丁小莉恨他一眼，少给老娘灌迷魂汤，快点去把钱挣回来。老娘要切多少个猪耳朵才切得出珊珊的学费。

你不要着急嘛。男人伸手出来想揽住她的肩膀，被丁小莉一手打开。

晓得生不晓得养，伍爱国，这次你要是再给我扯拐，你看我还会不会放过你！

男人贴过去，在丁小莉耳朵边哄了几句，就解开了皮带。

他们两个就像十几年前那样，亲亲热热抱住，诚诚恳恳相信，两个人可以一起抵挡坏事情，等待好事情。

而光，来自太阳永恒燃烧的光，像看得见这些又看不见这些一样，从窗户透进来，慢慢淹没了两个垂着肚腩的身体。

她们说好了的。她们，珊珊和“苹果化了”。十月十六号演唱会前，“苹果化了”先住到珊珊家来。钱应该花在买门票和做应援上，不要浪费钱去住宾馆。现在是打江山时期，她们的每一分钱都要花在对傅覃有利的刀刃上。

所以这天，“苹果化了”从家出发，坐了三个小时长途巴士，到了省汽车客运站。前一晚，临出发前，“苹果化了”在QQ里又发了自己的照片。但在出站口接她的时候，珊珊一眼认出的，还是手上的绿丝带。绿色是她们的应援色，绿色的海报、气球、衣服、包包，还有就是人手一根绿丝带。是她们的暗号。也可以说，是一眼就可以看出，她们跟傅覃关系的证明。

就在前一天晚上，珊珊在自己的QQ空间里写了一条日志，设置为私密，只有她和“苹果化了”可以读到。

“如果没有这样爱过一个人，我又懂什么呢？不懂。我们班班长，还有我们院子里那个张某人。我晓得。他们哪个比得上傅覃。哪个会发光。”

“苹果化了”给她留言：“他跟其他人都不同。跟所有人都不同。”

从某一个时刻开始，她们有了共同的秘密，只用说出双音节的傅覃两个字，就可以旋开隐秘世界的门把，走进去。

坐在车站的铁椅子上，珊珊抱紧了腿上的书包。里面只有一个笔袋。来车站前，她回宿舍把所有的书都倒在了床上。宿舍里一个人也没有。她把书推平，像丁小莉在牌桌上把牌推平一样，再把被子盖在书上面，拉上蚊帐，背着前所未有轻的书包，走了。

有一个好地方在等着她。跟眼前二十平方米架着四个高低床的宿舍不同，跟七十多个人头嗡嗡读着书的教室不同，跟她和丁小莉那个破旧又充满花朵图案的家不同，她要去的那个地方，没有这些具体的形状，只不过有一个朋友在那里等她。一个好朋友。

所以后来，“苹果化了”和绿丝带从车站的人山人海中浮出来。两个人紧紧抱住。珊珊说，你终于来了。

卤肉铺终于还是来了几个客。见丁小莉踏进门来，就“幺妹幺妹”地喊。被唤作“幺妹”的丁小莉，也挤出些疲惫的风骚来，一只手扬起在空气里摆了摆，晓得来了啊，还以为你们出城打野味去了！

酒客嘻嘻笑着，要在丁小莉从过道上挤过去的屁股上掐两把。老张从案板上直起身子来，幺妹，来打个下手。

丁小莉洗手系围裙，端起不锈钢大钵钵，手脚麻利把辣椒面、花椒面、葱花、芫荽、味精、盐、酱油、花生米舀进钵钵里，一个大勺子搅动，在胸前颠着拌起来。酒客们又嘻嘻笑起来，露出几口烂牙。

卤肉铺里的男人女人，跟别处男人女人有所不同。说是男人女人，其实女人就丁小莉一个。当然，偶尔也有几个凶婆娘，跑来这里揪自家男人的耳朵，撒泼卖疯，但终究她们不属于这里。不管她们是要把男人拽回自己的领地去，还是要在这个看似属于家的地方撒点尿标注痕迹，她们都只是偶尔闯进这个围了栅栏的猪圈的几只瞎眼母鸡。“咯咯咯”乱扑腾一阵，就又夹着不能飞的翅膀走了。

丁小莉主宰这里男人和女人间的法则。对那些酒上了头后吱哇乱叫的男人来说，动歪脑筋可以，偶尔动动手也可以，其他的，没门。至于为什么没门，他们也想不通。反正这么多年了，就是没有哪个通过。丁小莉三个字，也就持久在嘴皮间传递，变成了真正的传奇。

虽然，她不过是一个姿色渐渐褪去的女人。

老张用钩爪把猪鼻子猪耳朵从锅里吊起来，放进不锈钢大盘子里。又红又亮，卤得正好。只是那些肉身上都有一个又深又宽的孔，铁焊穿透留下来的印迹，细看有点森森地吓人。

他带着笑意回头想跟丁小莉搭话，但又被那张脸上的愁容噎住了，改口问，又着了啊？

着惨了！丁小莉用力搅两下怀里的卤肉。

是跟哪些人玩哦？

就是有两个是不认得的人嘛，我怀疑是着了道了。

不认得的人你就不要玩嘛。

老张，现在连你都要说我了哈？丁小莉挑起眉毛。

老张把大盘子转向玻璃橱窗当街的那一面，露出卤肉的卖相，顿了顿说，我这不是……

不是什么？丁小莉就是要捏软柿子。

没事，没事。老张打哈哈，第几百上千个哈哈，于是又从他们之间糊里糊涂地滑过去了。

丁小莉端起拌好的卤菜，往酒客面前一放，“吃不完要双倍赔付啊！”

“又不是自助餐，幺妹你也是幽默。”

丁小莉甩出一个笑容，笑容轻飘飘贴在那几张乌黑的嘴上。但她怨气还是郁结着，嘀咕一句，吃不死你们几个狗日的。转身看见老张，老实巴交一张脸，对着自己的背影发呆。丁小莉一时心软，就跟他交了底：“明年珊珊就高考了，听说现在学费都涨价了。”

老张想要安慰她：“读书是大事，我多少可以支持点。”

丁小莉看看他，这个多少到底是多少呢。话到嘴边，终究没有说出来。

珊珊带着“苹果化了”在车站边上吃德克士。一人一个脆皮手枪腿，金黄色的脆皮把在手里似乎还在咔滋咔滋响。草莓雪布蕾却只点了一份，你一勺我一勺分着吃。

“苹果化了”说，这是我第一次来看演唱会呢。

珊珊说，你以前不是追过 EXO 吗。

那是去北京看的，我还没来过省体育馆呢。

珊珊把还剩的大半个草莓雪布蕾推到“苹果化了”面前，“一会儿我们会路过，我指给你看。”

于是，她们两个肩并肩，手牵手，推开德克士的玻璃门，往那个最好的地方去。

体育馆圆头圆脑，像戴了头盔的脑袋。从车窗看出去，玻璃上的灰叠加在灰色的建筑上，这个世界是脏的。“苹果化了”趴在窗玻璃上，手上的绿丝带就扎到体育馆的脑袋上去了，像个爱美又不懂打扮的姑娘，显眼得带几分尴尬。

珊珊趴在“苹果化了”背上，“就是这里。”

“苹果化了”呵出一口气，窗玻璃上的灰尘与圆头盔一样的体育馆就白蒙蒙地变成了一大团棉花糖，带点甜味了。

她们的手握在一起，并没有太用力。只是像荷叶上凝结的晨露，被风一吹，地心引力一抓，就滚落到了一起，合聚成一颗更大的露珠。稳稳停在荷叶中心，不再随风摇摆。珊珊要带“苹果化了”回家去。要在那个她诞生起就拥有的空间里，挤出一块小小的空地，给她们俩。她暂时忘记了丁小莉，或者过于笃定地相信，丁小莉，也是她的好朋友。

一进家门，珊珊就开了电脑。跟“苹果化了”轮流去刷票。比赛的时候，每个星期开一次投票通道。只要在家，珊珊就熬更守夜给傅覃刷票。从十强赛一直刷到总决赛。那几个月丁小莉给她的伙食费，都转给傅覃贴吧的财务组买物资了。她可以少吃饭，也可以不吃饭。只要能刷出票来。

总决赛结束，暑假也结束了。一整个夏天就这样过去了。到现在，开学一个多月，珊珊每天都像行尸走肉一样。课间和放学后刷刷傅覃贴吧里面的帖子，但是再也不像比赛期间那么热闹了。像一些老粉丝说的那样，每一个新的选秀，他们都会喜欢上新的爱豆。铁打的选秀，流水的爱豆。慢慢地，手里攒了一大堆爱豆，自己也老了。

十七岁，珊珊感觉自己开始有点老了。

但是她和“苹果化了”挤在房间里给傅覃刷票的时候，比赛期间的热血又回来了。巡演期间，最高人气投票通道又开启了。票数高的粉丝福利就多呗。比如，你家偶像可以多唱几首歌。也可以票选最想听他唱的歌。似乎她们真的可以通过两只手，决定什么，又改变什么。一种模模糊糊的自由。

“苹果化了”说，她刷票刷得手都要抽筋了，换人。

珊珊就抓过鼠标，疯狂地刷起来。

这个房间就是她们的主战场。从下午到天黑，她们一口水都没有喝，只是坐在电脑前刷票。每投票成功一次，网页都会变红，撒些金色的碎纸片出来。欢天喜地庆贺，她们将有的胜利。她们就在金色和红色里手牵手。

珊珊说，演唱会当天，我们并排坐在一起，灯牌头靠头肩并肩，会比所有的灯牌都更亮，更像一支队伍。

“苹果化了”说，是啊，你再也不是一个人了。

在丁小莉所处的这个小城里，西南官话对酒鬼的状态分得很细。一个人偏偏倒倒，骂骂咧咧，浑浑噩噩，你看他两眼，可以说他在撒酒疯，在耍酒疯，或者可以说——发酒疯了。

卤肉铺里这两个突然吵起来的男人，是哪一种酒疯，丁小莉斜着眼睛看了一眼，张嘴就骂——又发酒疯！

就像身体里埋了一个不知什么时候会被引爆的炸弹，而引线就是新倒入嘴里的几两酒。坛子里的药酒用苞谷烧做底酒，吸透了药材的猛劲，进到胃里面先是暖腾腾，继而火一样灼热，在周身血管里乱蹿，把酒鬼也就炸出了原形。

这两个酒鬼又在吵些什么呢。

一个说，哪个鬼二哥喊你去拉一车沙？

一个答，你懂个屎。拉沙不比你拉车西瓜好。

你懂个屎。西瓜现在是反季节，人人抢着买。

那你卖出几个嘛。你不站起来看看，全城有多少个车皮从海南拉了西瓜来卖！

老子喜欢西瓜，老子就是愿意卖西瓜。

丁小莉在围裙上擦擦手，扭头看着酒坛子下面她刚刚拿的货，一堆心妍美化妆品，从粉红色的环保袋里挤出来。这些货又要卖多久才卖得出去？

她问，西瓜不好卖，那什么水果好卖？

酒鬼抬头看她，幺妹，吃饭都是问题，还吃什么水果哦！

另一个酒鬼接话说，幺妹，不要听他鬼扯，你跟我去，西瓜不比你卖卤肉好卖？

两个男人像斗鸡一样争抢起来，话题也就转向了丁小莉跟谁走更有前途的问题。像他们平日在这卤肉铺里的每一次吵闹一样，争抢的结果不重要，反正丁小莉都还是大家的，但争抢过程中的气势、态度，则显出最近日子混得好不好、好坏到什么程度。

到这种时候，丁小莉往往都煽风点火外加打情骂俏，把酒客拢住，把生意做下去。所以她瞪圆了眼睛，嗔道，哎呀呀，快点带我去。切西瓜哪个不会嘛。

丁小莉每个星期给珊珊一百块钱，指定是早餐和夜宵加餐的钱。

住校的伙食费，每个学期开头都会交，所以这点钱，变相就是珊珊的零花钱。喜欢上傅覃后，珊珊舍不得用这一百块了。

转账的时候,可以要求钱用在什么地方。珊珊都是指定做灯牌。灯牌，就是写有傅覃的“傅”字，或者其他口号，放了电池可以发光的牌牌。各家粉丝都会争取尽量多的入场名额，还有灯牌数量。比赛现场，灯光一暗下来，全场能看见的只有灯牌。哪家的灯牌最多、最亮，基本上就是哪家爱豆最有王者相。各家灯牌颜色不一样，傅覃是绿色,其他家有红色、白色、黄色。所以就算镜头虚化了背景，看不清灯牌上面的字，但灯光颜色还在一片黑暗中兀自闪动。

每次看到绿光的时候，珊珊知道里面有几块灯牌是她的，她也就知足了。

一般人都以为，红光比绿光更亮、更刺眼，其实，绿光比红光更有穿透力。你知道为什么海水看起来是蓝绿色的吗？阳光照在海面上，一些光反射了，更多的光进到水里面。海水里面有很多我们眼睛看不见的悬浮颗粒，这些颗粒吸收蓝光和绿光，然后散开发射。绿光和蓝光在水里面穿透力最强，散射的机会也就最大。所以海水看起来是蓝色或者绿色。

就算是人山人海，绿光都可以穿透他们。

在珊珊住的这个老家属院，也有一盏绿灯。那是温州发廊倒闭后，一楼邻居捡宝贝捡回来的。

跟发廊里那些粉红色灯管不同，这盏绿灯是个圆形壁灯，也不知道之前被发廊老板装在什么位置，照亮些什么场景什么人。绿灯被一楼邻居捡回来后，装在单元的门洞上。入夜后，远远能看见一点绿，让他们这栋楼在千篇一律的家属宿舍楼里更易辨认。也因为易辨认，这绿灯慢慢成了家属院里的地标，凑在绿光下打牌的人得在天黑前铺好桌子，才能赢得最强的光线。

原本，伍爱国的牌摊都摆在临街的小卖部门口。绿灯成了地标后,他出现在单元门口的几率越来越高了。珊珊也在这一盏绿灯下，慢慢认识了她的父亲。

跟丁小莉相比，珊珊长得更像伍爱国。跟长相相比，遗传更让人心惊的是动作和神态。珊珊有时候远远地逗着流浪猫，装作在发呆，其实是在打量伍爱国。她发现伍爱国也有抓耳朵的习惯。有事没事，手就抓住耳廓，上上下下地搓。搓下来的泥团一团，成个球，随手弹到地上去。

这种时候，珊珊会抬头看看自家窗口的一团漆黑，想着不知在哪张牌桌上奋力拼搏的丁小莉。珊珊觉得，他们还算是和美的一家三口。虽然不住在一个屋檐下，但如此相似，又如此平静。

在小日子里，平静往往并不持久。人比自己已知的更不受理性控制。伍珊不能明白，丁小莉为什么突然发疯。为什么她把自己的好朋友带回家来，要让她在这里住几个晚上，就触犯了丁小莉的底线，不对，不是底线，是比底线更严重的什么。以至于丁小莉拱着背一下子跳起来，把“苹果化了”撵出门去。像她平时清洗伍珊的书包和球鞋时，总要先喷一次消毒剂，再戴上口罩用力扑打上面的灰尘，自以为这样可以把所有病菌赶尽杀绝，不污染家里的空气，一样。两个女孩则目瞪口呆，像被电击了，立在门框两头。中间杵着一个丁小莉。

“伍珊！那是什么人，你带进这个门！”丁小莉背靠着门，双手在腰后护着锁头，大口喘气喘得眼睛都要翻白了。

“她是我的朋友。”珊珊低声说。

丁小莉完全听不进话，堵着门的姿势只有一个意思，她休想进来，你也不要想跑出去。你还是不是我女儿，我还是不是你妈——她反复就问这两句话。翻来覆去。最后伍珊只能蹲在地上哭着重复她的话，是的，你是我妈。

这一生中，丁小莉最自豪的事之一，就是伍珊比其他娃娃更早地叫妈妈。她无数次地跟邻居、朋友、亲戚和伍珊本人描述那个场景，以至于这声“妈妈”从现实的经验，变成了记忆里越来越坚固越来越膨大的一个岛屿。岛屿在其他记忆的碎片与板块间滑行，时不时就会被丁小莉捞出来重温，照料岛屿上新长出来的植被，调控光线，拔除那些不顺眼的杂草。是啊，一个蹬着粉色四肢的小小躯体，发出的第一个音节，是对着她。

珊珊喊她妈妈。

至于伍珊呢，还小的时候，听丁小莉说这个细节，或者其他跟伍珊成长过程中屎尿屁相关的低俗细节时，还能认真地听着，并觉得甜蜜。但慢慢地，她不再喜欢丁小莉老是对别人说这些她小时候的事。或许伍珊本质上也只是一个听众，听众永远不可能像记忆的宿主那样，对重复收听甘之若饴。再到后来，伍珊更大一些，就开始觉得尴尬了。觉得丁小莉每这样做一次，她跟丁小莉之间那些不愿意与人分享的事，那些真正的亲密与秘密，就瓦解一次。大人们总是觉得无所谓，或者他们要的，根本就是瓦解之后再涂抹修改，只为在人前换得一点小小的虚荣和证明。

但是现在，丁小莉第一次，要伍珊亲口跟她确认，确认“妈妈”

这个词，这重身份。伍珊也挣扎了一下，一些刚长出来的翎羽，摇摇欲坠从她身上剥落。所以她蓄着泪的眼，看着这屋子和屋子正中的丁小莉时，模糊，更痛着。但最后，她终究蹲到地上去，重复着丁小莉的话——是的，你是我妈妈。

得到答案后，丁小莉又变成了伍珊的妈妈。她伸手，把一缕头发挽在伍珊耳后，你要乖，听到没得，要乖。

走廊里的声控灯，之前被丁小莉的声音胀满射出白色冷光，现在，黑下来了。门缝不再透光进来，屋子无知无觉坠回永夜。

“季末，我走了。”“苹果化了”手松开了门，从丁小莉的领地撤离。

伍珊是怎么变成“季末”的呢。“苹果化了”拍着门喊的这个名字，喊出了伍珊大半年来的心事，喊得眼泪扑簌不受控制。

“季末”是伍珊在贴吧的ID，全称是“寂寞在季末”。在一个贴吧里遇见、成为朋友的可能，并不比在转动的地球上一对爱侣彼此视线相接的概率更高。毕竟，在这个次元里，平均每天会新建10000个贴吧。平均每天新发2000000个新帖。平均每天有80位吧主当选，走上他们的工作岗位。

“苹果化了”是傅覃吧里一个超人气帖子的楼主。她把直播里有傅覃的地方都截图，然后配上文字说明。比如：“宝宝6:30蹬了一下被子，7:04起床了。先去刷牙洗脸，然后洗头（天哪他每天都洗头）。”吧里的人绝大多数都跟“季末”一样是学生党，不可能一直守在直播间看爱豆的动态，所以“苹果化了”有人气有威望有吸引力，是这个次元里让一个ID居于食物链顶端最珍稀的构成材料。

跟“苹果化了”相比，“季末”被这个世界吸附的力量，不是来自于被千万人点赞的快感，而是被严丝合缝嵌进一套机械链条里的归属感。虽然跟吧里无数迷妹一样，“季末”只是傅覃几百万张票数末尾的一个小写的“1”，但只要你愿意，总能被纳入严格划分任务与领地的战斗群，刷票、灌水、打江山。再小写的“1”，都可以不吃不喝不睡跟着直播一起见证历史的诞生。如果爱得再忘我一些，可以省下一个星期的早餐钱，捐出一块灯牌，变成傅覃比赛现场穿透人山人海的一束绿光。贡献视觉奇观。

小透明一样的“季末”，要跟“苹果化了”搭上话，需要一点意外。

那是第一次被爆吧的时候。十强争夺赛。进了十强，她们的爱豆傅覃就可以签经纪约、拍形象 MV、有专业造型。总之，就不是淹在一堆人里面的草根 boy 了。你天天在摄像头后看着他刷牙睡觉打呼噜的一个人，终于出道，振臂一呼要开始收割全世界最多的爱，没有什么比这更让人激动的了。见证奇迹的时刻。

照旧是直播，不过剧本早就写好的。二〇一四年了，真人秀基本都写剧本，角色性格设定、冲突矛盾、好人坏人。人需要戏剧感来更快地代入及忘我，如果可以，自带血包在全场统一的爆炸声响起时用力捏爆也不错。

总之，当晚的剧本就是，十五个男生先分成两组，以两个战队的形式先对决。第一轮才艺表演后，每一组干掉对方一个人。剩下的十三人各自进行第二轮才艺表演，得分最低的两人直接被淘汰。第十名与第十一名再终极 PK。满场都是血。

傅覃是第十名。

他穿了件松松垮垮的毛衣，大开领，果绿色。不知道被台里的其他小艺人穿过多少次，旧，袖子长兮兮的。就那么站在舞台正中间。主持人说，现在、立刻、马上，这两个男生终极 PK。每个人只给三十秒，清唱。三十秒，有什么意义。好像大家之前一小时四十分钟守着的直播，都很有意义。要结束了嘛，要散了嘛，下一档节目要播了，最后溅点小水花出来。

傅覃倒也没有桀骜不驯到敢完全不尊重游戏规则。他还是唱了，站在临时升起的一个圆形舞台上，一束光打在他脸上。破了音，最后五秒几乎是在吼。有个胖男粉，好几次出现在镜头里面，对着傅覃一直叫叫叫，举起的右手上扎着一条绿丝带。

总之，最后，可能是，大概是，傅覃唱破了，还在嘶吼的声音里，有什么东西暴露出来了。他才十九岁，就比"季末"大两岁。"季末"盯紧了屏幕。不眨眼。

第十一名，一个比他矮一个脑袋、海选时候一直打亲情牌的小男生，也唱了。嘴角有点不屑。他在不屑这个弱智的游戏？或者不屑唱破音、弱爆了的对手？或者不屑他自己？

然后，那一幕发生了。

两只斗兽，傅覃和第十一名，并肩站在圆形舞台上，舞台开始升高，升得几乎与摇臂摄影机、四大评委的座椅一般高了，露出斗兽场的原貌。主持人喊他们说两句。说什么，说这两句就能拉到已经截止的场外投票和早已注定的评委选票吗？傅覃说："我把晋级名额给他。"他，身边的第十一名。

第十一名几乎是用厌恶的眼神看了傅覃一眼。评委和主持人却突然像被打了鸡血。"你以为你是谁？""你知不知道游戏规则是什么？”“你以为可以蔑视这个舞台吗？”“你让，你就是个懦夫。”

现场炸开。似乎这才是大家等了一个晚上的高潮。评委、主持人使出浑身解数抢戏找机位，要吸住二十几台摄像机，从群戏里脱身而出晋升为光芒四射的主角。两个评委吵着吵着作势大打出手，在镜头里向愚蠢的观众演习冒牌的正义。

“季末”后来知道，她在屏幕背后看着这一切发生时不能自抑地激动，就是属于他们这一代人的历史现场。

半个小时后，傅覃的吧就被爆了。

前十五名的粉都跑来闹，人山人海。最激动的自然是第十一名的粉。他家偶像只是个孩子，傅覃是个心机鬼。装嗓子痛博同情，让名额抢头条（她们也太天真了头条有这么容易上吗），顶撞评委装有性格，引发评委内讧后沉默不语扮无辜。他家爱豆就这么被牺牲了，傅覃罪该万死。

“动不动就说谁该去死，你们自己怎么不去死。”“苹果化了”是这时候出现的。

在QQ群里商量好的、统一复制粘贴到吧里的答复被她破坏了。那个QQ群叫“傅宝宝战斗群”，统一回复是这样的：“谢谢对傅覃的关注。你的建议会是傅覃成长路上的鼓励。欢迎常来吧里坐坐喔。”

“季末”也在干复制粘贴的活儿，所以“苹果化了”的激烈言论一出现，QQ群一下就爆了，好多人嚷嚷着要删她的帖。“不能给偶像招黑。”“她疯了吗？”“粉丝犯蠢，偶像买单。”都是些正确但没有力气的废话。

“季末”点开“苹果化了”的头像，打字：“干得漂亮！支持你。”

很快，“苹果化了”闪动了：“傅宝宝并不需要那么多脑残粉。”

“季末”说：“你才是真爱粉。”

“苹果化了”却说：“比赛结束后我就会删号消失。”

吧里洪水一样涌进更多的爆吧 ID 和帖子，冲散了“季末”与“苹果化了”的对话。发帖与删帖的速度频率并驾齐驱。很久很久之后，战斗群复制粘贴统一答复终于排成了整齐的队形。“季末”擦了擦兴奋得冒油的鼻尖，对着“苹果化了”打出一连串问号，却没有再收到任何回答。

爱是一个决定性瞬间。“季末”后来觉得，她是在那个爆吧的晚上真正爱上了傅覃——傅覃前所未有地需要她的战斗力，需要她这颗小棋子规规矩矩守秩序随号令冲锋陷阵。大概也是在那个晚上，“苹果化了”真正进入了她的生活。

“苹果化了”是个什么人呢？整个后半夜，她都没有再出现。之后，她没有被吧主封号，但也没有再参加之后吧里的任何一场战斗。但从那时候开始，“季末”就不能不注意她了。

那是“季末”第一次为了傅覃熬通宵。刷着刷着，无形的爱就变成了一个个有形的字节。她在电脑前伸了伸僵直的脖子，有点被自己感动。天快亮的时候，她关了灯，听见丁小莉趿着拖鞋去上厕所。还是舍不得冲马桶，从水龙头滴答积水的大盆里舀一瓢水冲了。

“季末”点开“苹果化了”的发帖记录。“苹果化了”这个账号是新的，只发过一个主帖，就是那个直播帖，也不去其他吧逛。好像这个人，只需要做这一件事。

从小，丁小莉就跟伍珊说，男人靠不住。“垮了裤子要日，拎起裤子就跑。”在她们住的两居室里，从沙发到浴巾，都是些女人喜欢的碎花图案。那些丁小莉接起电话来“死鬼死鬼”地骂的人，一个也没有在伍珊面前出现过。丁小莉大概多少想证明，就算她又卖卤肉又卖心妍美，眼珠子一天天黄下去，但养得大伍珊她还是有点本事。

伍珊真的大了后，丁小莉发觉有些事开始不受控制。初中毕业，丁小莉给伍珊买了胸罩。第一次戴时，丁小莉站在床前，想指导伍珊怎么把胸部塞进那两片棉布里。丁小莉抱着两只手看，伍珊突然就很生气，请她出去：“丁小莉你能不能让我一个人待着？”丁小莉犹豫了半天才走出房间，好像伍珊身体上长出这些不受控制的肉坨坨，她更紧张，更受煎熬。

悄悄地，伍珊还是谈过两个男朋友。晚自习后在操场上散步，蜻蜓点水地打个kiss。男生身上带点汗臭又有点夹生的味道，跟丁小莉身上的味道不同。慢慢地，伍珊不想再跟丁小莉睡一张床了。她一个人躺在房间里，解开胸罩，轻轻捏着一天比一天更高更软的胸脯。有时候指尖在乳头上逗留很久，茉莉花蕾一样的柔嫩让伍珊突然对这具身体生出一种真正的感情。不同，它们跟丁小莉从洗澡间里冲出来时，吊着的那对又硬又黑的乳头截然不同。

总有点什么，是伍珊不可能让丁小莉知道的。

可能是察觉到这变化，伍珊高二住校后，每个周末回家，丁小莉总是跑来跟她挤。两个人直挺挺躺在蚊帐里面，伍珊比丁小莉长出一大截。

从很多角度看，丁小莉都还有一个好身体。侧面看过去胸部沉匍匐，脖颈和身体相接处也还柔软，以及翘得总是把衣服后摆都夹进去的屁股。但从背后看，多看几眼，就能看出问题来。不是丁小莉的问题，是时间的问题。腰线消失了，原本掐在胸和屁股之间的那把腰，两条凹线变成了两条直线。丁小莉对改写她身体线条的力量又惊又惧，部分关乎女人都会有的白日梦一样的虚荣心，更多的则关乎生存的压力——来卤肉铺里找她切二两猪耳朵或者肚条去下酒的人少了，老了。卖猪肉都卖不出去了，你说焦心不焦心。

伍珊倒是一天天长起来。夏天她穿个背心短裤就在家里晃，屁股后面戳一截卫生巾出来，看得丁小莉毛焦火辣——简直就是个傻大姐。

这样的此消彼长里，两娘母好像可以一直这么过下去。但终究有些光线，从她们屋子的窗户射了进来，慢慢照清楚两张神色相同又不尽相同的脸。

一天，伍珊准备返校，丁小莉回来了。一进门就把两只高跟鞋踢到地上。抢人啊！两场婚礼，一场寿宴，还有场满月酒！老娘一个月的钱就着这些王八蛋吃了！

“那你不要去吃啊。”伍珊接过丁小莉的手提包。

“都是些熟人，开席后还要帮新娘子挡酒。熟人来了又陪着喝，七八个小时！到麻将都打完了才完！”丁小莉把胸罩往肚子上扯了扯就进卧室去了。

“输了多少嘛？”伍珊怯怯问。

“你不要给我提这个输字！”丁小莉鬼火戳，扑进卧室去。

还没有一分钟，她又披头散发地跑出来，“珊珊，这个月伙食费我给你没有？”没等伍珊回答，她拎起包包翻啊翻，“你妈养你不容易啊，伍爱国那个狗日的倒是甩手掌柜潇洒得很哪。”

“给了的。”伍珊说。

丁小莉已经抓了一些块把两块花花绿绿的零钱，在茶几上堆成个小山包，“自己加点菜。”

然后她拢了拢头发，自顾自进了卧室。过了一分钟又喊：“来，帮我捶捶背嘛，珊珊。”每次，丁小莉有大事小事相求，就会把伍珊的名字放在最后，两音交叠轻轻唤出来。

先捶右边肩膀，丁小莉右边身子劳损得厉害，肩胛骨明显高出左边一个拳头。伍珊张开手指，把住她的肩膀，拇指沿着肩胛骨一点一点捏着，也像是抠着她的肉。偶尔用力一下，丁小莉就哼出些暧昧不明的声音来。

抓牌、炒菜、拖地、晾衣，丁小莉的右手总是过度用力。甚至有一次，一个乡下亲戚杀了猪，送来一整只猪后腿，她也是把猪腿甩到右边肩膀上去，歪着身子要去菜市场找屠夫剖开。那只猪后腿太重了，丁小莉双手拽住猪蹄，整个背弓起来，才让猪腿贴在自己身上。然后，深一脚浅一脚在一堆烂菜叶和稀泥塘里往前走。猪腿的油脂就在丁小莉的黑色羽绒服上蹭啊蹭。

伍珊的拇指顺着丁小莉的脊柱一节一节向下，人有多少块骨头呢，牙齿算不算在内？慢慢地，丁小莉的背松下来，肉开始变软，也不再哼唧，像是睡着了。乱蓬蓬的头发后面，两个鼻孔喷出气来，有节奏，缓慢，像猪圈里的猪。

就在伍珊的手已经酸起来，准备出去时，丁小莉说：“抓背嘛。”撩起她的衣服，伍珊伸手进去随便挠挠。肉冰凉。胸罩紧紧勒在背上，东一坨西一坨地挤出些多余的肉来。这些不见光的部分，总是格外地白，可是怎么那么凉。

丁小莉第一次叫伍珊帮她挠背的时候，伍珊要趴在床边才够得着。那时候丁小莉总是哄人，说伍珊是她屁股里面出来的。还说，要不然我肚子上怎么没有伤疤呢。伍珊听见这话总觉得很恐怖，有时候简直就要怕得哭起来。从屁股里出来，那她是什么呢，还是个正常人吗。看见伍珊要哭的样子，丁小莉就像她其他时候乱开玩笑把伍珊要逗哭了一样，说，来，幺儿，妈妈抱。

最后，伍珊的手无意识地搭在了丁小莉的肩膊上，像个拥抱。两个人的影子映在黑漆漆的墙壁上，慢慢被墙吃进去。

从她们的家走路去卤肉铺，脚程不快不慢的话，需要八分钟。

先下四楼，从邻居堆在楼道里的花盆、竹椅、水桶、拖把中挤出条自己的路来。出了单元门，吸一口新鲜空气，踩着碎石子和泥浆浇出来的小路，路过几栋一模一样的单元楼，走到主路上去。再经过垃圾堆、公共厕所，下个斜坡，就是大马路了。

分割大马路和厂区宿舍的围墙这些年渐渐拆了，修出一排临街的小门面来，租给面馆、米粉铺、小卖部、网吧和烟酒店。这条路东西走向，门面朝南，所以被唤作向阳路。

各家老板有各家老板的熟人，各个人也有各个人的口味。家属院随着厂的衰败一起衰败下去后，失去了公共空间的人，就开始聚到这些门面前的小空地上。不管夏天冬天，都支起张小桌子，围出他们以前在车间里面的小团体来。吃喝嬉闹。

卤肉铺在一排门面的尽头。老板姓张，瘦瘦巴巴一个老头。说是老头，其实不过五十出头，只不过人一瘦，皱纹看起来就密集，就显老。跟一般卖荤腥的档口老板都被肉味和油烟熏得膘肥体壮满脸油光不同，这个老张总是一张哑黄黯淡的脸。

初来乍到的外人谈起这个特点来时，一些晓得内情的人总会提起老张的过往。

“原本卤肉是他婆娘的手艺，婆娘倒是能干，一下岗就推个车车卖卤肉。味道确实好,两口子也就有个活路。只是后来婆娘跑了。”

“跑，跑去哪里？”

“哎，我不和你说这个。”

“有什么事是说不得的哦。”

“老张是个老实人。”

“老实人看不住婆娘。”

“我不和你说这个。”

“离婚的又不是这一个两个。”

“没得娃娃，婆娘咋个拴得住。”

“是哪个不会生嘛？”

“哎，哎，我不和你说这个。”

丁小莉就像是个天生的补丁，缝在老张的卤肉铺上，堵住少了女主人的漏洞,还增加些新的看头来。大家都是一个厂子里长大的，谁不晓得谁那点事。生意也就这么年复一年做下去。也有人议论老张那点心思，但这种言情小说一样的故事，没什么嚼头，还不如直接喊丁幺妹切二两猪耳朵打一两苞谷烧，嬉嬉笑笑。大家也就没兴趣再编了。

再说了，真正的男主角伍爱国就在五十米开外。说这些，不好嘛。虽然不再是光荣的工人阶级，但大家还是要有点思想觉悟，保持点无产阶级的作风和神采啊。

从厂里散出来后，大家心照不宣在等待某个新的据点。可以像以前把铝饭盒放在一起温热的那种集体情谊。可以是家家户户敞着门不害怕秘密的那种清白与坦荡。接受一样的工装，一样的伙食，一样的宿舍，一样生老病死的一生。每个人和每个人都一样所带来的安全感。但是拿钳子拿了一辈子，要换成拿算盘，不是每个人的拇指都拨得动那些木头珠子。

伍爱国也打过主意，弄些时兴的玩意来聚人气，台球厅啊，音乐茶座啊，这些在几公里外的城区流行的东西，搬到厂区来，却怎么都流行不起来。本砸进去不少，谎扯了很多，但终究没怎么赚到钱。赚到钱的，到头来无非是开洞洞舞厅的——整几个外地的女娃娃来给厂区的光棍刹火。或者像老张这样，卖点味道好分量足，还有个丁小莉站柜台的猪耳朵。

慢慢，伍爱国也想明白了，这群狗日的没文化没素质没未来，只能靠点小舒服大舒服打发时日。于是在街边摆个棋牌摊，在城管眼皮底下半明半暗地开起赌档来。

捞偏门也不是人人都干得了的，除了不怕死、想发财的一颗心，还要八字够硬，撑得起偏门的命格。伍爱国估计还是八字太轻。摊摊被砸过，腿被打断过，赚进来的钱赔出去。骗人骗久了，也被更大头的人骗过。所以，丁小莉眼泪汪汪跟他说，珊珊大学的学费在哪里，你要看她在这个烂泥塘里拱一辈子吗？他确实恨起自己来。

当初为了一人占一套房子，跟丁小莉扯了离婚证。没想到证一扯，两人的关系也慢慢扯远了。各自有了几个男女朋友后，关系就变得不咸不淡，不暗不明。珊珊还是喊他爸爸，但总是远远看着，不敢亲近。日子也就这样一天天过下去，土开始埋上来。

但他不想珊珊被这土埋住。

去广西拉水果回来卖，是伍爱国考虑来考虑去选定的新门路。国庆一过，北风一吹，人就盼着过年了。拉点热带水果，想个名目，讨点口彩。到过年前，怎么也能赚到点钱。也许就是丁小莉说的那样，伍爱国，两万块钱你死也要给我死出来。死是死不去，但钱要挣回来。毕竟，钱生钱，是不是？丁小莉从包包里掏出来的那五张毛爷爷，热乎乎带着卤肉铺的财气，可能是个好兆头。

珊珊并不知道，自己是丁小莉和伍爱国赚钱大计的主人公。

“苹果化了”的帖子停止更新后，变身成“季末”的珊珊继续在 QQ 上跟她聊天。慢慢地，“苹果化了”这个 ID 开始长出人的形状来，带着气息和血肉。比如，珊珊现在已经可以说出，“苹果化了”高中读完没有参加高考。家里有钱，不想让她工作。她住在离“季末”家三小时路程的一个县级市。这些，大概就是了解。

偶尔她们也视频。一次，“苹果化了”一边视频一边吃东西。说是她们当地特产的花生酥。她喜欢吃甜的，“心情不好的时候吃点甜的就好了。”

她对着摄像头剥开一颗花生酥：“你看，这个花生酥好白。只是甜，没得什么用，又甜又白又香又脆，才是好的花生酥。”“季末”的舌头在嘴巴里面转了好几圈，像是要尝出“苹果化了”讲的这几个字来。

但是，从认识到了解，两个人怎么才算成了朋友呢，大部分人会说，有共同话题。吧里那么多人都是傅覃的迷妹，一样的爱憎，差不多的年纪，但“季末”并没有跟她们中的谁成为真正的朋友。还得两个人之间要有点不同。什么不同呢？“季末”知道，决定她和“苹果化了”关系的，是些实实在在的东西。“苹果化了”过的是“季末”的理想人生。跟“季末”比起来，她好像已经想过了很多事，也做过了很多决定。所以删号消失这种在“季末”看来无比震撼的行为，在“苹果化了”身上，只是诸多平白无奇的事之一。女生之间的爱慕，大都由羡慕而生喜欢，喜欢而生友爱，要很多很多的友爱，才能结出一点爱。

“苹果化了”总是说，如果你以为拿着手幅就可以当一个合格的粉，那真是太天真了。爱豆需要什么，爱。你懂不懂什么是爱？

“季末”有些惶恐。为了显出自己的成熟，她装成跟“苹果化了”一样懂。那些跟男生在操场上散的步、打的 kiss，都淡成爱的前奏或背景。现在她们爱的是一个永远也得不到的人，纯粹得简直悲壮。尤其当她趴在傅覃的海报上，一次次把嘴唇贴上覆了膜的硬纸时，比海报更硬的墙壁都感受到了她的渴求与热望，把凹凸不平的表面狠狠印在那两瓣柔软上。

对傅覃的爱原本已经饱和，不可能分得出再匀些给“苹果化了”。但巧也好，什么也好，她们一起做了点坏，黑色种子埋下后像魔豆一样长得飞快，也就长出些真感情来。

那时，比赛已近尾声，吧里的战斗主题，从刷票、站队、买粉，变成了租广告位、做服装、买演唱会门票。要在万人体育馆租广告位、挂大标语、搭气球拱桥，只收集粉丝的时间没什么用，还要吸纳钱，很多钱。吧务在群里一遍遍号召捐款。“季末”每个星期转五十块钱捐一块灯牌的常规动作，开始变得没有价值。“苹果化了”

退了群，又被黑得伤了心，抱起手看热闹不说，还冷言冷语讽刺这些捐钱的人是猪脑壳。

“你捐了那么多块灯牌，到底哪一块才是你的嘛。”她对“季末”说。

“哪一块？总有一块是我的啊。”“季末”懵懵懂懂。

“你怎么确定你捐的钱真的都变成了灯牌呢？”“苹果化了”对着摄像头喝了一口饮料。

“季末”起了疑。起了疑，这个游戏就有点不好玩了。想了半天，她在 QQ 上敲打财务组的一个头像，说要看账。财务组的人批评她，都什么时候了，不去想办法筹钱，还在浪费时间搞这些小动作。说急了话就有点狠，什么大家都是为了傅覃才组织在一起战斗，如果没有信任和牺牲就不配在队伍里。“你这种心理阴暗的人还有什么资格说爱傅覃。”

“季末”哪里受过这种打击。稍微质疑组织的管理运行，就被威胁丧失了对组织的忠贞要将她一脚踢出去。她对着摄像头哭，说要认错重回队伍。“苹果化了”安慰说，她早就晓得这些，所以根本不跟她们搅和在一起。铁打的选秀，流水的爱豆。她以前粉过好几个爱豆，到后来粉丝群里打得翻天覆地，不是为钱，就是为权。

“但这些猪日的也太嚣张了。”说着说着她真的生起气来，让“季末”把自己捐灯牌的转账记录全部截屏给她。

新仇旧恨，“苹果化了”注册了新 ID 杀回傅覃吧，搅得比爆吧还天翻地覆。原来被人恨也会带来快乐。跟“苹果化了”并肩作战，“季末”突然有了点存在感。不是一个小写的“1”嵌在链条里的存在感，是一个跳脱出来的螺丝旋转跳跃劈开空气，哪吒三太子搅起东海巨浪的快感。

后来，“苹果化了”跟她说，这个世界就是这么挨尿，没必要总是让哪个满意。很多时候，你威胁威胁，给他们难堪，他们才会学乖。日哦。

她还说，只是乖，没得用。有时候乖有时候不乖，才有点用。

高三的时候，“苹果化了”的成绩也是上不去。她妈妈有一天就揪起她，要去一个县份上拜文庙。她爸爸妈妈是做大生意的，什么大生意不清楚。总之，她家有钱，又只有她一个娃娃。这天她妈妈喊司机开车，带起她们两娘母大清早就出发去文庙。出门前她妈妈硬是要她穿校服，说是“在先师面前，有个学生样”。两娘母又吵了几句。校服那么丑。

文庙，就是拜孔子。这个文庙的孔子像是站着的，还有一个特别大的神位。她们就拜啊拜。后来，她妈妈在庙的院子里面看了很久，发现有好多皇帝写的牌匾，一个一个在那儿认，认出一个就喊她女儿去拜一个。这个是康熙，那个是乾隆，还有嘉庆道光咸丰同治光绪，蒋委员长的也拜一拜。累了，两娘母坐在一个照壁前面，妈妈给她剥橘子吃。那照壁上雕着些鱼跃龙门之类的图案。妈妈就说，由鱼成龙，才是人生光辉顶点。喊她看庙的琉璃瓦，上面几条龙张牙舞爪，说那才是好生活。

“苹果化了”把橘子一瓣一瓣吃了，又接过妈妈塞过来的盐水花生，突然就说，她不想再读书了。妈妈像是没有听见一样，继续往她手里塞更多的盐水花生。她把花生甩在地上，重复了几遍，就是不想再读书了。妈妈突然说了句奇怪的话，她说——你怎么好意思？

“季末”问她，那后来呢。

后来，“苹果化了”说，她能怎么样。她是我妈，但我也是她女儿啊。什么叫态度很好但不服从，什么叫气得她手板心痒又打不下手。你懂不懂。

“季末”说，你怎么这么厉害呢。

“苹果化了”说,哟,崇拜我不。等着,我请你去看傅覃的演唱会。

所以看演唱会是大日子，“苹果化了”来见“季末”的这一天，也是大日子。但看看丁小莉，脏兮兮油叽叽的袖套，被理发师骗了染得像狗啃过的头发颜色，还有说话时永远准备马上坐地撒泼的凶悍。伍珊觉得丢脸丢尽了，恨意也没有预兆拔地而起长出一堵墙亘在两娘母之间。

你给我送客,马上。丁小莉话锋凶得口水都杀出来挂在嘴皮上。

伍珊说，可是妈妈，她是我的亲人啊。

丁小莉说，亲人，你们有血缘关系啊？你们朝夕相处过啊？她父母叫什么名字你说得出来？家里面做什么的你清楚？我看你是脑壳进水。

然后突然就扑上来，要没收伍珊的手机。伍珊抓着手机跟丁小莉扭来扭去，嘟囔着“手机是我的”。

丁小莉突然大声说，伍珊，你从头到脚哪样不是老子挣钱买给你的。你脱，你敢脱。你脱光了你这从皮到肉也是老娘日出来的。

“苹果化了”不晓得要不要把两娘母拉开，就绞着手站着。客厅的吊灯三个灯球早就坏了两个，现在那一个好的灯球就斜着眼睛看两娘母。看她们怎么收场。

“苹果化了”突然说，阿姨，其实我不是要在这里住。我只是过来看“季末”的。

丁小莉仰着脖子，眼睛恶狠狠地扫射着她们两个，“季末，季末是哪个？”

半晌，伍珊怯怯地说了声：“是我。”

丁小莉大声高气地说：“带陌生人回来不说，连名字也要改了！”

伍珊脱了一半的毛衣勒在胸脯上，像要把她勒死。

这件毛衣勒得住她，完全不是因为她的胸部已经膨胀过度，而是因为，这是件她小学六年级时候丁小莉打的毛衣。丁小莉从图案书里选了几朵云和一只猫在一起的图案，给伍珊打了最后一件毛衣。后来她的心思就跑到麻将上去了。棒针戳得再多，也只是变出一件毛衣。摸牌摸得技术，变出的票子可是多多了。总之，这件毛衣松松垮垮在伍珊身上挂了好多年，变得像针织衫一样僵硬，去年开始终于合身了，现在却要箍死伍珊。她没说话，只是慢慢把毛衣拉下来。

丁小莉并不是一个打毛衣的好手。她只是喜欢提起装着毛线和棒针的兜兜，跟其他妇女坐在一起说闲话。她们中手艺好的人，总是格外得到赞美。而丁小莉有时候连起针都要靠那些好手艺的人来帮忙。起好了头，她就顺着一排一排往下打。打不下去了，再找人改针。所以伍珊的毛衣里面总是有很多线头和疙瘩，穿的时间久了，就磨出一个一个的洞洞。

连毛衣都打不好的丁小莉，跟伍珊一样，是个普通得不能再普通的人。想到这些，伍珊服了点软：“季末只是我的网名。”

但丁小莉似乎并不领情，“你父母不管你啊？你好意思啊？他们好意思啊？”回身把手机砸到沙发上，再对着“苹果化了”说，“跑到一个陌生人家头，把你拐了卖了杀了，不怕死啊？”

伍珊扯她的袖套：“妈妈，你在讲什么。”

丁小莉用力把伍珊的手甩开：“你有什么资格说话。”

“她是我的朋友。”

“朋友，你懂什么是朋友，你有什么资格交朋友。”

屋子被按了消音键一样静，只有卫生间里水龙头“滴答滴答”继续把不带动水表转动的水滴到塑料大盆里。虽然手臂上的肉被丁小莉扯得生疼，但伍珊的身子却不由自主歪向河对岸的那一边。

“苹果化了”冷冷说：“用不着说这些，我听得懂话。但是阿姨，季末要是跟我走，那就是她的自由了。”

突然，门“砰砰砰砰”地响起来。

“丁姨妈，丁姨妈，收管理费的人到楼下喽，你快点关灯啊。”不晓得是隔壁杨姨妈还是陈婆婆的声音。

丁小莉对着门应了声“晓得了”，反手关了灯。

独眼灯泡一下就熄了，乌漆墨黑里，三个人六只眼，争夺着不多的光，那些不远处新修的楼盘亮着灯的家庭里蔓延过来的生机。

丁小莉揪着伍珊的手慢慢松开了。黑暗中，另一只手牵住了伍珊。不出声，她们就静静握着手。楼道里劈劈啪啪交错着脚步声，好几只手拍门，砰砰砰，砰砰砰，砰！砰！砰！最后几乎是脚在踹了。拍了半天没反应，门外那只手骂了句：“日你妈的穷逼。”

丁小莉从鼻子里哼出一股气。

灯再度亮起来时，沙发上，“苹果化了”仍静静握着“季末”的手，只是看起来倦极了。只有丁小莉，像充饱了电，直挺挺站着，并没有忘记她的战役。

接下来的十几分钟，或者更长的时间，丁小莉扭动身体，调动全部嗓音，只做了一件事，就是让伍珊承认，她是她妈妈。

两娘母都装作睡着了，喷出轻而浅的呼吸。月光却毫不留情，直直照亮两个背靠背的身体上大大睁开的两双眼。丁小莉的眼角吸进了月光，显出一条条深灰的纹路来，像哪支毛笔，墨半干时在纸上皴出阴阳向背的笔法。她的眼珠定住不动，像是看见了窗户外摇曳树影背后更深更黑的景象，专注得透出一点淡淡的悲哀来。伍珊的眼珠子则转得很快，还没有从刚刚结束的闹剧中平静下来，要一条一条从左到右数清楚衣柜上的木纹，才认得清这个家。

揣着心事的两个身体变得重起来，压得床变了形，就要转动起来，把两人拖拽进黑漆漆恐惧的世界。两人却心照不宣地不翻身，僵直了身体，要独自面对这恐怖。

单是带陌生人回来，丁小莉怎么至于像扯母猪疯一样发狂呢？伍珊觉得，丁小莉这么生气，肯定是她的事被发现了。

好几件吧。

丁小莉最有可能生气的一件，大概是伍珊偷偷给她在“真爱无限”婚恋网上注册了一个账号。倒不是伍珊想有个后爹，只是觉得丁小莉有时候太烦了，天天把她当成个囚犯一样，什么都要听她的。要是丁小莉有个爱人，真正的爱人，起码，注意力就会放点在别人身上吧。或者说，伍珊还是希望丁小莉可以幸福的。

反正，伍珊就注册了一个账号，传了几张丁小莉的照片上去。

把脸P小，腰P细，眼睛P亮。一句话简介写的是“丰满娇俏”。伍珊逐个逐个看那些求偶对象发来的私信。基本上都是骗子。把那些“情书”复制粘贴再一搜索，好多都是重复、抄袭的。要么就说“请关注我”，然后给你一个淘宝链接。偶尔也有一两个感觉是真的在找对象，但条件又太差了。

“真爱无限”婚恋网有它的规矩，如果你肯花钱，它就可以给你提供符合你条件的对象，但是伍珊没有钱，所以给丁小莉送花、发情书的很少，过滤一下垃圾信息后几乎就没有了。丁小莉的头像，伍珊倒是一直没有换过，是一张她P了两个多小时的半身像。但不是P得特别假的那种，如果有她的熟人在那个网站上看到了，肯定一眼能认出来这就是丁幺妹，丁小莉。

伍珊把丁小莉挂在网上，想要一把推出去这件事，确实可能会激怒她吧。

还有一件就是成绩下滑。伍珊把饭钱省给傅覃买灯牌，把时间也省给傅覃刷票，也就没有什么心思看书了。班上有些女生，有种特别功利的战斗法，就是喜欢一个成绩特别好的男生，还要是同班的。你看到他时时刻刻都在做题、跟老师交流，你也不好意思睡觉或者看漫画了。起码要让他觉得你跟他是一类人吧。这样逼自己，成绩会上去。但伍珊就是不喜欢身边的男生。幼稚。出不得台面。

她最迷傅覃的时候到什么程度呢？她的手机屏保是傅覃的一张照片，背景是虚化的候机大厅，傅覃穿着牛仔布衬衫背着黑色双肩包，冲着她走过来。因为一直戳手机看这张照片，两节课还没上完她的手机就没电了。

班主任跟伍珊谈了两次，成绩下滑的事，但伍珊也没有办法。

老师在年轻的时候也爱上过别人吧？那种注定得不到的爱，他如果也经历过，就知道有多痛苦。白惨惨的日光灯下，老师只是说——伍珊，你这样下去，很难考得起大学了。

这话虽然听起来让人害怕，但伍珊听着却很麻木，只是晓得，考不上大学，大概是丁小莉最怕的事。丁小莉经常在她耳边念，考上大学，就有个好出路。虽然这出路指向哪里，丁小莉并不清楚。比如，考大学，那选个什么专业呢？毕业之后，要不要读研究生呢？或者，找什么样的工作呢？丁小莉统统不知道。对她来说，只要考上大学，似乎就拿到了另一个好世界的准入证，人生就会有更好的前景与保证。所以她从小就督促伍珊的学习，守着她做作业，也不管伍珊算出来的结果是不是都是错的，或者写的作文根本就不符合高分作文三段式的标准。只要伍珊乖乖坐在书桌前，把脑袋埋在书本里面，手里拿着笔抄啊写的，丁小莉就安心了。

什么都在变。厂子会垮，工人会下岗。但丁小莉不晓得从哪里生成的坚定信念，觉得读了大学的人，多少能掌握一点不被变化冲垮的技能。虽然这也是虚妄。

幸运或不幸的是，伍珊确实是个乖娃娃，她遵从丁小莉给她的安排和设定。但她并没有一副超过自己父母的聪明头脑，或者坚定意志，或者任何可以让她从这个家庭与环境里破壁而出的天赋。

但总有些缝隙，比如这场从夏天开始的真人秀，可以让她坐在电脑前就进入一个新世界。新世界跟伍珊睁着眼睛盯着看的这个家不同。里面有绝对的权威，有热忱的信仰，有严格制订及被履行的规则。有理想。

有为了这理想一起战斗的，真正的朋友。

像一场迷梦。但“苹果化了”从QQ头像变成一个车站人流中走向她的身影，带着温度与热度后，就不再是一场梦了。那么热切地，伍珊要抓住新世界里透出来的光。跟楼下那点绿光照亮的面孔不同，这光所行之处，照亮的是全然的未知。

丁小莉把伍珊的头发挽到耳后，一遍遍跟她说——你要乖，听到没有，要乖。伍珊想要满足她，但这次不同于往常，身体里有另一个声音在指令她——跟我走。

第二天早上，伍珊说不想回学校，丁小莉居然同意了。但是丁小莉出门的时候，钥匙比平时多转了两圈。

发现被反锁在家后，伍珊在QQ上猛敲“苹果化了”的头像。“苹果化了”说，她并没有生气，还问：“你妈妈还好吗？”她离开后，在附近的宾馆住下。演唱会就是后天。然后她安慰“季末”说，我下午就过来，想想办法。

以前，忘记带钥匙丁小莉又不在家的那些时候，伍珊会从走廊的防护栏钻进来。两只手臂举起来，身体变成一条直线，重力就把她往下拉，脚会“噗”一声踩到卫生间外的小平台。从卫生间窗户钻进来，就是家了。试过很多次，除了手臂被水泥护栏剐擦会有一点疼之外，门不能挡住她的感觉真是太好了。直到初中的某一天，她越长越宽的胯骨再也挤不过护栏，这个办法就此失灵了。要走进家，只剩了用钥匙开门一个办法。

“苹果化了”背着书包，提着两个油饼，在楼下喊“季末季末”。阴沉沉的天里面浮起一张白圆脸。钥匙砸在她边上，她蹲下去捡，然后仰脸笑了笑，笑容把阴天水波一样推开。伍珊也笑了笑。

油饼捂在塑料袋里，酥皮都回潮了。变软了的酥皮咬起来要用扯，吃得她们张牙舞爪的。“苹果化了”又从书包里拿出两瓶爆果汽水来，拧开瓶盖，递一瓶给伍珊。伍珊接过瓶子，两人碰了下，像是在庆贺。从组织中脱离出来后，她们就变成了两粒游弋的电子。背景还是绿色一片海，但两个人游来游去、追逐嬉戏，那些曾经天大的事，就化成了这个小世界里的沟回、水草和珊瑚礁，只是她们欢乐的见证。

两人并排躺在床上，玩着对方的头发。“苹果化了”突然说，欸，你有没有想过跟傅覃怎么样呢？

伍珊说，你说怎么样是什么意思呢？

“苹果化了”顿了顿说，打 kiss 啊。

伍珊心里面想过一百遍一万遍，但又觉得，好像傅覃不该出现在这个真的能摸得到的次元里面。他应该在一个不会有人反锁他的地方。于是她什么也没说。

“苹果化了”侧转身，把两片唇轻轻贴上她的嘴唇。

跟男生的嘴唇不同，“苹果化了”的嘴唇软得像奶油。跟男生的吻也不同，伍珊从没觉得这么轻松过。甚至，你不能用“吻”这个字来定义这个动作。两人谁也没有动，呼吸又轻又暖地围住四片唇，以及谁也走不进来的水域。除了她们，这里还有谁能进来呢。

伍珊于是紧紧抱住“苹果化了”，像是永远也不会松开。

伍爱国什么时候进来的，她们并没有听见。直到他刻意地一声咳嗽。他瞟一眼“苹果化了”，“珊珊，今天没得课啊？”没等回答就问：“丁小莉呢？”

伍珊坐了起来，看着伍爱国，再转头看看惊惶的“苹果化了”，

“你找她做什么？”

伍爱国不言语，钻进丁小莉的房间，把抽屉和衣柜门拉得砰砰响。伍珊跟进去，声音高了些——你在找什么？

伍爱国不理她。伍珊厉声说，你再不讲我就要打电话了。

“大人的事你不懂。”伍爱国继续翻箱倒柜。

伍珊晓得丁小莉和伍爱国虽然早早离了婚，但还裹来裹去像对配种的猪，但没想到伍爱国会背着老婆跑到这个屋子里来。

平素伍珊见到他，都是在马路边的棋牌摊上。伍爱国弓身坐在小板凳上，手里一把牌一抓就是一天。打“拱猪”时间是长，但也不至于像伍爱国屁股粘在凳子上的时间那么长。一度，她怀疑伍爱国找了角子，合起来诈那些更猪脑壳的人的钱。

有那么几次，伍珊路过，伍爱国又刚好不怎么投入时，就龇牙咧嘴笑起来，跟旁边人说，我姑娘，漂亮不漂亮。漂亮哇，也不看看她爹是哪个。伍珊急急的步子会慢下来，想听这张嘴再说点跟自己有关的话出来。但他又扑回牌桌去了，“看看哪个要变猪！”

但现在，伍爱国闯进屋子里来，显露出他跟丁小莉的关系显然比伍珊所知道的多得多。而他脸上的神色，紧张的背影，透出来的凶猛与力气，则第一次让伍珊感到恐惧。这个男人到底是谁？如果不是已知他是她的爸爸，那现在她是不是该尖叫起来，冲出门去喊邻居报警。

伍珊不可能知道，看起来凶神恶煞的伍爱国，正为了筹两万块钱受折磨。伍爱国也不可能告诉她，他连两万块钱也搞不定，现在火烧眉毛了。

伍珊的尖叫让伍爱国吓了一大跳，他猛地转身看着这个长得很像自己的少女，哆嗦了一下，弓着背逃出门去，嘴里嘟囔着些不清不楚的脏话，大抵都在问候丁小莉的生殖器。他的背影又瘦又黑，像露出颤巍巍睾丸的一只老狗。

伍珊回转身，把头埋在“苹果化了”的怀里，不能制止身体像被电击一样麻木并颤抖。她闭上眼，眼睛淌血一样地流下泪来。

“苹果化了”提起伍珊的书包——我们走。

伍珊犹豫了很久，把书包拽到地上——他是我爸爸。

老张这天有点不寻常。平时天一亮，他就起身洗漱，骑着摩托去农贸市场买一天要用的肉料。以前都是固定从一家肉档拿货，但这两年猪越来越不行，说是五花肉，一煮熟皮子和肉就散了架，都是些不知道吃什么饲料长出来的猪，所以他也变成每天早上在市场里面挑挑拣拣，选出些猪尾巴、猪耳朵、猪舌头和下水来。这样一来，在市场里起码就要一两个小时。等他驮着货回到店里，把猪毛拔干净收拾停当，就已经快九点了。一般这时候，他会把门面拉开，泡一缸茶，慢慢呷几口，等丁小莉来上工，帮他把这些猪零件煮到卤水大锅里去。

但这天，九点已经过了，卤肉铺的卷帘门却还一直没有“哗啦”一声拉起来。丁小莉走到门口愣了一愣，透过卷帘门上一个年久失修的小洞往里打望。只见黑漆漆的店铺里，老张靠在沙发上，两条腿撇开，有气无力的模样。丁小莉心里一惊，继而对着那两条腿唤起来，老张老张。声音不高不低，高了怕四邻听见起疑，要真是出了点什么事，就麻烦了。低了呢，又怕那两条腿的主人听不见。急得丁小莉攥着手攥出一团汗来，只好往屁股上擦。一个圆鼓鼓的屁股也紧张得绷紧了。

老张听见声音，趿拉着一双布鞋站起来，弓身拉起卷帘门。可也不见他用力，只拉起半扇，就停下来了。

这是怎么了？丁小莉瞪大眼睛。

哎。老张只是叹气。

丁小莉弯腰，有点吃力地钻进去，到底怎么了？

老张不作声，转身把卷帘门又拉下去了。

“老张，有什么你还不好意思跟我说的吗？”丁小莉坐去沙发一头，并拢两腿打量他。

“鬼迷心窍。”老张还是支支吾吾。

“你到底说还是不说！”丁小莉吼他。

老张清了清嗓子里的痰，点根烟，这才慢慢说起来。

昨天收档后，老张照旧给自己煮了碗猪油面，再把没卖完的肉收拾停当，起身去他们哥儿几个常去的麻将室。老张牌技一般，酒量就更差，去麻将室纯粹是他口中念叨的“混日子”，打发单身汉无所事事的漫长夜晚。跟丁小莉不同，他从来不指望靠打麻将赢钱，所以这天桌上坐的其他三个人，也是老相识。以前都是一个车间或者隔壁车间的老工友，这么多年混下来，不是兄弟也成了兄弟。五角钱一炮的麻将，打到半夜或者天光，最多也无非是输个百把块钱，娱乐健身。

麻将室极之简陋，当街的那面安了几扇镶着蓝色玻璃的滑动门半开着，一道厚厚的门帘遮挡路人的视线。一进一出两个房间，摆着七八张麻将桌。机麻，或者原始麻将，价格不同，丰俭由人。老张他们坐的是机麻桌。虽然不是什么大老板，但多少手上还是有几个余钱，不跟那些三餐都要发愁的人一个档次。四个男人，在惨白的日光灯下搓着手，搓点手气出来。

庄家伸手按了按嵌在桌面玻璃盅里的电动骰子，按出一对点数，就数牌摸牌，砌起江山来。

就在骰子“沙啦沙啦”在玻璃盅里撞来撞去时，伍爱国掀开门帘走了进来。他平时也来麻将室，一般都是叼着烟、抱着手，跟老哥子们磨嘴皮。但今天他一进来，话也不多说就拖了张凳子坐在牌桌边上。

“左老五赖账了。”伍爱国缓缓说出这么一句。

一桌四个人都转头看他。什么意思哦，左老五天天催别人的账，他赖哪个？

伍爱国温吞了半天才开口，但一说起来，四个人都猛地停下来了。“小额贷嘛，我刚才去提款，他说没得钱给我。政府赖账，开发商车子都卖了。”

“伍爱国，当初你喊我们入股的时候，不是口口声声说稳赚不赔吗？”

“你们确实也赚到了啊，两成利，你放在银行里咋可能有这个收成。”伍爱国眼珠子在四张脸上蹿来蹿去。

“我本都还没回啊！”四个男人嘟囔着计算前后给左老五的钱，一万两万，加起来都不是小数目。

“我还不是给了他两万！”伍爱国也生起气来。

“他不可能赖账哦！那么大个门面开着，喊他把门面卖了抵。”老张说。

“你去看看，他那个门面，有多少人在催账。”伍爱国扫老张一眼，“要么我们也去闹他一闹，说不定他就把钱吐出来了。”

两个男人站起来就要去，另外两个则说，不忙，伍爱国，你要我们怎么信你？

“你们不用信我嘛！自己去看看不就晓得了。”

“我们去闹了，钱更拿不回来了，你负责啊？”

他们生在厂子里，长在厂子里，老在厂子里，几乎就是一辈子了。厂是大建制，人是螺丝钉。螺丝钉转啊转，学得最地道的，不一定是手艺，反而是相信和服从。比如，你捏紧手里的钳子，转啊转，转成了八级钳工，你就成为了社会主义现代化建设的一部分，就拥有尊严、骄傲与价值。把成千上万个钳工串联起来的系统，会为你的人生负责，给你终极的答案。所以不用担心，切切地相信，系统会让所有人各就各位，给出他们的运行规则。没有人闹。怎么闹，闹了之后要什么，要了之后怎么办呢。

所以现在，伍爱国想煽动他们去跟左老五闹，他们的反应不是撩起袖子站起来，提着板凳冲出去，而是齐声痛骂伍爱国——你这个狗日的，还不是你害我们把钱投进去了！

“哎哟！我还成罪人了啊？”伍爱国缩在板凳上。

几个拳头作势就要砸在他身上。

老张犹豫着要不要劝，但伍爱国那副嘴脸着实讨厌。他只好来了这么一句：“哎呀呀，打狗也要看主人哪。”

伍爱国原本瑟瑟缩缩等着挨打，但老张这句话却惹毛了他，“屌都没得，你说个屁！”

麻将室其他桌的人嗤嗤笑出声来，像要看这两个男人比划比划，看看到底哪一个才是真的没有屌。

这世上的事情就是这么奇怪。老张没有种，婆娘生不出娃娃，婆娘跟人跑路，这些都是公开的秘密。但公开的秘密一旦被某个嘴巴说出来，就从原本人人当成看不见、雾气弥漫的暧昧水域游了出来，变成了高光灯强行照亮的焦点。

老张大概使出了吃奶的力气，想要把麻将桌掀翻。机麻的麻将桌哪里随随便便掀得动，他猫下腰，搬了半天搬不动，连空气都尴尬起来。他只好走到旁边桌，跟那桌的四个麻客大眼瞪小眼，也没敢掀人家的桌子。最后走去过道，拎起一个暖水瓶，砸在了地上。暖水瓶砸出来的开水，让一屋子人惊叫，这才闹哄哄算收了场。

伍爱国呢？在麻客的尖叫和一屋子的乌烟瘴气里，不知什么时候悄悄走了。

丁小莉的日子不好过。开导完老张，说了一通伍爱国的坏话后，她回到了家。

临走前，老张跟她打包票，幺妹，没得事，小额贷蚀本了，我还可以给你点别的钱。最重要还是珊珊读书。

丁小莉没有出声，只是收拾了柜台下面的心妍美化妆品，跟老张淡淡说一句："我晚点再来。"

头一天，她把珊珊反锁在家里。珊珊表现也还好，等她下了工回到家，珊珊正趴在电脑前玩游戏。丁小莉看了两眼，照旧进厨房去做晚饭，觉得风波已经过去。

珊珊只字不提伍爱国闯进屋来翻箱倒柜的事，大概怕一说出来，"苹果化了"的事就要暴露。所以这个晚上，像之前所有的晚上那样，丁小莉做了两菜一汤，两娘母坐在沙发上对着茶几和电视机，一边吃饭一边看电视，就把这个夜晚打发过去了。

电视照旧定格在丁小莉喜欢的电视剧频道，一出古装剧。贴身丫鬟跟主子献计，汇报游园会将有的场面与妃嫔的“战况”。主子半躺在榻上，斜倚着绸缎软枕，妆容精致得一丝不苟。丁小莉一边收拾碗筷进厨房，一边回头恋恋不舍地看了一眼电视。她从不让珊珊做家务，怕耽误她的学习。这个家的运转，也是以珊珊为全部的中心。虽然说是个家，其实不外乎是丁小莉和伍珊两个人。

“你的初恋是哪个？”珊珊居然跟着丁小莉走到了厨房，她倚着厨房门，问出这么一句。

“我哪里还记得。”丁小莉抓住一个盘子的边沿，百洁布擦洗的动作用力了几分。

“初恋怎么会记不得？”

“反正不是伍爱国。”负气一般，丁小莉吐出半句话。

“妈妈，你要跟我说实话。”

“这就是实话啊。你问这些做什么？”

“你能不能认真回答我的问题。”

“这种事有什么好认真的。”丁小莉甩了甩手上的水滴，突然警惕起来，“你谈恋爱了啊？”

“没有啊。”珊珊语气轻飘飘。

“莫名其妙说这些干什么，你作业做完了？”

“那你是不是最喜欢伍爱国呢？”

“我吃多了啊？”丁小莉用抹布细细擦着台面。

但是伍珊今天不打算让这个话题轻轻松松溜过去，“那你为什么还要让他来家里？”

丁小莉眨巴眨巴眼，在想怎么应对女儿咄咄逼人的一句话，“他没有到家里来啊。”

“我都知道。”

丁小莉还想继续扯谎和敷衍了事，伍珊在她眼中还是个小娃娃，或者永远都是小娃娃。一个小娃娃懂什么。或者，一个小娃娃需要知道这些吗。于是她说：“你不要乱想。”

“你有没有想过，有一天我会离开这个家。到时你怎么办？”伍珊问她。

“到时候我一撮土埋了呗。”丁小莉像是赌气，却突然带了哭腔。她不习惯向这个世界示弱，伍珊再怎么也是这世界的一部分。还是连脐带血、需要她保护的一部分。但是你看看这个倚在门框上的身体，已经比她高出了一头，从头发到脚尖，是一个大人的身体了。

“妈妈……”伍珊张开了嘴巴，想了许多的话，终究一句也没有说出来。

客厅里的电视还在“嗡嗡嗡”地挤出些音乐和对白，一点一点渗进屋子里，涂满了整个空间，爬上她们的皮肤，填平纹理，让她们虫子一样凝结在树脂里，要等待地层裂变，重见天日，变成他物。

丁小莉从卤肉铺回到家时，推开门，空荡荡的，听得见一阵轻微风声。伍珊乖乖回学校上课了，今天。这个家齐整，柔软，有淡淡洗衣粉味道。她属于这里。

她踢掉高跟鞋，整个人塌在沙发上。她的初恋是哪个，她怎么会不记得。那个运钢材的司机，神气地坐在驾驶室里。大卡车的驾驶室高高悬在半空，要用力爬好几级阶梯，才能坐进去。他算不上好看，但脸上有她在这个厂子的工人脸上从没见过的活泼与生气。

想来，应是他去过的那些地方，山川、河谷与公路，让这张同样年轻的脸，映上了不同的色彩。她是喜欢他的。尤其当他教她怎么把手放上方向盘，脚踩离合器及油门，告诉她，她可以做一个女司机的时候。这几乎是她对自己人生最高远的一次想象了。

后来，有了珊珊之后，他回来过一次。远远地，隔着马路，她一眼认出了从驾驶室里跃身下来的他。见老了。一只裤腿挽起来，另一只垂在黑皮鞋上。背心外面套一件松垮垮的旧衬衫，看不出来有女人照料的痕迹。店里突然有酒客高声叫她的名字，“幺妹幺妹”的叫唤声，让马路对面那个人的注意力也被吸引了。

她抱着珊珊坐在副驾位上，任他开着大卡车，在清晨的街道上游荡。这么大型的车，如果不是深夜及清晨，是不让进入城区的。珊珊是个乖娃娃，滴溜溜一双大眼睛盯着新的风景，并不惊慌哭闹。她抱着珊珊，他开着车，像是一家人。但她心里清楚，终究不可能是一家人的。她能去哪里呢，能走多远呢。伍爱国和她生出了珊珊，就像一个标记，她怎么也甩不脱了。恨的时候，想着珊珊，心又软了，觉得伍爱国多少有几分可取之处。所以她只是抱着女儿，看驾驶座上的男人把手搭在窗沿抽烟。跟大部分时候人眼所见的丁小莉不同，她在这个驾驶室切割出的小小时空里，显出女人身上真正的温柔来，温柔得像一个真正的母亲。城区的道路、房屋，清晨还未熄灭的路灯，也就温柔地映上她的脸，给她温柔的记忆。

伍爱国一直没有接电话。不是猝然摁断后急促的“嘟嘟嘟”，而是缓慢悠长，像是永远不会再有人接起来说一声“喂”的嘟——嘟——嘟。丁小莉坐在沙发上，像在等待什么，又根本不像是在等待。终于，她站起身，提起那袋心妍美化妆品，准备去总部退货。

如果卖不动，那至少要把这些货的钱，还给她。

“苹果化了”走出珊珊家后，突然决定不这么快离开。前一个晚上，伍珊和丁小莉母女又哭又闹的戏码，让她惊惧难平。她拍门拍了很久，最后捂着又红又烫的手心走了。

刚下楼，就被单元门口几个黑黢黢的人影吓了一跳。一盏绿灯下，几个人的脸皮照得发青，只差几对獠牙就能装起鬼来。但宽而扁的脸、眼珠子滚动着转出来的一点小快乐，又让他们看起来像愤怒的小鸟里面那些傻里傻气的绿色的猪。不知道什么时候就被小鸟炸弹轰掉，分崩离析。绿色的猪每个手里攥着一副牌，叫嚷着“一个炸”“一个鬼”什么的。对路过的“苹果化了”，他们瞟一眼，又咯咯笑着甩起炸弹来。

不自觉地，“苹果化了”拉紧了领口，似乎除了风之外，还有一股看不见的妖风邪气，从黑暗中袭来要钻进她的身体。四野漆黑。她伸手出去，手指仿佛也要融化进这样的黑里去。

这里是“季末”的所在。她突然不知道，自己出现在这么一个奇怪的时间地点，到底是为了什么。因为对傅覃共同的爱？还是像她们彼此许诺的那样，做最好的朋友，然后，你就再也不是一个人了？可是，“季末”所属的铁板一样的家庭关系中，她的角色到底允许她做什么？

她们那点小小的盼望，那点共同的信仰，在这又臭又黑的家属院，又算得了什么？

“苹果化了”自觉是个大人了。她看得懂母亲与父亲之间，母亲与亲戚之间，母亲与自己之间，那些奇怪又明目张胆存在着的东西。那些大人们议论着的——谁玩脑筋玩得过谁，两口子两姊妹间的小伎俩。她觉得自己是个大人了，因为不仅看懂了，还可以学起来，甚至，可以学起来后惩治大人们了。

只是，面对“季末”就像面对另一个自己，那个不久前还新鲜得冒出水蒸气的自己。就像她们两片嘴唇贴在一起，她领着“季末”学什么是真正的接吻一样，在这个交织着旧与新的世界，她想跟“季末”站在一起，守住她们的那片小小绿洲。

前一晚，一团漆黑中她跌跌撞撞走出比夜更黑的家属院，走到大马路上去，扬手截住一部的士。像是要迅速逃离这片黑沼泽。可是这个傍晚，她却任由自己在冷风中抖着，脚步并不惊慌，一点点在碎石子铺就的小路上绕着“季末”家一圈一圈打转。

抬头就能看见“季末”房间的窗户，正对一棵樟树。那棵樟树几乎掉光了叶子，干枯枝条的灰色影子把窗玻璃切割出细碎繁复的花纹。如果“季末”坐在窗户后面，看见的一切都会蒙上这层影子。

“季末”说，求求你。

书包从“苹果化了”的手里被拽出来，慢慢滑到地上，滑到两人的脚与脚之间。

“你怕什么？”“苹果化了”声音很轻，轻得几乎是轻蔑了。

“我妈妈只有我一个。”

“你又不是不回来了。”

“是……但是………”

两个女孩的眼睛对视着，光在她们清澈的瞳仁上跳动，像在寻找盟誓的印迹。或者，是比盟誓更深更久的什么。

所以，“苹果化了”绕着楼走了一圈又一圈后，突然站定，对着窗户大声喊着“季末——季末——季——末”。如果“季末”连从窗户里探出头来的勇气都没有了，她就真的离开。不再回来。

从小，“苹果化了”都是那个晚饭后最先冲出家门，跑去楼下叫小伙伴下楼玩耍的急先锋。筷子才放下，心就已经比脚更快地出了门。做第一个冲出门的孩子，让她领略到其他孩子几乎从未见过的风景。比如，白昼与夜晚交接时无穷变幻的暮色，吞吐了一整个白天后大地混浊而暧昧的气息。以及家家户户关门吃饭时，街道、草地、房屋与树木间独有的静谧。一盏又一盏灯亮起，光线从窗户里游走出来，匀给她独属自己的人间温暖。但此刻她又是一个人。她还是个孩子，但早早触摸到了孤独的本质。所以当她长大一些，再长大一些，直到身体与头脑匹配，成为一个真正的大人时，体内的自我修筑早已完成。她不畏惧任何事。至少，她这么觉得。

她扯着嗓子喊。这是一个不会惊动四邻的名字。陌生，安全，无害。只属于她和“季末”的小世界。眼睛所不能见。所以她几乎是在对着虚空喊话。

虚空也有其边界。凭借意念筑成的沙堡，虽不会被风吹塌，但劲一旦泄掉了，就会瞬间崩塌、消散，不复持有固定的形状。她一声声地喊着，声音加固着沙堡。

“季末”的脸在暮色中浮出。酒色海面上终于显现的白色浮标。

“你要去哪里？”那张在高处的脸喊话。

“后天，我在体育馆门口等你。”地面上的那张脸回答她。

“后天！”

“后天！”

两只隐形的手在空气中伸出，隔着四层楼高的距离，拉了个勾。

比后天更快到来的，是明天。

伍珊还是个乖娃娃，所以停了一天课后，又回去学校上课。刚刚吃完晚饭，伍珊洗干净搪瓷缸缸，丁小莉就在宿舍的走廊上出现了。打了通宵麻将输钱输得最厉害的时候也没有这么红的一双眼睛，发疯一样盯着她。丁小莉看起来像个鬼一样。

还没等伍珊走到她面前，她就哭起来。等伍珊走上去，她一手扑掉了搪瓷缸缸和洗洁精，抓着伍珊摇着晃着哭起来。

丁小莉丢了钱。伍爱国没找到的存折，被丁小莉揣在包包里日夜看守，但莫名其妙就撞了拐。

丁小莉在家门口的车站等 47 路，提着一袋心妍美要去市区退货。47 路从比她家更远的东边起始，从东到西穿过整个市区。东边的人进城办事，坐 47 路基本都能到。坐的人多了，车也就特别慢，上客下客，拉拉杂杂。丁小莉这天也等了很久，两只皮鞋勒着的脚背都要肿起来了。

终于，候车亭的长凳上有了个位子，她一屁股坐下去。旁边一个跟她差不多年纪的姨妈已经坐了很久了，拿张报纸在看。丁小莉从来不爱看报纸，她虽然经常跟别人说她其实是初中毕了业的，但她对有字的东西都没得耐性。但是等得太久，那个姨妈拿着的报纸又一动不动，丁小莉就瞟了两眼。云天大师开过光的玉牌，全城限量只有 666 个名额。延年益寿，保命消灾。

丁小莉没什么首饰，但是对玉特别迷信。她经常抓着她脖子上那块红绳子都戴得变黑了的玉说，这是他们丁家祖传的，多灵多灵。她要是心跳得厉害的时候，伸手摸摸那块玉，心就定了。

伍珊常说，那么灵，你在牌桌上咋不摸摸？丁小莉就会瞪她一眼，说，戴玉保平安，又不是戴金旺财，连这个都不懂。

反正，丁小莉瞟了眼那张报纸后，就让那个神力无边的玉牌入了脑。后面的事，就成了她口中的“教训”“舍财免灾”“脂油蒙了心”“最对不起珊珊的事”和“老糊涂了”。

两个男乘客杵在她们边上，也在议论这轰动全城的玉牌。一个说，要是我得了一块，那我后半辈子的福气就满了。另一个说，你这种贱命，就算求来了你也压不住。玉要讲因缘，人和玉，就是一对一的缘分。戴对了，你顺风顺水，玉也溜光水滑。

突然，那个姨妈转头对丁小莉说，这两个歪货，我有玉都不卖给他们。话是对着丁小莉说的，两个男的却猛地转过身来。一个说：“姐姐，你卖给我嘛。”另一个说：“优先我嘛。”你争我抢的。

47 路来了又走了，丁小莉却像走不动路了，直愣愣坐在凳子上看三个人讨价还价。

原来开了光的玉牌也分一等二等三等。大概是开光时的法师级别高低不同吧。两个男人先是都要买三等的，4999 元。后来被老姨妈劝，三等的只是刚刚够上有灵气的程度，你们这些灵性不足的，带不动玉里面的气出来，还是要来块能量大的。所以他们又决定买二等，就是 6999 元的。结果两个人互相看不顺眼，觉得对方是个歪货，自己再怎么也比他高一级。

说到最后就变成两人都要买一等的。男人探过身子问丁小莉：“姐姐，这附近哪儿有农业银行？”丁小莉指指车站前的十字路口右边。

两男一女有说有笑要走时，丁小莉想了又想突然站起来说：“这位大姐，可不可以把佛缘也给我结一结？”

丁小莉怎么会相信那三个骗子，也不过是太想把钱翻番了。玉牌买进来，转个手，云天大师开过光的，是不是。结果，骗子还是太狡猾了。“我对不起你啊珊珊我对不起你。”丁小莉说着说着就淌起泪来，右手捏成拳头捶着胸口，不晓得是从哪出电视剧里面学来的动作。她崩溃的不单是丢了钱，还在于，自己平时脑筋也算转得快的，那天明明想清楚了买玉卖玉的步骤，连哪几个人一定会买，她都想好了。才兴冲冲拿存折去取钱。结果，黑吃黑，这就叫作黑吃黑。

银行门口，那个老姨妈从手提包里掏出两个红丝绒的盒子来。丁小莉打开盒子看了看，突然问了句：“是一等不是二等吧？”

那个老姨妈又啰哩啰嗦解释了半天，但丁小莉还在翻来覆去摸两块玉牌，没有要把刚取出来热乎乎的钱给对方的意思。

大概是耐性耗尽了，老姨妈突然两只手夹住了丁小莉，半抱半推，裹着丁小莉的身子往路边走。一辆黑色面包车“哗啦”一声开了门，还没来得及看清楚，丁小莉就被力气更大的两只手抓了上去。

车开了有多久，丁小莉记不得了。只是被捆了手、堵了嘴，像只死猪一样甩在面包车后座。两男一女在车里面说笑，每笑一声她都像被打了一耳光。

丁小莉流了很多泪，最后被甩下车时，眼泪口水已经把堵着嘴巴的一块破布浸湿了。建筑废料的水泥粉末钻进她鼻孔里，还有野狗的尿骚味、草木灰燃尽后的甘香。丁小莉跪在废料里面，想要等一场雨，或者一群鸟。除了一场可以将天地的痕迹都抹掉的大雨，还有什么能洗掉她的屈辱呢。

然而雨并没有来。最后，她只是在泥巴、砖头、砂石里面磨破了手，也磨松了绳子，终于跪在地上扯出了嘴巴里的破布。

四下无人，荒野苍茫，只剩她一个到处都在疼痛和漏风的身体。她用尽全身力气嚎了又嚎。最后，拍拍土，站起来，提着肿得老高的脚背，一瘸一拐往公路边走。

丁小莉有没有省略或者夸大她被骗、被绑整个过程的细节，伍珊永远都不会知道了。她是怎么回了家，洗了澡，换好衣服，坐二十多站的公共汽车到伍珊学校，在走廊上打翻伍珊手里的搪瓷缸缸，开始哭起来，伍珊也永远不会知道了。只是，她裂开的嘴角、淤青的额头，还有身上更多看得见看不见的青紫，都让伍珊不能控制自己，比丁小莉更凶地哭起来。

丁小莉常说，牌从门前过，不如摸一个。心头慌，打中张。就是这样中不溜的人生哲学。而命运似乎也对她格外苛刻，她偶尔想跑到圆圈之外，来票大的，就遭遇了可耻的失败。

伍珊用力挺直腿，这样，丁小莉压在她身上的重量，才不会让她垮下去。什么时候丁小莉已经只有她肩膀高了呢？而丁小莉头发上油脂混合了油烟的味道，怎么那么陌生呢？想到自己曾经是这个身体的一部分，伍珊伸手，摸了摸看不见的脐带。摸到的是丁小莉腰上的赘肉。从裤腰上垂下来，沉甸甸压在手心里。哪个男人会疼惜这坨肉呢？那些在阳台上等着风干的塑料袋，比丁小莉晾在旁边的内裤更花枝招展。穿得变形的内裤，裆上一块绿色的加厚棉布，洗得早已发白，不在乎地挂在晾衣绳上。

丁小莉总是趁伍珊回学校的时候才把她的蕾丝内裤晾出来，但有一回伍珊看见了，一条肉色的内裤，屁股部分全是透明的蕾丝。

伍爱国最后一个人走去找左老五讨债。换作平时，他没有这样的勇气。但珊珊发了疯一样的嚎叫，让他整个人碎成了渣渣，似乎这次，讨不到个说法，他就永远失去了做父亲的可能。他只觉得是“可能”，根本没想到“尊严”“义务”“责任”这些词。

珊珊是个乖娃娃。还是婴儿时，抱在怀里就安静得惊人。眼睛紧紧闭着，粉嫩的小手指还捏不太拢，半张开。嘴嘟着，吐出些白色的细泡泡。这个婴儿身上的味道他从来没闻过。不只是奶香，粉色小脸散发着这个世界其他地方绝对没有过的清香。比刚撕开包装袋的香皂更洁白，更轻，但又带着跟他有关的人味。他就这样抱着自己的女儿，闻着闻着，感觉可以闻一辈子。

那时候伍爱国还没有正式下岗，但厂里的机器已经转三天歇两天,说是要控制生产。人们嘴里传递着各式流言,关于钱,关于命运,或者未来。只是谁都没有想到，厂有一天是会没有的。以及谁也无法想象，没有，就是凭空消失，就地解散。伴随着厂这个实体所诞生的所有规矩、建制、话语，都会消亡。人只是本能地，在未知面前显出懦弱和恐惧来。伍爱国记得，自己是怕的，不知道明天的工资从哪里来。倒大不小的人了，没有学历，放去人才市场，没有人会要。总不能去死。

做学徒时，师傅说他，脑子不笨，心思不稳。这八个字，不知不觉就被时间印在了他的脑门上。他本可以是个好学徒，然后做个好师傅。就像他的师傅一样，虽有些小心思，但规规矩矩干活，总能挣出一家人的口粮来。一门手艺，换几十年安稳。但他终究世面见得少，于是胆子也小，在大局势前，大致是什么也看不清楚。

所以就随着最坏的潮流，沉到底了。同样身份的人，酗酒、赌钱，或者铤而走险，终究，都变成了黑压压的一片，布告栏里成百上千个下岗名字中的，一个。

人家都说，捞偏门的，命格要够硬。但他这一辈子，错就错在心还是软了点。跟左老五这些狗日的相比，他不上不下，倒来不去，所以下岗后，钱没有挣到多少，脸算是丢尽了，还落了个屎一样的名声。小偷小摸，小抢小骗，这些动作，加在他身上，都加了个“小”字做前缀。就像厂子里的人总结的那样，伍爱国——颠三倒四。虽然乌鸦不要笑猪黑，大家过的都是烂泥一样的生活，但似乎，他们多少有点资格嘲笑伍爱国的人生是颠三倒四。自己婆娘娃娃不养活，跑去外面躲债一躲就是几年。终于跑回来了，却是一分钱没有赚到。那个丁幺妹也是脑壳进水，还跟他睡。有什么好睡的。据澡堂子里见过伍爱国光胴胴的人说，他那玩意，也就一般，很一般。跟前妻睡了吧，那你挣口饭养起两娘母还是可以的嘛，他老人家又跑去裹了一个公共汽车售票员，最后被套牢了，跟那个公共汽车售票员把婚结了。你说是不是颠三倒四。

人们理解不了这其中的逻辑，就编出些奇奇怪怪的流言来。比如售票员是个悍妇，经常把伍爱国打得青一块紫一块的。那个丁幺妹呢，是看在卤肉铺的老张是个软蛋，吃定了他，早晚要跟伍爱国一起把卤肉铺骗到手。大家的想象力，总是逃不出民间故事、说书人演绎的奸夫淫妇桥段。只是当潘金莲、武大郎、西门庆的角色都不够丰满时，人们忍不住要去添油加醋，不然怎么对得起自己讲闲话时喷出的口水、吃下的瓜子，又怎么才能把这个故事一直编下去呢。

所以，颠三倒四的伍爱国跑去了左老五的门面，大家只是又一次抱着手看热闹——这回又是演哪出呢？

伍爱国这天没有按照角色设定演。真是让人失望。首先，他走到左老五的门面，打量那些挤在门口的人，没有挑拨离间怂恿别人去闹事。而只是看了一圈，然后直直走进里面去，揪住了正在跟另一个债主耍赖的左老五。

“今天必须把钱还老子！”伍爱国吼，也不晓得是不是在虚张声势。

“我哪点有钱！我的钱还不是被套牢了！”左老五怎么可能对他一个人松口。

“你把这个门面卖了不就是钱，没得钱，你哄鬼啊？”

“我倒是想卖哦，哪个买？我现在就卖嘛！”左老五掰开伍爱国揪着他的手，直接对着人群喊话：“卖门面！哪个要哪个拿走！”

人群里一阵鼓噪，但并没有谁站出来。这是个六十平米左右的门面，四四方方，正中隔出一道墙，做成里屋外屋。外屋摆些烟酒茶，是个小卖部的样子。里屋几张桌子，桌面上散着麻将或扑克。跟一般的麻将室不同，这里不欢迎五角钱一炮打发时间混日子的平常人，来这里玩的，都是真正的赌客。

不用说，左老五是庄家。庄家做久了，对钱的进出来去，有高度的敏感。所以左老五在听闻城里面兴起小额贷之后，很快嗅出了财路。最开始赚疯了。赌客把钱集给他，他抽个点数，壮大了去放贷。

赌输出去也是输出去，你还不如给我去放贷。左老五劝人有一套。

如果你想动点小脑筋，绕开左老五去放贷，或者自己去打听大庄家，很快也会发现，左老五确实只是吃点数——人家收放款从五十万起步，你那点一万两万，不经左老五的手壮大，根本放不出去。

所以上游下游畅通无阻，左老五也红火了一段，成了这片厂区人人争相贴笑脸亲热喊着的“左总”。这两个字叠在一起发音不容易，所以人们都拖长了腔调，喜笑颜开地喊着“左——哦——总”，声调拖成一根根鱼线，也不晓得是不是两头真的钓住了，还是有别的手，在牵着鱼线，准备起钩。

人终究算不过天。大庄家放出去的贷烂在了楼盘里。那些像笋一样在城里长出来的塔楼，以为可以像北上广一样不愁卖。大庄家背后的大庄家呢？卖了地也堵不上财政缺口，决定赖账。

呼天抢地。在几十号人堵在左老五门口讨钱之前，左老五也去庄家那里软磨硬泡过。但账烂掉了就是烂掉了，无所不能如左老五，也只能乖乖等着。既没有通天的本领，就塌下去做一堆烂泥。

所以伍爱国这样小打小闹，左老五一点也不怕。早有几十人上百人跟他闹过了，坐在铺子门口不肯走的，也不过是这些人。他倒要看看，伍爱国今天要干什么。

伍爱国揪着左老五往里屋走，往日沸沸腾腾的赌桌，现在一个客也没有。就着灯光，伍爱国半是威胁半是哀求：“你多少先给我点啊，不然我没办法跟人家交代。”

“我也想给你啊，但是我真的没有啊。”

“八千。够我去广西的油钱就行了。”

“你去广西做什么？”

“哎呀不关事。你先给我八千。”

“我没得啊。”

“五千。”

伍爱国央求的数字一点点坠到三千，但左老五还是一口咬定自己没钱。僵持着僵持着，一个人影蹿进来。

“张卤肉，你管什么闲事？”伍爱国找不到地方撒的气，正好转移到老张那干巴巴的一张脸上。

“你听我几句。”

“老子才懒屎得听。”

“你不听我的可以，你想想珊珊。”

“老子的姑娘轮得上你说话。”

“还不就是那点学费，你听我句劝。”

“丁小莉这个狗日的倒是什么都跟你讲。”

“你跟女人计较什么。”

“日妈她是不是裹上你了！”

“伍爱国你还有种没得！”

“老子看你是真的没种！”

左老五夹在中间，被两个发了疯的身体揪打。咒骂着咒骂着，天就真的黑下来。外屋那些讨债的人，面无表情地听着里屋传来的阵阵嚎叫，并无太大反应，只是抱紧了身体，等着新的人打上门来。

把绿丝带扎到头发上，珊珊就变成了“季末”。

体育馆门口的空地上，应援团早已布置好了战场。充气拱桥、无纺布手幅、两米高的易拉宝。广告牌也成功租下，绷上了傅覃的大海报。全国各地来的粉划归不同功能的小队列，高矮胖瘦，都挤在同一款绿色T恤里，手上绑着粉丝团的标记绿丝带。后宫粉装扮着旗袍手绢，妖娆多姿地要一起睡爱豆。妈妈粉把娃娃打扮成绿色小动物，要把膨胀的母爱传递到下一代。

参加巡游的几百号人出了体育馆大门，浩浩荡荡走上街去。个子最高的擎着旗帜，每隔十米就有一个口哨号令步伐。她们的口号喊得震天响，披挂装扮也极尽夸张，比促销的商家让员工做操喊口号派传单更卖力，更吸引路人驻足围观。

“季末”和“苹果化了”也站着看了一会儿，却找不到加入进去的身份。她们的票是自己在网上买的，也就领不到集体购票后粉丝团配置的应援大礼包。大礼包预设了一个晚上的嘶吼和亢奋，包括一个灯牌、一包纸巾、一盒润喉糖、一瓶水和两支荧光棒。

“后悔了吗？”“苹果化了”似乎看出了“季末”的犹疑。

“也不是。”

“那干吗咬嘴唇？”

“她们要走到哪里去？”

“苹果化了”耸耸肩，谁知道。

一个清洁工停下扫把跟她们一起发呆，嘟囔着，国庆不是结束了吗？这是哪个单位的保留节目啊。“苹果化了”逗她说，咦，祖国母亲的生日，哪有这么快结束啊，也要给年轻人一点表现机会嘛。清洁工伸直腰看了看巡游队伍，那举的旗子怎么是绿色不是红色咧。“苹果化了”笑起来，哪里是绿色，明明是红色的啊。你怎么红色绿色都分不清哦。

恶作剧把“季末”也逗笑了，“苹果化了”拽着她掺进了巡游队伍，欢天喜地往前走。队伍就这么三两个地吸纳壮大着，直到走上广场去。

这个广场“季末”从小到大来过很多次，但没有一次，像今天这样让她感觉到为什么广场是广场。虽然广场位于城中央，但对在东郊生在东郊长的她来说，来广场需要坐二十几站车，中间还要倒一趟。

丁小莉抱着她在广场正中照过相。毛主席伸出手，太阳正旺，把阴影轻轻盖在两娘母的笑容上。

关于广场，之后记忆的显影来得都不如这张照片清晰。大概是因为，慢慢地，广场边上的商场越修越多，逛广场就变成了在商店里穿梭玩闹。买些衣服裤子鞋袜，吃个麦当劳，这些温温吞吞又让人饱足的东西填进来，广场上的雕像也好太阳也好，就淡下去了。然后某一天，全城人民决定扩建广场，挖了填填了挖，广场于是变成了今天她们站在这里的模样——灰白寥廓的水泥坝，光灿巍峨的毛爷爷雕像。

巡游似乎到达了终点，但又好像在盼望高潮。出乎她们意料的是，几百号人在广场上散开又聚拢，排出新队形后是为了跳一曲《小苹果》。不会跳没关系，也不是全部人都记得那些动作。只要站好位，跟着动，乌泱乌泱，就都顺理成章了。绿色T恤连缀着一颗颗黑色脑袋，远远看去，浮动在广场还没撤换的国庆红灯笼、绿盆栽和金菊花堆叠出的色谱里，一浪接一浪，不和谐也汇成了奏鸣曲。

这套动作对她们两个来说有点滑稽，几个小时后的那套动作则根本不需要学。

敲击荧光棒，口号是“傅覃傅覃，永远最行”，节奏是“蹦蹦蹦蹦，蹦蹦蹦蹦”。虽然没有应援包，但最终她们也分到了灯牌和荧光棒。

一个灯牌连一个灯牌，才能浮动出真的绿海。怎么能允许一片绿海里有两个不和谐的黑点呢。

比起广场上的太阳和旗帜，体育馆的幽暗与绿光更让“季末”加速消融。傅覃就像一尊神。光从他头顶打下来，照出了每一处身体线条。他的手指在光里划出一道道灰尘的来路去路。吉他震荡，琴弦把光波推送进空气里。

“季末”们大声地唱着，唱着，唱着。直到嗓子再也发不出声音来，嘴却还做着无声的口型。爱一个人当然让你快乐，但这么多的人爱同一个人，你会更快乐。肩并肩，手挽手，连成一体。统一的口号，统一的动作，“季末”于是忘掉了自己。

转头看“苹果化了”，发现她也哭起来。两个人的眼泪在空气里蒸发，在她们头顶凝成一片不会下雨的云。

绿光里，“苹果化了”的皮肤透明得像水晶。伍爱国像狗一样逃窜后，“季末”在“苹果化了”怀里哭了很久。上一次这样在人怀里哭，还是中考失败的时候，两年前。丁小莉摸着她的头哄她说，不要紧，妈妈给你存得有钱，一四七上不了，交点钱上二五八总可以嘛。丁小莉根本不知道，重点中学的排序是——一三七，然后才是二六十。她只是张嘴就来，把麻将里的术语甩出来。丁小莉身上的脂肪和脂肪堆积在一起产生的热量，就像海绵一样吸走痛苦，吸得一滴不剩干干净净。“苹果化了”的脂肪也具有这种魔力。

“季末”于是伸出手，穿过“苹果化了”的腋窝，祈祷手势般拢住这具身体。热量从两个身体间升起来，人和建筑被压得变矮变小，慢慢陷进地心里去。

一进门，丁小莉就给了伍珊一耳光。

从小到大，丁小莉经常打她。大概，丁小莉也是这样被打大的吧。伍珊小的时候，打屁股。趴在凳子上，天旋地转，丁小莉边骂边打。大了点，伍珊的裤子不是想脱就脱了，丁小莉就掐手。或者就拿个篾片，劈背、扇手。其实伍珊已经不太记得了，她是不是真的做了那么多活该被打的事。但丁小莉就是这样，不讲道理，脾气暴躁。看她切肉切菜经常把手指切出血，就晓得她性子有多急。虽然她打完伍珊，背过身也会淌眼泪，但下一次，手还是会用力打下去。

但打脸，扇耳光，好像这是第一次。伍珊的眼睛里慢慢涌出些泪来，不晓得是被打痛了，还是真的难过。

客厅里，陈婆婆、张阿姨，邻居们排排坐，眼睛齐刷刷盯着这两娘母。

只要还住在这个家属院，丁小莉就可以是她们的一分子。虽然丁小莉刚工作厂子就开始整顿，接着就被下了岗，但她生在这里，长在这里，出丑在这里，老死也会在这里。这些，陈婆婆张阿姨们都看在眼里。同样，丁小莉对她们的家务事也心知肚明。大概就是这些看起来不重要轻飘得像蜘蛛丝一样的关联，让丁小莉没有搬走。她开始做心妍美后，有几个姐妹劝她搬到城区去，那边的货量走得快些，客户啥时候需求你啥时候送上门，就能抓住客人了呀。丁小莉没动。她晓得她是有点怕，离了这片家属院，她耀武扬威或者撒泼打滚都要学新的腔调，好累嘛。

所以伍珊乖不乖，有没得出息，部分也属这个小集体的公共事务。要管教要讨伐，丁小莉随时可以向她的联盟求援。

陈婆婆说，丁小莉冲到院子里，在水泥地上打起滚来，嚎哭着伍珊的名字,求邻居们帮她去找姑娘。众人问丁小莉发生了什么事,丁小莉说:“珊珊不见了啊。”大家于是说,珊珊可能只是出去玩了。但丁小莉打死不相信,她认定,这是星期五,平常这个时候,伍珊已经从学校回到家了。这一定是离家出走,一定是气被反锁在家里,又没收了手机,这是要报复她。她说的也不是完全没有道理。陈婆婆们又拉又劝,才把丁小莉从院子里拖回家来。然后她又说要报警,抓起手机打110,没有用,失踪时间还不够长。又哭闹了很久,居委会的人来了,关系好点的邻居朋友都来了,丁小莉才慢慢停了喘。

伍珊进门后,她又吃进火药了。垂着头任她继续断打的伍珊没有说话,只是淌着泪。打了几下后,手像篾片一样带劲的丁小莉却像漏气了,倒在沙发上嚎哭起来。伍珊也哭起来,说是哭,更像是不知道从身体里哪个部位的撕裂和轰鸣。

丁小莉缓过劲来,说,你有本事走,就不要回来啊。你怎么又回来了呢。

你懂个屁,伍珊盯着她,你什么也不懂。

丁小莉又要伸手出来,一屋子人拉的拉劝的劝。张阿姨说,哎呀你不要再讲了。珊珊回来了,就可以了嘛。陈婆婆说,珊珊乖得很,以后不会乱跑的了。

绿色荧光棒被折断甩在地上,里面漏出些不知是什么的液体来。还完整的另一头,在黯淡的房间里荡出绿光。刚刚过去的这个晚上,绿光里的快乐或悲哀,这屋子读取不出,卡壳宕机一样咔哒咔哒响。

几个中老年女人又说了很多话。有些人饿了,就嗑起瓜子来。瓜子脆生生地在她们嘴皮上响,像踏平风波后的余音。

平常不觉得,现在面对面盯着她们,伍珊简直就要害怕得打起抖来。每颗脑袋都顶着乱七八糟的卷发，估计都是在丁老二那个小发廊里烫出来的。四十块钱染出来的颜色管不了多久，现在既吃干了原来的发色，又盖不住头皮上簇集的白发。独眼灯泡一照，几个女人看起来实在是像要吃人一样的吓人。更不要提她们身上那些倒洋不土的打扮，亮铮铮的打底裤配在毛衣下面，绷出几个下垂的屁股。衬得丁小莉都高档起来。

伍珊垂下头，鼻涕跌进嘴里。混合了眼泪的鼻涕，清汤寡水，可以被这个同样不值钱的身体回收进去。

丁小莉骂男人时，喜欢骂“傻缺卵的”。骂女人时，一般骂“出来卖的”。这个晚上，她都骂了伍珊些什么呢。大概就是“不要脸”之类的吧。追明星追得跑出家去，旷课，不听话，下一步就是揣个野种爬回来哭了。

有几次，丁小莉和伍珊一起散步路过小广场，看见跟丁小莉年纪差不多或者大得多的人在扭腰甩胯，红艳艳的高跟舞鞋，有种乡气的性感。伍珊说，妈妈，你也来锻炼锻炼啊。丁小莉啐她，扭那么厉害，还不是为了给男人看，我不稀奇。伍珊不说话。丁小莉又说，最不值钱的男人才会在大街上盯女人呢。

所以不要脸到底是什么嘛。

在卤肉铺，丁小莉还算招人喜欢。毕竟二十几岁就在这里帮工，做了这么多年，在卤肉铺也做出了一个小世界，有人需要她。何况，她也没本事飞出卤肉铺去。比起家属院里一家人只能吃低保，或者让老太太去当保姆做小工的出路，丁小莉确实有点看不起人的资本。但偏偏遇上伍爱国这个砍脑壳的，一躲出去好几年，之后又隔三岔五回来骗，哄得丁小莉鬼迷心窍，蹉跎得跟院子里的姨妈们一样成了二手货。

她也就无声无息回到队伍里去。

灯光白得像雾，昏暗得又像霾，照得每个人都多出了另一截魂魄。几个女人还在说，像所有她们在意不在意的家长里短一样要永无止境地说下去。她们一脸认真，带着兴奋，喷着口水，好像她们口中的珊珊真的是面前这个盯着她们的十七岁女生。

不远处，新修的楼盘里，有家人在阳台挂了彩灯。一闪一闪，五颜六色，不知在庆祝什么。那原本是隔壁厂的家属区，整改清算，土地售出，盖起了新的楼盘。住进来的人，并不知道这里曾经的故事，也不会有这片区域人脸上惊惶的神情。彩灯有节奏地闪动着，与伍珊家楼下的幽暗绿灯呼应，像要召唤出未知的疯狂。

伍珊突然像丁小莉平时做惯了的那样，一屁股杵在地上，杀猪一样嚎起来。

车子出了城，车轮就转得快起来。车轮转得再快，也赶不上“季末”想见到“苹果化了”的心。

背个书包她就跑出来了。风特别凉，可以说有点深秋扎骨头的冷了。“季末”在校服里面套了件毛衣，影子鼓鼓囊囊，就这么顶着淡色太阳的光照往外走。保安室的门卫抬起眼睛看了她一眼，低头继续把水烟抽得吧嗒吧嗒响。

候车大厅里，一个男人端着盒方便面。一个瞎戳戳的农民工风急火燎地擦过，一下给他撞翻了。男人揪住农民工的耳朵，揪得好准好用力，像要把那农民工的耳朵钉在空气中的隐形柱上。两个人就打起来。原本乱哄哄的候车大厅，各人往各人的方向走，各自的包裹行李在地上拖动。两个人搅出一个旋涡，突然这空间就变了形状。打翻了的方便面被踩得一地乌糟，两个扭成一团的男人在上面翻来滚去。

“季末”伸着鼻子吸方便面的味道。买了车票她就没什么钱了，但好歹食物的气味是免费的。

这是个小城镇，新崭崭的小区边上挤挨着成片的农民房子。“苹果化了”住的是别墅。有罗马柱、金顶、喷泉和戴白手套保安的高档小区里，一栋三层高的别墅。“苹果化了”在这里被唤作周佳媛。

周佳媛又软又香，笑得像夏天才会开的茉莉花。伍珊站在门口解鞋带，怕踩脏了干净得闪光的地板。周佳媛却迈开腿就进了屋，在大得有回声的房间里溜冰一样自在游荡。

伍珊把鞋子轻轻放在门垫上，周佳媛急急拽住她，走，看宝贝去。

傅覃的人形立牌、卡通公仔，还有几十个毛绒玩具，堆在飘窗和飘窗前的雪白羊毛毡上。周佳媛一把抓起一个玩具塞到伍珊怀里，自己也抱住一个笑起来。

伍珊觉得自己又回到了小时候，可以玩洋娃娃玩泥巴一天的那种快乐。周佳媛剥开一颗费列罗巧克力塞进她嘴里，“好吃吗，都是给你准备的。”

大概是饿了，伍珊一口气吃了五颗巧克力。甜蜜粘住了牙齿，也弥合了饥饿的缝隙。趁周佳媛不注意，她塞了两颗进书包里，丁小莉也应该尝尝，世界上居然有这么好吃的巧克力。

有一秒钟，她后悔让周佳媛去了她家里。还去了两次。

披萨原来是这个样子。周佳媛电话订来的披萨送到后，掀开盖子时伍珊高兴得笑起来。她真的饿了，又或者太兴奋，抓起来就往嘴里塞。塞了一半又伸手进嘴巴抠出来，怯怯说，我吃不惯。周佳媛说，那我们订别的。伍珊摆摆手，把披萨上的馅料扒掉，“你看，我可以只吃这个饼。”

两个人又笑起来。

笑容接力一样在两人脸上浮现，笑是真的笑，可不安也慢慢浮起来。周佳媛的床是奶白色的，倒上去后软绵绵香喷喷的。躺在这张床上的周佳媛，跟倒在伍珊家床上的周佳媛，看起来很不同。

伍珊把校服脱下来，里面是一件满是洞洞和线头的毛衣，她知道，再里面是一件旧棉毛衫，然后是一个有点发黄的胸罩。周佳媛身上的东西看起来都很新，很贵。伍珊两只手在胸前交叠，像刚出生的乌龟没有防御能力的壳。

面对面不动的时间足够长的话，就会在对方的瞳孔里看见自己。伍珊看见的是一个傻笑着的自己，凝固在周佳媛漾着清波的黑色瞳仁里。周佳媛突然爬起来，从衣柜里找出一件新的卫衣来，剪了吊牌，要往伍珊的身上套。

伍珊任由她像打扮洋娃娃一样套上了有点硬的新衣服，突然说，我们走吧。

走，走去哪里。周佳媛还在细细拉抻衣角。

我们可以去深圳。我家院子里好几个人都去了那边打工。除了天气热，那边什么都挺好的。伍珊睁大眼睛。

周佳媛伸手要揽她的肩。

我们可以坐火车去，先找个地方住下来，再找工作。我有身份证了，没有问题的。伍珊坐直了，你说话啊。

周佳媛脸上的神色，是伍珊从没见过的那种，怎么说，像个大人，像个真正的大人。她轻飘飘地说，可是我下个月就要去澳洲了。

伍珊环顾房间的摆设。书柜上，有一组周佳媛的艺术照。其中一张，是一家三口。女人看起来比丁小莉年轻许多，蓝色套装，领口系条碎花丝巾。男人看起来比伍爱国精神得多，衬衫袖口没有挽到胳膊肘而是在手腕上扣紧了。至于中间长了张白圆脸的周佳媛，看起来跟伍珊没有什么差别，但柔光灯一打，也高贵大方起来。

屋子里的装饰都是金色的。这种带一点玫瑰色光晕的金色，伍珊见过。那是给傅覃投票时，网页模拟演唱会烟花效果洒出的光和颜色。每投票成功一次，网页都会变红，撒些金色的碎纸片出来。欢天喜地庆贺。当时，“季末”和“苹果化了”就在金色的碎纸里手拉手，被光点燃，像真正的好朋友那样分不开。就连演唱会当天，两个灯牌头靠头肩并肩，比所有的灯牌都更亮的时候，她也没有觉得更光彩。

“我走不脱。”周佳媛说完这句，之后再说的话，在伍珊耳朵里“嗡嗡嗡”地混成了一片原荒的沼泽。

周佳媛看见空气中悬着另一个自己，打量着她和伍珊。那个已经变成大人的自己。很多话，在心里面走了许多趟，最后她决定什么也不说了。

她不会告诉伍珊，她们在体育馆门口分别后，她就知道，那已经是永远的分别了。永远就是再没有颜色声响，被一滴松脂凝结住，沉入地底，变成化石。她可以轻松挥别这些，就像任何一个千疮百孔的大人一样。即使伍珊流着泪的脸，套在过分宽大卫衣里小小的身体让她难过。但难过，终究也是会过去的。她已经知道了她是谁，而伍珊，恐怕还不知道。

那些只属于她一个人的黄昏，涂抹出了她的底色。走到池塘边，需要三百二十三步。走到可以挖石头和沙子的荒地前，需要六百九十一步。缅桂树一共四棵，桂花树有八株。而竹子，你永远数不清它们的数量，它们千变万化，从根系涌动出一枚又一枚笋。笋再成林。这个世界里只有她一人。她命定如此，习惯如此。她于是成了这么一个人。

所以她只是静静看着伍珊，什么也不再说。

后来，伍珊把傅覃的人形立牌一脚踹翻，往那张俊脸上踩了好多脚。很不幸，周佳媛家的拖鞋底都那么干净，连一个像样的黑脚印都踩不出来。

最后，伍珊累了，蹲在地上，屋子里的金光晃得她睁不开眼睛，就像夏天最毒辣的太阳，要把所有在日头底下劳作的穷人烤死。

丁小莉本来没想对伍珊动手。

自从伍珊坐地撒泼后，她对伍珊是否遗传了自己的疯狂与狡猾心有余悸。于是手举起来，又放下了。倒是伍珊像是真疯了一样，头引着整个身子往墙上撞。

丁小莉哑着声说，我没问你跑去哪野了，你还得脸了是吧。

伍珊扭转身子，恶狠狠说，那你打死我啊。有本事你把我塞回你屁股里去啊。

丁小莉突然“哇”一声哭出来，天知道她在伤心什么，还是只是像以往那样虚张声势。

比声音大，伍珊暂时比不过丁小莉。何况，声音再大，在这个屋子里，也只有她们两个又是演员又是观众，不会有掌声评断高低。

隔壁邻居的陈婆婆张阿姨杨姨妈们，自己家也不见得清静，没有闹得震天响，哪个也不会轻举妄动跑来这个屋子里惹火上身。

伍珊冷冷看丁小莉一眼，走进了自己的房间。所有东西都被丁小莉倒在了伍珊的床上。电脑屏幕亮着，停留在要求输入开机密码的界面上。伍珊把身上那件还在发硬的新衣服脱了下来，盖在乱七八糟的床上。这是件韩版的卫衣，宽大得就像做给一个一米八男人的身体，于是真的盖住了床的大半。

伍珊跟周佳媛说的最后一句话是，为什么要对我好。

周佳媛跟伍珊说的最后一句话是，我知道早晚要让你失望。

从窗子看出去，对面那栋三层高的家属楼比伍珊家更破旧。三楼那家人嫁女儿时贴的红囍字，经过了整个夏天和半个秋天，褪色变成了棉毛裤常见的暗红色。接亲那天好热闹，伍珊和丁小莉趴在窗子上看拍门。一堆男的要冲进去，一堆女的堵着不让进，尖叫着“给钱，喂，给钱给钱”。丁小莉当时很不满意，告诉伍珊，太难听了，净说些钱啊钱啊钱。伍珊倒是很有耐心，趴着看了很久，想数清楚到底那堆男的掏了多少票子出来。

狗屎的味道。推开窗就闻到。红囍字旁边，大概是哪个踩到了黄金的邻居，愤怒地写下了一行张牙舞爪的大字——管好你家的狗兄弟。这里只有这些，狗屎，穷人，烂房子。一代比一代更朽到底的生活。没得指望。

伍珊突然生起气来，把桌子上傅覃那些台历、丝带、水杯统统扫到了地上。突然觉得傅覃跟自己一样土，尤其是鼻子，长得就像一只猪。为傅覃花了那么多钱，都被冠以爱的名义。这些周佳媛怎么没说呢，大概因为她不缺钱。她说的爱，才重得那么轻。

伍珊喜欢猪，虽然臭，虽然什么垃圾都能吃下去，但第一次在农家乐看见猪，她就喜欢上了。猪的一生只有一个任务，就是长肉，越多越好。不像狗还要考虑交配、讨好主人，患得患失。如果可以，伍珊想变成一只猪。这样的话，丁小莉最好也变成一只猪。

伍珊还没有变成猪，丁小莉就被像膛猪一样地放倒了。

伍爱国又是无声无息地进来，三两句就跟丁小莉吵起来。那是存给珊珊的学费啊，伍爱国你还有没有点良心。我确实没得办法啊，你先给我，我有了还给你。你打拱猪又不是三两天，咋会打出去这么多钱。输是输了点，关键是左老五赖我账啊。你不是凶得很吗，你要回来啊！槽中无食猪拱猪，我哪点想到天天鲊起哄别人，反倒着哄个大套。

没得了，被骗光了。丁小莉不想听他啰嗦。次次她都听伍爱国哄，但这次不想再听了。

两人对峙了几秒，伍爱国阴阳怪气地说，骗光了，你是拿去养哪个野男人了吧。

你放屁！丁小莉奓起毛来，你给老子滚！

你身上那些青一块黑一块的不要以为老子没看到，老子看你就是裹上哪个了。

老娘卖都来不及，用得着裹哪个。

伍爱国被这话噎了一下，但似乎并不当真。你卖得出去？除了老子哪个会塞钱给你这个臭逼！

伍爱国！你毁了我一辈子不说，现在还要吃珊珊的钱，你给我死开！

把钱给我！不给！给不给！啊，啊！呜呜呜。

先还只是吵，拉拉扯扯。突然就像失了火。伍爱国把丁小莉扑倒在沙发上打，扇耳光，绑住两只手。打发疯了，他整个身子把那个小身体压住，像随时要掏鸡巴出来给她一枪。

伍珊牙齿都打起颤来，看着两个像猪一样拱来拱去的身体，她的脸抽起筋来，挤出一个不能算是笑容的笑。

吼了又吼，叫了又叫，伍珊想起丁小莉每次跟伍爱国打架时的招数，用力模仿，但并没有奏效。最后，她只能一下又一下用头撞着伍爱国的背，再一下又一下撞在水泥地板上，直到伍爱国和丁小莉都被滴成了血红色。

而伍爱国在把丁小莉的领口扯烂后，看见了那根发黑的红绳子上，一直吊着的玉牌不见了。丁小莉的命怎么不见了。他一屁股杵到地上。

杨姨妈们都说，伍珊真的变乖了。

丁小莉在机麻大赛战群雄，伍珊去送饭。上百张麻将桌里，丁小莉是穿着赞助商红背心的一个小红点。没有大小雨，点杠不计分。热火朝天。丁小莉说，珊珊，来，吃花生酥。从她牌桌下面摸出每个参赛者都有的礼包。一小包花生酥，一小包蔬果脆，还有一本《养生一百问》。伍珊就乖乖剥开一颗吃起来。花生酥又白又甜又香又脆，是她从没尝过的味道。她让花生酥在嘴里一点点融化，不记得谁跟她说过，再怎么难过，吃点甜的，就会好了。

后来丁小莉又爱上了广场舞。在她们家旁边新修好的一个广场。边缘还堆着些砂石没有清干净。喷泉还在挖，广场就还是一个大坑坑。一般，丁小莉都是提着个塑料袋，里面装着她的心妍美化妆品，给坐在广场上的其他姨妈讲了又讲。讲得好，货走得动的时候，她就笑。讲得不好，人家荷包捂得紧的时候，她就生气。

不晓得哪一天开始，她没有坐在凳子上，而是站在一些正在扭动的姨妈后面，两只手扯开身体开始乱晃。

丁小莉说，你做完作业，就出来找我，我们一起在广场上散散步，珊珊。

伍珊就听话地做完作业去找丁小莉。所有姨妈一起跺跺脚，广场也震得要抖三抖。一些歪瓜裂枣的老汉，围着打量这些松垮垮的女人身体。伍珊听他们议论，哪个婆娘屁股够圆，哪个姨妈胸口肉嫩。丁小莉激动得很，跳得脖子、肩膀、腰身、屁股、大腿所有的肉都跟着节奏在抖啊抖。她终于找到了组织。

丁小莉被伍爱国打的那天，伍珊撞破脑壳进了医院。缝针的时候，丁小莉反复问医生，会不会破相啊医生会不会破相。在被告知不太可能之后，丁小莉就笑了起来。

伍爱国站在门口打望，丁小莉凶神恶煞不让他靠近。最后，他不晓得从哪里搞了个塑料袋，装了一袋花花绿绿的零钱，放在伍珊身边的凳子上。塑料袋上一个黄色的卡通笑脸，笑脸带着三个字“实惠多”。

那个晚上，突然来了点早冬的寒意。两娘母睡在一个被窝里，不嫌挤也不嫌热了。风穿过枯枝就像头发穿过梳子，一下一下，凛冽预告接下来的严寒。

丁小莉睡着之前一直抓着伍珊的手，慢慢慢慢要松开了，又一下子抓紧起来。等她真的睡着了，伍珊侧转身，撩开她背上的睡衣。那是些什么呢。又青又紫还带着淤血。丁小莉身上东一块西一块。

月光白惨惨，伍珊想起了香港僵尸片里死人身上的尸斑。从医院回家的路上，丁小莉自己披头散发像个疯子，还一直安慰伍珊说，没得事，妈妈马上就存得起钱了。

伍珊的手指划过丁小莉的皮肤，弹了弹。两个身体都还热乎着，冒着生气。

后来伍珊解开胸罩的时候，心情很随便。

为了这个动作，班长已经求了她好几次。从冬天到春天，他们不过是在操场上散了散步，一起坐车回了几次家。班上突然有几个男生开始追求伍珊，好像看出了她神秘的变化。班长也就对伍珊上了点心。但他怎么个求法呢？就是翻来覆去说："给我嘛。给我看一下。"伍珊没有什么兴趣，但这天，突然想到了什么，她就反手把胸罩解开了。班长把脑袋钻进她的毛衣和衬衣里面，开始没声息，后面就跟猪一样"呼噜呼噜"拱起来。

隔着衣服，伍珊轻轻抚摸着怀里的这颗脑袋。半天，伍珊不耐烦起来，说，喂，给我摸摸。班长钻出来，什么。"给我摸摸你那儿。"班长吓了一跳，伍珊又说了好几遍，他才松开了裤子。伍珊上上下下摸了几遍那有点粘的一截肉，淡然缩回手，在裤子上蹭了蹭。等那颗脑袋清醒过来，伍珊说，欸，请我去吃寿司嘛。

那个晚上，站在莲蓬头下，伍珊看见胸脯长出了在丁小莉身上看见过的瘀斑。青紫色的一个个戳印，从皮肤上拱起。像是要呼应这些伤痕，乳头也无声地喊着疼。想起丁小莉身上那快要撑破皮肤的瘀斑，伍珊真的痛起来。热水顺着头顶冲下来，在皮肤上包裹出一层温热的襁褓，连带着冲走了眼泪、汗水和这个身体上新的旧的液体。

滚烫着的，她也曾把身体箍在周佳媛身上，不要走，求你。周佳媛任她箍了一会儿，没有掰开她的手，但身体松得像是散了架。她的身体外面包着好几层又贵又厚的衣服，一点温热没有。“苹果化了”自然消失了。但最后，注销了账号不再登录贴吧的，是“寂寞在季末”。

丁小莉拍门，砰砰砰，你要洗好久，水费电费不要钱哪。砰砰砰。伍珊，伍珊，听到没有，伍珊！

伍珊关了水，褴褛破开，水珠在皮肤上凝成一颗一颗水晶样的小圆球。她没有动，但只几秒钟，身体就冰得和这个屋子一样了。她高声对着门喊，丁小莉，去切你的猪耳朵嘛，你管我做什么！

门外面那个声音嘟囔了一句，嘿，你这个猪日的，老子不管你，老子不管你哪个管你。

伍珊本来想耸起鼻子叫两声，逗逗丁小莉。但不晓得为什么，她擦了擦鼻子上的水珠，没有发出声音来。猪鼻子也就褪了形，慢慢又还给她一张少女的脸。

把戏

第一条微博发出后，我，蒋立立，变成了周淇。

点开粉色的微博页面，二十三岁的周淇是我设定的完美存在。

输入 ID“淘小淇”，确认密码，注册成功。

她得有一张俏脸。在我的电脑 E 盘里，有个叫“Kiki”的文件夹,里面是我关注了好几年的一个模特的照片。从没红过的小模特，靠给淘宝拍照为生。在美空网上也有几张零散的照片，但没引起过哪个富二代的兴趣。漂亮，瘦，有完美的锁骨，是我渴望的外表。

我选了一张做头像，侧影，梦幻日系。

再敲下几个关键词标签：法国、电影、美食。

个人简介空着，博客地址填上我的博客。链接过去，你会看到我大学以来摘抄的各种谈论电影、文学、美食的小文章。

滑动鼠标滚轮，淘小淇的微博界面一片清洁的粉红色。我把鼠标定格在微博输入框，光标有节奏地闪烁，提醒我写点什么。

看看周淇的脸和身体，再看看博客里她的大脑，我开始打字。

“窗外艳阳高照，马赛的五月是难以形容的迷人。这时的上海，必定人山人海。”

回车，发送，二零一二年五月一日。

这不是我第一次演别人。

在豆瓣的上海同城小组里，我扮过一个海归的钢琴女老师。原帖在天涯，忘了是怎么看到的，一个在俄罗斯留学多年，学钢琴的姑娘，刚回国，很想念异域的生活。鸡毛蒜皮里，真实的生活质地让我难忘。在帖子浩如烟海的天涯论坛，这个姑娘的帖子零回复，点击量也只有二十几。

我不会弹琴，但希望自己会。她的钢琴她的莫斯科男友甚至她的后妈，都那么刺激我的想象。存下她的帖子很久后，有一天我上网无聊，就在豆瓣里扮作了她。

豆瓣是失意文青的聚集地。这么一个气质帖，人气一时很高。不少男文青、伪男文青在豆邮里跟我示好或直接约炮。评论翻了十页后，我删了帖，销了号。

就像玩养成游戏一样，偶尔穿上别人的身份写故事，会有代入的快感。我慢慢知道什么样的帖子会引起关注。没有人会注意你是抄来的。剪切、复制，想加什么元素就加什么元素。

写气质帖容易，要有一流的气质，却是我这辈子都不可能的事。

大一进校不久，班里组织中秋晚会。同宿舍的李晴微表演钢琴独奏。

在县城里读高中的三年，我慢慢认识鞋子品牌有达芙妮百丽思加图，衣服品牌有歌莉娅艾格欧时力。在店里看中了，淘宝后同款就能穿上身。虽然这种模仿没什么营养，但女生从小最怕的就是落单。为了上厕所能有人手牵手，很多人不会坚持做自己。

我也学着放弃部分的自我，让自己更合群，更像个城里人。二〇一〇年，带着县城的摩登我到了省城。大学让一切都崭新。

我觉得自己还不错，但李晴微走上舞台时，我呆住了。她的白裙子、芭蕾鞋、缎子发带，我从没见过。她脊背和小腿的弧线、嘴角上扬的弧度，是我没见过的完美。连发梢都在发光。

当晚宿舍夜谈，其他两个女生叽叽喳喳问李晴微从小学琴的事，我翻身，把脸靠着墙壁。隔着蚊帐，白墙很凉。

晚上做梦，梦见自己会弹琴。

不开心的时候我上网，等人来聊天。扮一朵花，把花粉弹到空气中。花粉得有明确的标签，ID、照片、关键词，都是伸出去的触须，在黑色背景里抖一抖。

很多话我没法跟宿舍的其他三人说。无论是公主范儿的李晴微，还是一心要读博的苏慧，或者跟我一样从农村来的薛小雪。

大一进校军训，休息时我们四个坐在一起喝水，悄悄说着三排那个帅气的教官。薛小雪说，你们说他像不像玄彬？李晴微说，你看韩剧入脑啦，哪里比得了玄彬。苏慧说，听三排女生说，军训结束要找他签名，签在军装背上，我们到时也去嘛。我跟着她们笑。

那是正午，阳光打在教官的背脊上，反光发白让人睁不开眼。我坐在台阶上，双手抱住膝盖，扣紧这个小小的身体。我不想去找他签名。我怕强壮的男人，怕他们像爸打妈那样打女人。

高中时我交过一个男朋友，理科班的尖子，家住县委宿舍楼。爸妈不在时，他会叫我去他家玩。一个有点闷热的下午，我俩在沙发上依偎着看《狮子王》。他突然伸手到我胸前，擒住了那两只鸟，我怕得牙齿打颤。

这只是我不能告诉507室里其他三个人的一件事。

我也不能告诉她们，李晴微穿着白裙子弹钢琴让我在梦里流泪。

流泪是因为李晴微只用做她自己，我却要学着做出理想的自己。

日本的能剧里，主角戴着面具，双足贴地，双手划圆。黑漆漆的舞台上，角色的快乐悲伤都在面具之下。

身体动，故事起。ID就是我的面具。

一段时间里，我都喜欢扮比自己更差的人。

遇上大学生，我说自己是高中辍学后到省城打工的餐馆服务员。他关心我每月能拿多少钱，每天工作多少个小时。劝我还是要读书。

遇上白领，我说我是唱片公司的前台。在天涯论坛上看到的八卦爆料帖，我复制剪切后转手给他。他说有趣，说你的生活比我有意思多了。

趴在地上装别人，往往能收获一堆陌生的关怀同情，甚至羡慕。陌生人的话从对话框的那头涌出来，给我的心贴上几许安慰。在食堂打饭算计每一个菜的价格时，或者跟长得帅的男生对撞却彻底被对方无视的时候，心中的压力都会陡增。躲在一个ID后聊聊天，痛感和耻感都削弱了。没有人跟我说过，大学比高中更难熬。小帮派小团体、宿舍内外的泾渭分明，运行的是成人世界的规则。

没有钱的学生很多，笨蛋的学生也很多。女生之间，除了吃穿用度上明里暗里较劲外，大概就是比长相和男朋友了。

大一一整年，没人追我。同宿舍的李晴微和苏慧先后有了男朋友。前者的帅，后者的聪明。我想要又帅又聪明的，但以我的现实条件，不可能。高中时的男友时不时跟我联系，但我讨厌包括他在内的整个过去。

生活平静如深潭，对我来说，偶尔爆炸的深水炸弹，全是心绪的挣扎与纠结。比如，去图书馆自习的路上，牵着手的情侣就让人生厌。

那段时间，班主任时不时就给我打电话。他推荐了一个勤工俭学的机会给我，每周末去学校旁边的书城帮忙做电脑建档。我干得很吃力，不仅建档慢，跟书城的其他工作人员打交道也磕磕绊绊。大概就是笨蛋的样子。

一天，班主任打电话到宿舍找我，电话里的关切语气让我感动，还说要请我吃饭。

我去了。学校后巷的苍蝇馆子。风扇把桌上铺着的塑料膜吹鼓起来，我俩对着坐。点几个川菜胡乱一炒。吃，班主任滔滔不绝。两瓶啤酒都开了盖，淡黄色的液体冒着泡被倒进杯子里，再进到他肚子里，直至涨红了他的脸和脖子。他说，跟太太一直感情不好。说觉得寂寞。

离开时，就着夜色，他把手搭到我肩上。川菜馆门前的小巷，地黑得冒油。我往右靠了一步，斜一下肩，他的手就湿哒哒地滑下来了。

他笑了笑，似乎等我给他一个回答。我只好硬着头皮说："老师再见。"害怕，不是怕他那只手，而是怕工作保不住了。

冲回宿舍，没人。一股气堵在胸口，觉得被人欺负了，憋闷。开电脑上网。随便点开一个女性头像，我开口——是刚学来的猥琐："美女，要人陪吗？"静止了一两秒，女头像热切闪动起来。

我瞎编，说自己是在外出差的男教师，待在宾馆里很寂寞。"寂寞”两个字在闪烁的光标前静止，我意识到自己在模仿班主任的语气。

女人说她做小生意。“做吗？”她问。我试着飞了个吻。她开始不断地“正在输入”。描述胸有36D、穿着渔网袜。很快，她“脱去了外衣，只剩丝袜和胸罩”。我盯着屏幕，汗一颗颗冒出来。她插了句，“你动啊！”原来我也要有“动作”，我刚打出“解开你的胸罩”，薛小雪推门进来了。

太紧张，我直接按下电源关机。耳边嗡嗡地响，觉得羞耻，可又有某种虚妄的胜利感。班主任的脏手留下的痕迹，似乎被我甩到了那个做小生意的女人身上。

虚脱一般，我靠在床上。日光灯穿过床帘投下一片阴影。隐隐地，我看见下身长出了虚拟的阳具。

班主任之后又打过几次电话给我，说要推荐我入党，还说很快就要评奖学金了，他很看好我。

舍友们都说我脸色很差，问我是不是病了。我摇摇头，又点点头。

倒真病了，烧得糊里糊涂在床上躺着，听着李晴微跟男友煲电话粥。煲完又跟闺密煲电话粥。她的闺密在法国马赛留学读哲学，国外太寂寞，经常打电话来杀时间。

翻身，我用手机点开微博，我记得李晴微闺密的ID。

“去中国超市买了米、腐竹、酱油，做了到马赛后的第一餐。红酒9欧！”

周淇就是这么诞生的。

“从学校回宿舍的路上，每天都会路过这座小教堂。”

“离语言考试还有三个月，但现在就开始紧张了。”

“与室友一起重温《的士速递1》。当年看不觉得，如今看到马赛的街道格外亲切！”

马赛确实很美，我一边发微博一边搜马赛的资料看，还去图书馆借了两本马赛的旅游书。蓝色海岸，法兰西，光是堆叠出这些字词，就能飘出浪漫的气味。

以前写帖子，如果出了什么纰漏，可以删帖删号就此消失。但在QQ上跟陌生人聊天，不可能每次用一个新号开始。我隐藏IP。

模特Kiki的图片数量虽多，但很多都拍到了身后的建筑，一看就知道是中国。这种图我很少用。李晴微闺密发的图，存下来后我裁掉右下角的水印再发。文字我从不照抄，一搜索就会穿帮。改改，意思在就可以了。

第一个星期，一直自说自话。每天我发四五条，基本都配图。Kiki走纯情可爱路线，偶尔性感一下。模特腿长，她有很多穿短裙、热裤的照片。

第二个星期，开始有了几个真粉丝。几乎每条微博他们都评论或转发。我们互加了QQ，有时间就聊一聊。

其中一个叫冯简勋的跟我最聊得来。如果他的QQ空间没有作弊的话，那他跟周淇一样，都是富二代。在瑞士读书，学酒店管理。

跟在国外的人聊天有一个好处，他不会老问你，你那边怎么样？法国怎么样？麻烦的是时差，法国跟瑞士本该没有时差。我只好装病。

偶尔，也有穿帮的危险。比如他会问，你认识某某吗？跟你一样是某某中学毕业的，也在马赛呢。你不参加校友会啊？其实我也不爱跟他们玩。

这种时候，我就发一张 Kiki 的照片过去，他注意力一转移，似乎就忘了。

但这能持续多久？我喜欢他，如果他的一切都是真的。但他喜欢的，不是我。每每想到这点，我的太阳穴都会跳着疼。但每天就是忍不住一上线就双击他的头像，停不下地说话。

直到他说买了从日内瓦到马赛的机票，要过来玩，见见我。

“开心吗？”见我半天没反应，冯简勋打了一句。

我打出一个笑脸。黄色笑脸咧着嘴，露出几颗牙齿，是可以轻易识别的开心。

“马赛鱼汤很出名，到时我们选家正宗的尝尝。”

我回了个“拥抱”，可并不能让时间延宕多少，显示器的荧光打在我脸上，光标一闪一闪跳动。手指、鼻尖，寒意蔓延至睫毛，大概只有恐惧会把人真正冻僵。不管他的目的是恋爱还是骗炮，即将穿帮的恐惧都紧紧攫住我，在背上铺出一层冰凉的汗。也许，只要站到阳光下，我就会破裂成碎片，被风刮走，一点渣都不留。

我没想到，虚拟终究会在现实里触地。更没想到，会这么快。

灌下一大杯凉水后，我稍微镇定了些。隔着屏幕说谎，终究比面对面撒谎容易得多。

“对不起，其实我有男朋友。最近我们经常吵架，所以我才上来找人聊天。你把机票退了吧。”

他“正在输入”了很久，大概在不断打字、删字。

终究出现了这么一句：“我不信我比不过他。只要见一面，好吗？”

我“正在输入”了很久，但又删掉了所有敲出来的字。

“我明天就飞过来。不要逃避你的内心。”他这么说。

我的内心。我的内心是什么？做一个假人来骗别人的爱？

我喜欢他，但我知道，这不是真的爱。因为我是假的，一个如假包换的冒牌货，真得不能再真的冒牌货。这个游戏的复杂超出了我的预期。

连打了一串“对不起”后，我拉黑了他。微博不能销号，我只能一条一条删光，当“淘小淇”从没出现过。

我让冯简勋和某一个自己消失在比特的大海。

日子过得缓慢。上课，作业，打饭，跑步，我拖着旧的躯壳走进新的八月。

冯简勋的事让我意识到，如果事情会往不可控制的地方发展，那越早掐灭它越好。班主任又一次给我打电话时，我明确拒绝了他对我的种种安排。

他说，我让他很失望。

虽然跟冯简勋根本不算是恋爱，但我却承接了失恋的痛苦。电影《阿凡达》里，陌生的同类、暴烈的野马、不驯的飞鸟，只要尾尾相交，就能让对方心领神会。沟通一旦达成，就心甘情愿，所以生灵们不顾一切要追求尾巴的相连。

一个直接、简单的动作。没有人类文明的迂回与复杂。

我的痛苦，大概就因为，跟冯简勋之间那些蜘蛛丝一样的沟通吧。其余所有都是假的，但我们之间，向着对方伸出的蛛丝，是真的。不论我是否被他照出卑微的原形。

我停不了手。作废了“淘小淇”的ID后，我又做了一个新号“淇语”，还是用李晴微闺密微博的内容、Kiki的图片。

不为什么，如果用我自己的图片和微博，没有人会给我同情和关心。全世界的人都在失恋，为什么要来关心你？

“去学校的路上，迎面走来一对情侣。别人的甜蜜就是自己孤独的照妖镜。”

“靠近取暖，却在最后半米，亮出彼此的刺。”

这样的微博发了一个多月。马赛生活细节的图片继续发，Kiki的脸似乎永远都在笑，但输入文字的我，却不能再无动于衷地剪切和粘贴。心里有一块地方，被一层不明阴云笼罩，填满“爱”这个字里，除了“心”之外其他多余又不可删去的笔画。

伤心的周淇继续她在马赛的留学生活。阳光、建筑、海滩、书本、漂亮的脸之外，她像个真实的年轻女孩，转发了太多关于爱的警句。崔翌后来说，他是在周淇的伤心里看到了自己的伤心，才关注起来的。他也失恋了。

难过的时候，把自己埋在人堆里，痛苦就会稀释。我天天去图书馆自习，或者说，去杀掉一个人待着的时间。书打开却一个字也看不进去时，到幽暗的文史二阅览室走一走，就进入了龙猫的秘密乐园。

有个男生经常坐我斜对面。一次我来晚了，常坐的位子上被人用书占了座。我看一眼，《量子力学》。他抬头说："坐吧，我占的。"虽意外，但我没多言语，只是把《量子力学》拎起来，放在桌子的右上角。

一下午，他都在纸上写啊写。《量子力学》停在我们中间，不动。间或我抬头，就看看他。每次，我只短暂地看他五官的某个局部，不让目光停留太久，更不想让他察觉。做题，偷看，偷看，做题。如此循环，直到我拼凑出了他整个人。傍晚五点，头顶的日光灯一排排亮起来。我收拾书包，捡起那本《量子力学》，想着他终究对我并没有多的意思，还是提前走了。可刚到门口，就见着垂手站着的他，在等我。我递上《量子力学》，两人于是并肩走。

后来李晴微苏慧薛小雪问我："蒋立立！你跟你们家周希城是怎么好上的啊？"我说了这经过，她们都不相信。

我觉得，有过恋爱经历的人，很容易从异性的反应中嗅出意愿的迹象。手势，眼神，欲言又止的半句话。或者只是一种，感觉。要开始一段新的感情，也就没多难。但我没有告诉任何人的是，那么快地向周希城发出"滴滴滴滴"绿灯行的信号，不过是因为，我太需要一个人来拉我走出那片沼泽了。

怎么说都好。总之，现实中，我成了一个有男朋友的普通理科女生。

十月后，周希城开始进入我的生活。我们一起泡图书馆，在食堂吃饭，在草地上聊天。他带我去男生宿舍打牌，打游戏。周末我们去看电影。琐碎但真实的陪伴，让我的孤独感被挤掉了，冯简勋留下的伤心和罪恶感，也被冲淡了。

周希城父母是公务员，他是独子。简单的家庭背景，让他对其他人的背景也不太敏感，包括我。一次谈到父母，在我说了家在农村后，他就没再追问。

他没问，但答案却在我心里开始编织。跟班里同学或者宿舍女生，交代到我的家在农村，就足够了。我也一度以为，在大学之后认识的人，可以只接受我从这里开始呈现的身份。隐藏，掩盖，是因为我的过去、我的家庭，构成了今日的我觉得耻辱的部分。他们的存在提醒着我，今日的我不过是一个谎言编成的冒牌货而已。

妈嫁给爹的方式，在我看来，就是一场买卖。

妈嫁到村里来之前，从没出过她们县。十几岁起，她就在县城当保姆，后来去餐馆当小工。敢去城里挣钱，不是因为自己有本事，不过是因为城里有人。妈的表姐，一个我从没见过的亲戚，嫁给了县里的人。表姐让她去城里帮忙看孩子。最开始妈很兴奋，后来慢慢知道，表姐不过是想省下保姆费。妈在表姐家里把孩子带到三岁，终于长了点心眼，提出要去打工。表姐也同意了，让表姐夫安排妈去一家餐馆打杂。妈是文盲，只能在后厨当杂工。餐馆厨房里湿漉漉，妈一年四季都穿着雨靴。走到街上，雨靴上面是早已没有人穿的卡其布裤子，还有表姐淘汰的红色西装外套。一看就是乡下人。妈想挣点钱。

直到有天，家族里一个叔伯，拿了张照片给外公看。说是邻县的有钱人，想在村子里寻个老婆。这所谓的有钱人，就是我爹。他自然算不得什么有钱人，也是个农民，只不过邻县种烟草，种烟草的农民比只种稻米的也就有钱一些。给得起四位数聘礼。照片到了妈手里时，婚礼在即。第一次见到照片里的男人，距离跟这人成婚，只有不到三天。男人跟一堆男亲戚坐在堂屋里抽水烟，咕嘟咕嘟响。几支烟筒把昏暗的屋子弄得更看不清了，妈也没看清男人的长相。聘礼全数留下，打工攒下的钱，也在外公的劝服中留下。妈只在内衣里夹了两张伍拾元纸币，就被带走了。男人虽丑，但热乎地带她到县城烫了头发，买了身新衣，妈也就满足了。一路坐汽车，翻山越岭，她看也不敢看男人。可能看得太清楚，就怕起来。这些是一九九〇年的事。

爹是个粗鄙的人。这点，只用看看我和哥哥的出生日期就能证明。哥的生日是一九九〇年十二月十日，我的是一九九一年十月二十二日。妈还在坐月子时，爹就又操了她，还弄出了我。

相貌丑陋的男人，或许是天生的性虐者。有一天，当知道晚上妈那些凄厉又压抑的叫声是为了什么时，我突然想起，小学时依在妈怀里撒娇，摸到一只乳房是干瘪的。

到初中，哥哥成了镇上著名的混混，每天带着一帮小喽啰在学校里耀武扬威。没人敢欺负我，更没有男生敢靠近我。哥哥似乎要用变坏向爹挑战，让爹再也不能干涉他的生活。

我考上县里的重点高中后，哥开始跟着一个富二代做物流，经常开着小车跑省城谈生意。他时不时来学校给我送钱送东西，腰身一天天圆起来。我们不谈爹、妈这些，哥也不回村子。就像我想跟蒋立立一刀两断，哥也想跟那个叫蒋明明的自己一刀两断。

我只是放不下妈。村里、邻村经常有女人喝农药自杀，每一次听说我都会害怕。

这些过去，常常“嗖”一声蹿上我的身体，撕不下来。

比如现在，对着周希城，我不能告诉他我无法接受亲密关系。甚至只要想到男人勃起的身体我就会恶心。我也不能告诉他，之所以这样，是因为我爹是一个该千刀万剐的鸡巴。

周淇不用担心这些。

“终于去了莎士比亚书店，二楼转角的沙发里，一只喵在酣睡。”

“老佛爷里都是东北口音和四川口音，感觉一下回国了。”

“隔壁女孩今天敲门进来聊天，波兰妹子蓝眼睛真美。”

“秋天来了。”

截至二〇一二年十月十五日，“淇语”有1021个粉丝。有Kiki美照的微博转发较多，不断有人私信要求加QQ。心情好时我基本都加，什么时候加的崔翌，后来也想不起来了。

真正想认识周淇、想聊天的人，其实不多。绝大多数粉丝都是围观一下美女，看看漂亮图片。

崔翌开口时，我并没有留下太深印象。后来翻聊天记录，看到他跟我说的第一句话是：“你也喜欢《白夜行》？”

他应该是看了我的博客。“淇语”的微博页面上没有一条提到过东野圭吾，但我的博客里，曾贴过一篇别人写《白夜行》的文章。从这点看来，他已经关注我很久了。“大家顶着爱这个词，其实干尽了人间丑事。”我贴那篇文章，大概是因为这句有点狠的话吧。

怕他深聊，我说：“谈不上喜欢。”

他说他是一九七九年的，安徽人，在上海工作，做财务。

我说我是一九九〇年的，上海人，在马赛读书，读哲学。

下线前，他说，常聊啊。我说好。

至于为什么说我是上海人。哪个女生不想出生在上海呢？

再次上线时，看到他留的一句话："只希望能手牵手在太阳底下散步。东野圭吾大概说的是这个。"

女生宿舍的卧谈会，就是现实版的QQ群。八卦在床铺间飞来飞去，话题似乎百无禁忌。但其实有些东西是不谈的，比如性。看着李晴微或苏慧晃着腰肢在宿舍里走来走去，我偶尔会想，她们跟男朋友做过了吗？

要知道答案，只有两种办法。一，偷看她们的日记。二，多年后在校友聚会上听到爆料。

两种都不可能，对我来说。但我那么迫切地想要知道，是因为，周希城昨晚送我回宿舍时，突然吻了我。

他靠近，再靠近，直到没有距离。另一个世界的气息覆盖了我。皮肤被香皂洗干净后的味道，一点牛奶味，厚外套里棉花的味道，压过了十二月冰冷的空气被呼吸带入我的身体里。

跟高中男友A片看多了的急躁不同，周希城的吻可以说是古典。我们就像两只倦鸟栖在枝头，轻轻啄取对方的温暖，抚平对方的羽毛。

站在女生宿舍的铁门背后，已经跑远的周希城回头对我挥舞手臂。黑暗中手臂挥舞出白色的弧线。

你第一次跟女生做是什么时候？我问崔翌。十六岁，跟高中时的女朋友，他答。

不知道为什么，在跟他的这场假面游戏里，我突然厌倦了周淇以往的淑女人设。

“什么感觉？”“很激动，但很快就射了。其实什么时候射的我都不知道，因为实在是太激动了。”

“女生什么反应？”“她在床上躺了一会儿，然后起身从背后抱住我。我们没有说话，不知道说什么。”

“男生会痛吗？”“不会。”

“你后来有过多少个女朋友？发生过关系的那种。”“能算是女朋友的，只有三个。”

盯着他的答案我暂停了几秒，继续敲。

“男人为什么对女人的身体那么沉迷？”“什么意思？”“感觉就跟赌钱、喝酒或者其他刺激的事一样，是可以让男人痴迷的事。”“很多女人也痴迷性。”“不会像男人那样崇拜女性的器官吧？胸控，腿控。”“这个很难讲。”

我把崔翌当作人肉百科，解答着我对未知的性和已经的性的若干疑问。

对着陌生人，我们总是更放松。在他面前，你的秘密不是秘密，因为你甚至都不是你。

很多伟大的情侣都是无性的。我看草间弥生的传记《无限的网》，她说她跟乔瑟夫·科奈尔间激情的方式，是每次见了面，都疯狂脱掉对方的衣服，然后开始为对方画裸体素描。完了后两人一起去散步，在大自然里狂吻。

你会说，那是因为草间弥生恐惧男性生殖器，乔瑟夫·科奈尔是性无能。

也许吧，但很多时候我都觉得，男女之间，无性比有性关系更持久，爱比性更持久。

高二一次班会课，我作为数学课代表上台主持。在黑板上写写画画，再转过身鼓起勇气对同学们说话。那天我觉得自己发挥得特别好，大家的眼神里全是笑意，赞许地看着我。

下课铃响后，同桌突然在讲台边拉住我，手掩住我的耳朵轻声说："你肩带掉出来了，胸罩的肩带！"

这天中午，我又梦见了这个场景。我的肩带从T恤的领口滑了出来，男生们笑盈盈地望着我。

我沉默了很久。

我跟崔翌说那时不时就会重现的梦。说我呆站在黑板前，像个傻子。

崔翌说，青春期没过完的人，都会敏感又容易受伤。青春期过完后，很多生理上的尴尬感就会消失，因为成年人的世界没有脸红。

"没有脸红？什么意思？"我问。

"对很多成年人来说，性就是性。跟吃饭一样，是一种正常的需求。你吃饭会尴尬吗？"

"那成年人有什么不好的吗？"

"当然，很多。比如，你吻人吻多了，就不会再有什么感觉了。据说kiss是有配额的。"

这说法让我很吃惊，大胆追问了一句："你的配额用完了吗？"

"呵呵。"

"你为什么还没结婚？"在我看来，一九七九年出生的人，是大叔级了。

“外地人要结婚，比本地人难得多。你以后工作了就知道，很多事烦。两个人在一起，不是有感情就可以，但没有感情，也不行。”

“一个人挺好的，自由。”

“也是吧。但年纪大了，就会想安定，想有个家。我觉得是生理性的。”

恋爱，心理和生理混杂着分不清。

周希城的吻，就像夏天游泳池底水波纹晃荡的影子。甜蜜的水波纹，被水滤过了变蓝的阳光。我喜欢他纯洁的吻。

越是密集地吻，我就越敏感身体的进一步接触。在拒绝了高中男友进一步的身体接触后，他仍旧数次把手伸进我的 T 恤底下。周希城没有这样，他耐心地等待着我。

这种等待让我有点不安。虽然我们这辈人，在做爱之前，早就从书本和电影里学会了性。性未被实践，却早已谙熟于心。但仍是未知。

转眼已是冬天，夜漫长宁静。

这天夜里，薛小雪跟我说，她怀孕了。

精子来自一个来进修的中年男人。已婚，当然。跟老婆感情不好，当然。有一点钱，当然。我说薛小雪你神经病啊，这种骗色的老男人的话你也相信！你脑子进水啊！

宿舍里，我跟薛小雪最亲近，虽然我的亲近，也就只是常常一起去食堂吃饭之类。选择她作为三人中唯一的朋友，大概是因为，我那些长在泥巴里的乡愁，来自农村的她才能懂。

我们裹着羽绒服，跑到宿舍后面的空地上压低声音说话。

薛小雪哭。我说你哭个屁啊！为那个老男人哭，值得吗？

她肿着眼睛抬头，“昨天我们一起去医院，他让我打掉。我难受，但知道也只能这样。他刚刚突然发短信来说下周要回老家一趟，不能陪我去医院。立立，他肯定是在骗我！”

月光下，薛小雪披头散发，羽绒服里裹着的是一具被破坏了的肉体。她断断续续地哭，我只能安慰她，用根本无用的语言。再用根本无用的语言咒骂那个更加无用的男人。

“你之前的女朋友为你怀过孕吗？”我在QQ上问崔翌。

“有两个怀过。”

“没用套？”

“第一次就是我高中的女朋友。高考完了我们天天黏在一起，大一一开学，她就说怀孕了。我们不像你们，那时候性知识贫乏得可怕，以为只要体外就没事了，谁知道就中了。”

“那第二次呢？”

“第二次是套子破了。”

“你陪她们去医院了吗？”

“去了。第一次我也怕得要死。学生什么都怕。第二次条件好些了，带女朋友去比较好的医院。”

“难受吗？”

“你说我？当然。觉得自己没有能力，也对不起她们。那之后我发誓不让我的女人再受这种痛苦，也从不让她们吃避孕药，就用套，谨慎一点。”

“搞出孩子又不陪女人去医院的男人是不是畜生？”

“至少不算个男人。”

我想，崔翌对我说的那些话，多多少少，也是伪饰了的自己。雄孔雀在风中打开的屏扇。

我点开他的微博，想知道他到底是怎样的人。

关注量100多，粉丝100多，微博数近2000条。他转发职场小窍门、养生小常识、民生新闻，跟同事、朋友互动。往下拉，他连着几条微博在跟人吵架。

原帖是有人拍到了餐馆里有一个宝妈在当众喂奶，地上扔着尿不湿、纸巾什么的。“硬盘姐姐，当众喂奶就算了，你把地上弄成这样是哪样？”

崔翌转发：“公众场合的基本礼仪和卫生每个人都要遵守，但你怎么证明这个人是外地人？一切恶心事都是外地人干的吗？”

帖主回崔翌：“上海人做不出这种事的。”

崔翌回：“我倒是见过上海人做过不少比这个更过分的事。”

帖主没回，围观群众倒是火了，全部跑到崔翌的微博上骂起来：“公共场合都要搞特殊待遇。一等公民外国人，二等公民外地硬盘，阿拉算三等额咯。”“这张脸一看就是母盘，你没有认出你的同类吗？”

崔翌转发后一条回复：“我不为我是外地人而羞耻。”

对方回：“那你的微博怎么死皮赖脸地写‘来自上海’呢？”

崔翌没有再回答。

要活得像一个普通本地人那样，必须比本地人优秀、勤奋，才有游戏通关的可能。崔翌的游戏打到哪一关了我不清楚，但从他跟人吵架的语句中，可以知道，他是自信自己能通关的。但通关过程中，往往情绪很坏。翻了他的几页微博后，看到不止一次吵架。

人用一种身份去攻击另一种身份时，往往残酷。轻易的践踏。

这些我们从来不聊。

我点回周淇的页面，看着那张无瑕的脸和大小姐的完美生活。女人想成为她，男人想得到她。

说实话，我能理解崔翌。同样作为一个外来人口的蒋立立，能理解他。

陪薛小雪去医院那天，没有想象中的难挨。“女子医院，让你轻松做女人。”广告词这么写。一路我跟薛小雪说说笑笑，她没穿平时喜欢的那件红色羽绒服，换了件灰扑扑的假呢大衣，廉价面料又吸灰又扎手。

进手术室时，薛小雪回头冲我笑笑。然后门“吱啦”一声合上了。

不锈钢座椅的凉意，隔着我的秋裤、牛仔裤，丝丝入骨。如果我躺在手术台上，周希城会来吗?

点开微博手机客户端，一条新私信，是崔翌。“怎么两天都没上Q？想你了。”我没马上回。

窗户外面一棵光秃秃的梧桐树。风一吹，残存在枝桠上的一两片叶子就晃啊晃。我对着叶子发愣。

手机突然响了，来电：蒋明明。

哥哥说，爸跟妈为了一点小事打起来，妈的眼角被打裂了，他刚开车回去接妈，现在在县医院缝针。

“那个老畜生！不知道跑去哪里了！要是被我找到我一定打死

他。”哥哥说，让妈先跟着他住一段时间再说。

“喂，妈妈啊？你怎么打得过他呀？！”说出第一句，我就哭了起来。

妈妈说“没得好疼”，但也哭了起来，说话断断续续，就像被人捏住了喉咙。我的眼角裂开了一样的疼，妈的伤口复制到了我身上。

窗外吹风，叶子晃了晃。

女子医院走廊的角落里，一个女学生对着电话哭。黑色的羽绒服，五十块一条的牛仔裤，头发黏在哭湿了的脸上。

路过的人头也不回。

我揣着被眼泪浸透，变得很重的心脏，坐在不锈钢椅子上等薛小雪。

一个世纪那么长，门开了。

薛小雪的脸白得像死了一样。她走到我身边，说不出话来，只一把抱住我。我接住她，感觉接住了一个空壳子。什么东西被从她身上拿走了。不是那个孩子，而是上帝手里的什么东西，关于纯真的什么东西。

现实里残缺的，我用周淇来修补。

“夜里风声很大，躺在床上，听着窗外的风入睡。这里的冬天跟上海不同，没有枯黄的梧桐枝桠。”

“第一次感受真正的圣诞气氛。雪松、槲寄生，彩灯和金色的铃铛，还有商场里流动着的圣诞音乐。祥和安宁的祈祷，是国内的商家再怎么模仿也做不到的。”

“想念妈妈，想念她在这个季节做的暖暖的一碗桂花酒酿小圆子。”

“有一个选择题，你要一个好老公呢，还是一个好爸爸。我选好爸爸。女孩天生就应该被呵护的。”

“居然下雪了，雪花从黑漆漆的夜空落下来时，世界那么安静，纯洁。”

周淇可以修补我的情绪，却不能叫停我的心烦。我好几天没上Q，跟崔翌说病了。

他于是写 E-mail 给我。有时一天写好几封。漂在上海，可能确实很寂寞。

“小淇，街上的女孩都戴起了口罩，冬天的风真是要命。马赛的风也很大吧？”

“每天早上回到公司，看到桌面堆积如山的报表，我都很后悔为什么选择了会计这么一个枯燥的专业。”

“大学时的舍友今天乔迁新居，请我们去家里玩。他马上要结婚了，相亲认识的温州女孩，房子是两人一起买的。”

“转眼我工作已经七年了，跟毕业那会儿通宵加班相比，现在感觉真是有点老了。”

“你圣诞假期能回来多久？想到你要来，我真是有好多安排想跟你一起做。”

……

他对一切琐事的坦白，就算不是爱恋，也交托了信任。可我算是喜欢他吗？我总能跟他说出不会对周希城说的那些话。我跟周希城连开口说性都不行，以后怎么做爱？但我跟崔翌能聊性，是不是就是我可以越过跟他做爱这道坎呢？我真的不知道。

E-mail 不断——

“梦见小学时每天要走的那条上学路，书包压在肩上沉甸甸的。有时候我回想过去，但是我们谁也回不去了，对吗？”

“感觉每天都有很多话想跟你说。”

“想你，早上，中午，晚上，时时刻刻。”

在图书馆，我坐在周希城对面用手机看崔翌的邮件时，有一种走在剃刀边缘的快感。

爱情电影都不怎么讲劈腿的故事，似乎要捍卫大众的纯洁。

薛小雪手术后请了一个星期病假，在宿舍里躺着。

李晴微和苏慧都以为她得了急性肠胃炎。

老男人给薛小雪买了个苹果手机，快递到宿舍。

我帮忙拆开，白色的机身，背板上一个被咬了一口的苹果。

我读米兰·昆德拉的《生命中不能承受之轻》。特蕾莎容忍托马斯的出轨，她想用自己无尽的爱，让托马斯从众人中走向自己。

“爱情和性欲是否应该分开？抑或说爱情和性欲就本不该被结合在一起。没有什么能够证明爱情和性欲原本属于一对，除非道德，而道德仅是人类主观的自我设限。

“如果下体能够思考，想必它们一定会笑出声来。看啊！我们多么可笑！”

昆德拉大叔这么写道。

崔翌反复催促我确认机票时间，他希望在圣诞假期见面。

我一拖再拖。

他开始有点发脾气："为什么明明要回到上海却不肯见我？"

看着对话框那边崔翌的头像，我也有点生气，他迫不及待要推进这层关系的心，让我有点反感。隔着屏幕，我也能感受到那头的荷尔蒙和勃起。

"为什么要见面？"

"我们谈了这么久，都好好的，见个面不好吗？"

"我不缺男朋友。"

"你没说过你有男朋友。"

"我现在说不可以吗？"

静默了一阵。

"我不在乎你有没有男朋友，我要见你。别跟我说你对我说的那些没有感觉。我感觉得到。"

"跟人聊爱就代表喜欢对方吗？跟人聊性就代表想跟他做爱？"

"至少你跟我聊的时候是开心的。"

"我喜欢跟能让我开心的人聊天。"

"我知道很多人追你，但真的不能给我一个机会吗？"

"你怎么知道我没给过呢？"

"那我哪里做错了？"

"哪里都没错，只是我们根本不适合。"

"我可以为你改变。"

"你能随时飞来马赛看我吗？能在我需要的时候就出现吗？你养得起我吗？"

“我没有想到你这么现实。我以为你跟那些女孩不一样。”

“我没有什么不一样。觉得我是例外是你太天真。”

我关掉了对话框。“淇语”的粉丝每天都在增长，那些转发、评论微博的人，并没有几个人有胆想能进一步发展。我也跟他们聊天，多是宅男，以膜拜女神的心态来看待周淇。但崔翌凭什么认为周淇会喜欢他呢？还必须给他一个交代？

我不想揣测这背后他复杂的心理，一个男人在自信和压抑的两端生出的动机。

看着他越来越急切的留言，我很想倒回游戏开始的最初，去掉周淇的一个关键词，美貌、聪慧、富有、纯洁，任选一个。看看崔翌还会不会对她动心。

爱真是可以操纵的事。

在我烦躁的这段时间里，跟周希城的相处倒是异常平静。他开始准备托福，打算毕业后去美国深造。跟他在图书馆里一起学习时，有时我会如坐针毡。他在现实里单一轨迹上专注运行，让我觉得自己的复杂和分裂就是一场原罪。

梦里，我在夏天的温度和气味里，爬上周希城赤裸的身体。

“月下看花花富贵，花前赏月月精神。花魂邀月魄，月魄媚花魂，花满春园月满林。”《莺莺拜月》的弹词曲调化作背景音，苏州话如糖藕般软糯地吟哦，煽动了欲望。

熊熊的火。

手颤抖着伸向他的脸，那张脸糊掉了，一点点就要变成崔翌的样子。

我从梦里挣扎出来，粗重的呼吸包裹着一身冷汗。冬夜里，冷冰冰的空气默然在脸上涌动。其他三张床上悄无声息。

头顶的蚊帐在冬夜里凝成一片白。失眠一点点碾过皮肤，我能看见月光一点点透过窗帘漫进宿舍。变慢的分秒间，我甚至想起冯简勋。想起那轻易的喜欢，明确的拒绝，和一点心动。

周淇似乎吸走了我的部分灵魂，当我回到蒋立立的躯壳里时，不再是完整的自己。

我每天都给妈打电话。她住在县城哥哥租的房子里。爸打过电话给我，说他错了，让我劝妈回去，可是哥不肯。“伤口还没好，要是再受伤怎么办？”哥哥说。我觉得也对。

过了好一阵，妈的伤口拆了线。哥哥说，眼角留下了一道疤，有三公分。我走到镜子前摸摸自己的眼角。

妈妈生我时难产，最后剖腹，小肚子上留下了一道疤。女人的身体上会留下多少本不属于自己的疤？

有的女人根本没有疤，光洁崭新得就像剥了壳的鸡蛋。

李晴微的妈妈来过宿舍几次。虽然腰身已经不再纤细，但仍看得出年轻时是个美女。皮肤、眉毛、指甲，都是常打理才会有的样子。我不讨厌她，因为她就像个漂亮的苹果，完美无瑕。

但同时我又那么想念妈妈，想回到村子里，再也不要来省城。想回到蒋立立的身份里去，回到妈妈的子宫里。

这撕扯感如此强烈。

女子医院并没有让薛小雪轻松做女人。她的例假开始不正常，身体也很虚，一次体育课上竟然晕了过去。我让她用我的饭卡，我再去用周希城的饭卡，这样她能吃好点。

保守她的秘密，却让我有了某种哀愁。

中年男人在送了一个苹果手机后，再没有出现过。我想起手术室外护士端走的那个盘子，还有里面的那团血肉。一个苹果手机。

我无法相信男人。更无法相信有明确的性目的的男人。大概就是这样，我决定把崔翌推开。

在我暂停更新微博、拉黑了崔翌的QQ之后，他开始神经质地在我微博上留言。

最开始是追问为什么、表达感情，到后面就开始破口大骂我是个骗子。他发泄愤怒的方式跟与人吵架时一模一样，我不知道该说什么。跟冯简勋那次相比，这次我没有内疚。更不会害怕地删号逃走。或许我心里的什么地方已经变了。

其实，就算见不到我，我们仍然可以聊天做朋友，对吗，崔翌？

这话我没跟他说。

一个女人不回应你的表白和追求，就该下地狱吗，崔翌？

这话我也永远不会说。

我把光标停在他骂我的那些文字上，选定，横拉，变成一个打横的色块。那些字就像一条标语，像可以摧毁人的羞耻心和道德感的横幅，悬挂在虚空的页面上。

虽说我们都是虫豸，但崔翌的愤怒并不能激怒我。意识到这一点后，我终于明白为什么我会如此平静。在周淇的世界里，造物主只有一个，那就是蒋立立。

蒋立立说，要有美貌，于是有了美貌。

蒋立立说，要有钱，于是有了钱。

蒋立立说，要有聪慧，于是有了聪慧。

蒋立立说，这里要生出爱来。事情就这样成了。

而在现实生活中，妈妈、哥哥、周希城，甚至我自己的命运，都不是我在设定规则。

闹了一阵后，崔翌消失了。

很快就要期末考，图书馆只开到晚上十点，书却怎么也背不完。周希城把他们系学生会办公室的钥匙给了我一把，让我过去复习。

学生会办公室在行政大楼里。就这样，我遇见了班主任。

迟疑了两秒钟，我跟他打了招呼。他微微诧异，继而自然地站在我身边，开始滔滔不绝。冷风吹过他苍蝇都会打滑的头发，一缕头发耷拉在额头上，油光光的。他说的不过还是那些，像我这样的学生，学业重要，社会实践更重要。系里面安排出去勤工俭学的机会，都不是随便给的，品格为重。

我等着他慢慢说出重点。

周淇悬在半空俯看着我，“不用怕，不用怕，你怕什么呢？”是啊，我怕什么呢。跟我分裂的人格相比，他的这点想搞女学生的心思又算什么呢？

我转头看着他，想着要是在他面前脱光，他会满意吗？我能感觉到在接近零度的空气中，我的乳头挺立，毛孔紧缩，身体坚硬得像钢铁铸成的女战士。

他终于说，最近做的一个项目，需要大量录入。我可以去帮他。在他家里。

可是，我已经不怕了。我只听见自己说：“老师，我不是你想的那块料。”

他讪讪笑着，“没关系，学生嘛，多的是。”

行政大楼下的走廊四面透风，我看着他走下台阶，被风碾成了一个黑点。我得着胜利了吗？还是被卷入了某种更大的空虚？

到了办公室门口，门是锁着的。我伸手从衣兜里摸钥匙。钥匙刚插进锁孔，突然停住了。隐隐感觉里面有人。我摩挲着那把由合金铸成的钥匙，大齿连着小齿，冰凉。鬼使神差地，竟想起女厕所的窗口斜对着的就是学生会办公室的隔间。一进一出的两间办公室，里面那间窗口对着同层的女厕所。

我一步一步往女厕所走。站到窗口前，吸了口气抬头看。

半掩着的窗帘后面，一个男人靠着办公桌背对着我。鸦雀无声。他的右手正把一个头往自己胯间按。不用再看第二眼，我也知道，那个绑着白色发带的头，就是李晴微。

逃离的路上，我全身发抖，剧烈到我不能控制自己的双腿，摔倒在地。

如果说周淇是完美版的李晴微，那她的真相就是跪在地上给男人做一个洞吗？

我不懂。

微博上的所有男 ID 都说他们爱周淇，然后呢？

掏出手机，我按出周希城的名字，哭着对他喊叫：“你快来！”

周希城背我回宿舍。

趴在他背上，我像个被拆了线的木偶。他不停问我怎么了，我一个字也说不出来。直到他把我放到他的床上，给我盖上被子。“让我一个人待着。”我说。他看了看我，拉上床帘。

我以为ID是我手里的玩具，却忘了自己也是上帝手里的玩具。我可以把崔翌屏蔽，可我屏蔽不了薛小雪、李晴微、周希城、蒋明明。这该死的有月亮的夜，李晴微的皮肤白过了月光。

听见我哭，周希城坐到床沿上，轻抚我的头。“别哭了，到底怎么了？”我看着他，视线聚焦在他的眼睛上，再聚焦在他的瞳孔上，一点点放大，亮晶晶的深黑色里，我看见了自己。“我爸把我妈打了。打得我妈眼睛都裂了。我妈现在住在我哥那里，不敢回去。”“怎么会这样？”周希城大惊，“医生怎么说？”“缝了针，没伤到骨头。我什么都做不了。”我又哭起来。周希城俯下身来亲我的额头，“别怕，有什么就告诉我。”“很多事我没法告诉你，你理解不了。”“有些事我可能没办法解决，但至少我可以帮你分担啊。”“你喜欢我吗？”“喜欢。”“有多喜欢？”“非常非常地喜欢。”“我是说，你爱我吗？”这个字那么轻，又那么重，却是我唯一可能的治愈。周希城终于说出它：“爱。”我搂住他的脖子吻起来。

混合了眼泪的吻是咸的。咸得像幸福。我感觉非常地虚幻，像深陷一个漫长又逼真的梦里，怎么也拔不出双脚飞奔。周希城的重量压在我身上，伴随着一种浓烈又陌生的气息。吻密集地落在我的额头、嘴唇和脖子上，像要缝合我的伤口，让我成为新的布匹，新的瓷器，升级版的蒋立立。周希城挪动身体，他变硬变烫变得确定的下身，贴到了我的两腿之间。两条牛仔裤之间的距离，比爱短。“你知道吗？我认识一个人叫周淇。”我喃喃道。他似乎听不到，把头埋进了我的身体。

清洁

母亲说，从小，我就有一个好身体。我们一起在产房里折腾了七八个小时，天亮的时候，我终于脱离了她。照例，刚出生的我哭喊了一阵，然后，被医生抱到她身边，睁开眼，安静地看着她。

一个有着好身体的婴儿，需要更多的乳汁和吮吸。后来她常常跟人夸耀，喂饱我，让我在吃足奶之后睡去，她了不起。毕竟，跟别的女婴比起来，我长得太快。一度，我几乎掏空她的身体。断奶后，虽然不再向她直接索取食物，但我像拧了永动的发条，继续折磨她，让她精疲力尽。

她指着照片，你看你，白白胖胖，我呢，瘦到只剩八十斤，还胃下垂。相片里，母亲确实瘦得只剩了一把骨架，只是还年轻，算不上难看。

所以，当母亲递给我一盒药的时候，有一个好身体的我不能确定，她到底在做什么。

她说她要回去了。原本说，她来跟我过暑假，但现在，暑假才过去不到一周。暑假是母亲的暑假，她教地理。

头一天，我们在三十五度的高温里，去布艺市场买窗帘。黑蓝相间的竖条纹，橙白相间的竖条纹，母亲选了后者。跟老板借了缝纫机，把两块布锁了边。我们提着塞满窗帘布、挂钩、导轨的两个塑料袋，照母亲的意思，马上去我分到的宿舍装窗帘。女孩子住的房间，怎么能没遮没挡呢？母亲说。

橙白相间的条纹，让房间显得更热了。但母亲似乎很满意。我们一身大汗爬下九楼，母亲说，再去买一台空调。装了空调，我就可以长时间地待在房间里了。母亲按照她的家的模样，要在这个陌生的城市给我立一个模板。至于这么做的原因，她没有说，我们也像平常一样，并不讨论。她眼睛所见我的生活，我大致能想象，但拒绝去细想。只是像一个二十岁的女孩一样，对母亲的关心和物质补给，感到实实在在的满意。被爱着的普通感受。

直到母亲把那盒药递给我。我们原本在客厅里看电视。天快黑了，电视荧幕的白光照亮并不宽敞的客厅。我住进这里半个月。男友住进来两个月。母亲把我叫到阳台上，对着十字路口的喧嚣，一边说话一边掏出那盒药来。

是盒什么药呢？药盒正面，一串英文对应的中文文字，翻过面，看了用法和功效，我把药甩在母亲面前——我不要，你拿走。

她看看我，没有说话。

男友在厨房里斩鸡。他会做白切鸡，鲜美，骨头总带着血。

“真恶心。”我说。

“药有什么恶心的。”母亲把药捡起来。

“你是让我跟他分手吗？”

“把你自己搞搞清楚。”

“搞什么？”我试图挑衅。

“空调明天就装好了。”母亲顾左右而言他。

“我愿意住在这里。”

"你懂什么。"

母亲第二天走了。药留了下来。

男友并不是个可恶的人。毕业前，他陪我去买面试的衣服。他坚持说，面试应该穿得正式一些。我平时的那些裙子，好看是好看，终归不适合面试时穿。那么，面试该穿什么呢，我问。我找工作时，买了一套西装，他说。他比我年长几岁，似乎，拥有了某种发言权。

穿上套装的我，看起来像在Cosplay、AV里那种。标准的白衬衫、黑西服、黑色的包臀裙。真不明白这样的衣服哪里就看起来更适合工作了。

他看看我，又看看镜子里的我，点头表示很满意。后来又补充说，你这样看起来就不像学生了。不像学生，那像什么呢，我模模糊糊想着，并没有答案。

他甚至陪我去校招现场排了一天队投简历。大操场，学生们都穿着衬衫西服在大太阳底下排队。像待宰的羔羊。每家公司搭一个塑料棚，摆几张桌子椅子，从羊群里挑出些满意的来。女学生们都穿套装，不约而同的黑色。鲜有人嬉笑打闹，似乎手里捏着简历，表情也顿时严肃了起来，像在参加一场隐形的葬礼。

对我的未来，准确地说，我会干什么样的工作，男友似乎比我更在意。虽然他也说不清，一个学中文的，到底该找什么工作。具体而言，我，又该找什么工作。但就像他念叨的，他工作五年了，知道关于这个社会的事，比我多得多。我该认真找一份工作，然后认真工作，才能获得想要的一切。

排在我前面的男生回头问我："你也是本科吗？"

我们说了几句。男生回转身后，男友在我耳边低声说："别跟这些傻逼学生说话。"

我看着男友，他自然不是傻逼学生，那他是什么？我搬进他公寓的第一天，晚饭后，他领我到阳台上指着对面楼宇间的缝隙说："江。"我不懂。"江景。"他又说。我还是不太明白。于是他又说，同事来这房子都羡慕他。"他们还没见过你。"他得意了。我看着仅有一寸的江面，"不然呢？""估计要嫉妒我了。"他说。

后来我明白，我大致符合一个理想女友的标准。年轻，长相端正，大学毕业，无家庭负累。而且，看起来单纯。但这些条件要配备给这个"家"的女主人，在男友看来还差一样。我得找份好工作，有稳定的收入。这样下去，他会考虑以法律程序和我缔结关系。真是自信。

他拍拍我的肩膀，"面完带你去吃必胜客。"

第一次，我认真地考虑，我们的关系到底是什么。从他的角度来说，他努力在为我做安排，在为我们的未来做规划，而我却根本不考虑这些。

我知道为什么。他确实需要一个妻子，而我还不需要一个丈夫。

他说，我需要看起来不像一个学生，也就是说，需要模仿和表演。事实上，我无论外表或是内心，都还是个学生，所以很难配合及让他满意。面试就像身上的套装一样让我不适。听见自己的声音从被包得严严实实的身体里冒出来，打着颤的尖利，我很厌恶。面试统统失败。

所以父亲说，让我去见谁的时候，我抓过一支笔，飞快地记下了对方的名字和电话号码。

父亲给我提供过好几次这样的电话号码。在我上大学，离开他和母亲后。号码的主人一般是父亲的朋友，或者朋友的朋友。拨通号码，我能去这个城市里最好的餐厅吃一顿，或者完成实习报告，再不济，也会拿到一堆礼物。那些礼物适合送礼，并不适合一个学生日常使用。我堆在宿舍里，久了，有些积灰，有些被舍友偷掉了。我坦然接受来自父母的赠予，经年累月中我们已达成了默契，这赠予无须回报，他们也毫无压力。

他并没有看我递过去的简历，新号码的主人。

只是让人给我泡茶，然后说，你可以过来上班，每个月多少钱。

我犹豫了一下，还是说，这工资，太低了。

他笑了，你需要学习，学习需要时间。

我打电话告诉父亲这情况，他说，先做着看。他和母亲意见统一，既然我不想考公务员，又不想回老家，那就先找个轻松工作好了。在我二十多年的生命里，并没有在父母及他人面前表现出过人的能力。我也如父母一般认知，他们的女儿就是个普通人。

男友却很生气，说你怎么能随便就找了份工作。

可是我不是随便找的啊，那人我认识，我说。

他更生气了，“你还有什么事我不知道？”

我想了想，没有回答他。

为了让我认识到后果的严重性，他抱了被子去书房。这套他刚刚开始月供的公寓里，家具尚未齐全。书房里只铺了张床垫。海绵床垫，最便宜的那种。第一次去他宿舍时，发现他竟然睡在这么一张床垫上时，我很震惊。躺上去，身体的重量把海绵压得纸一样薄。每动一下，脊骨就一截一截磕在地板上。

我一个人霸占了主卧和大床。大床很新，散发着橡胶特殊的香气。在我找工作的这两个月里，我们总是吵架。他指责我不会熨衣服，没法让他每天穿整齐的西裤去上班。又说某某的女友跟某某一起供楼，这女友还在考律师资格证。这些抱怨激起我的愤怒，也让我厌恶男女之间爱情之外的所有。但就像他说的我只是个学生，学生的反抗与报复，只能是厉声说："滚，别碰我。"

第二天是星期六，我睡到十一点。刷牙时，男友猛地把卫生间门打开，对着镜子里的我说："你到底怎么回事？"

"什么啊？"

"你不要以为我不知道。"

我吐掉了牙膏的泡沫。他手上拿着我的手机。呆了几秒，我说："关你什么事。"

连我自己也听出了语气里的不屑，他果然暴跳如雷。房间里长出一个铁笼，他奓着毛走来走去，余光扫射着我。其实何必把事情搞成这样呢。我的意思是，他为什么一定要控制我。不能安静一分钟。

没错，昨晚，一个男同学是给我发了短信。我也给他回了。可这有什么关系。我知道男友的恐慌，可已失去配合的耐性。镜子里的我脸上沾着水珠，男友在客厅里仍在翻看我的手机。我笑了。在这个他配备出来的"家"里，我知道他在等待什么。我得找个好工作，此外，还得像一个合格的妻子那样，保持贞洁。

"你根本不知道你在干什么！"他冲我嚷嚷，说不许我再跟这个男的联系，也不许跟任何男的这样。

"投简历那天排在你前面的男的，你是不是也留了他的手机？"

他疯了，我想。每删除一条短信，手机就发出“滴”一声。他像在跟自己的意念搏斗，要杀死什么。

这一切让我难以忍受。

我走进卧室，从衣柜里把那身黑色套装扯出来，扔进垃圾桶。去他妈的。垃圾桶里堆着头天晚上的西瓜皮，衣服扔下去，十几只飞虫腾空而起。他大概是恨我。

我是故意让母亲睡那张床垫的。

接受了父亲安排的工作后，我在一份合同上签了名字，领到了工卡和一套钥匙。两室一厅的宿舍空荡荡，什么也没有。男友在房子里转来转去，最后说，我应该住朝南的那间。为什么，我问。这间更大，而且朝南，他说。可是这间对着马路，我抗议。反正你也不会经常来住，不是吗，他像是在跟我确定。我不置可否。

后来，我搬出来，朝南的房间变成了我的收容所，但窗外车流滚滚，永远睡在噩梦里。我想过，他是不是故意的。

母亲自然不能住在这么一间宿舍里。但住去男友那里，仍是他积极主动的提议。我们已经比较糟糕了，分手只是在等待一个足够真实的借口，而已。

“那么，妈妈跟我睡大床好了。”我看着他。

“妈妈待多久？”他问。

妈妈穿着睡衣在我身边躺下来。空调呼呼吹着风，努力要达到我设定的二十六摄氏度室温标准。我完全不困，妈妈也是。睁着眼睛就只好说话。

“这个人不好。”妈妈说。

“什么才是好？”

妈妈不回答。

“爸爸对你就是好？”

“那不一样。”

“怎么不一样？”

“我有你。”

“我是什么？”

“孩子。”

“我不想听结婚那套。”

妈妈又沉默了一会儿，继而开口道：“你还是回家吧，我不是说现在，再过一段时间。”

“回家做什么？”

“还不是一样工作。”

我接不上话。她说的似乎都对，但我不能承认。

“你不喜欢这个房子吗？”我随口说。

妈妈转过了脸，口气严厉：“你爸知道了会怎么样？”

“怎么样？”我强撑着，身体却不自觉在打颤。

男友又在吹口哨了。曲调像针管插进房间里，打点滴的节奏，一滴一滴，从天花板漏到我和母亲的床上。

我知道母亲在说什么。父亲知道我交了男朋友。从高中开始，只要我跟男生走近了，父亲都知道。他也以“不许早恋、影响学习”为由横加阻拦过。但这次，我找了一个比我大的外地人，父亲不知道的事就开始变多了。首要的一件就是，他并不知道，我已经跟男友同居了。此外，母亲的话题里还有她这几天来看到的事实及隐含的愤怒。

中午，我、母亲、男友三人一起出去吃饭。换鞋的时候，我穿了一双平时很少穿的中跟鞋。

“还嫌我不够矮吗？”男友戴着那副在家里用的眼镜。眼镜实在是有点年月了，镜片早已发黄，框架歪斜，让他的脸显得很滑稽。

我于是笑了。

电梯里只有我们三人，我站在母亲和男友中间。突然想起一首歌的曲调，我就哼起来。一首调子很轻快的童谣。

“唱什么唱！”男友竟然忘记换眼镜，还戴着那副可笑的备用眼镜。

我看他一眼，生气得已经要扭曲的一张脸。我忍不住大笑起来，笑到直不起腰。不知什么时候开始，我像看待一个路人一样看待他。所以他显得滑稽时，我就真的觉得很好笑了。

他突然擒住我的手腕，力气大得我明显感到了疼痛。像要说些什么，但又忍了回去。我甩开那只手，没有看我妈，也没有看他。

我知道他为什么失控。我们的关系正在脱轨，他正在沦为过去时，以及，他意识到的部分——沦为笑话本身。尤其，他知道母亲出钱给我的宿舍配备空调、热水器、洗衣机后，建议我可以把宿舍租出去。为此我们吵了一架。

母亲不知道这些。她只是坐下来点菜。男友还没吃完，她就叫服务员结账，非常地不耐烦。全然不顾男友还在啃鸡骨头，像是故意要让他难堪。

父亲要是知道了会怎样。这句话像空气中伸出一只巨大的手，在我脑门前叩了个响指。要看他知道的是哪一部分事实吧，妈妈。

过了两天，我跟母亲说，你去睡书房吧，你打鼾声音太响了，我睡不着。

她瞪我一眼。

“让他睡客厅。”我说。

她似乎并不相信，也并不满意。但我没法直接说出口，那个吹口哨总是漏风的身体，已经让我恶心。

妈妈顺从了我，这一次。其实通常，她也会顺从我的意思，虽然会经历曲折的威胁、争执和妥协。看着她平躺在书房里的海绵床垫上，我轻轻合上了门。

那张海绵垫子是蓝色的，印着卡通的兔子、熊和花朵。被男友用了那么些年，早就脏得该扔掉了。男友住在宿舍的时候，我和他曾一次次地躺在这张床垫上，做他认为我该做的事，和我认为我该做的事。

我给母亲在上面蒙了一张床单，摆了枕头。母亲把枕头冲着门，在床垫上平躺。母亲的小腿露在睡裤之外，纤细，白皙，像个少女。

我走进对面的卧室，反锁了门。

躺在海绵垫子上，母亲的脊骨也能感觉到地板吧，一节一节的脊骨会变得明显，跟坚硬的地板对峙。身体会难受，会无力，跟我一样，跟我每一次躺在上面时一样。也许她会想起怀着我的时候，身体是多么无能，以致要承担卵子受精后的重负，一天重过一天，直到她少女般的身体完全变形，而我破腹而出。

我双手击掌，“啪”一下熄灭了声控灯。

男友是我两年前旅游的时候认识的。等我毕业后，到了这个他所在的城市，生活一点一滴渗透进我们之间时，开始发现两人根本不可能做情侣。但说这些都没有用了。面对龃龉和不堪，越来越多的不堪，我的做法通常是，转身就走。只是，关系牵扯到其他关系时，就变得复杂。母亲来访，让我不愿去面对的部分事实暴露出来，那些爱和性不能够掩盖的事实。但是，我不可能像“啪”一声熄灭声控灯一样终结与男友的关系。即使在母亲到来前，我们已经停止做爱。

最终，母亲给的那盒药留了下来。使用说明让我恶心，更有突如其来的恨意。我知道，她只是想用一盒药，让我的身体止损。但再多的药，又有什么用呢，毕竟再不是子宫本身了，妈妈。

搬离的那天，躺在宿舍床上，我仍拆开了那盒药。一粒一粒的栓剂，整齐地排成一板，像科学实验里等待受精的卵子。也许母亲依赖这个药，才会想要给我。我盯着药品说明，这药剂可以杀死诸多病菌，让阴道保持清洁。不知道为什么，心脏剧烈疼痛像要冲破我的身体。不知是因为想到了妈妈，还是想到了我自己。

一个周六的早晨，男友，不，前男友突然来敲门。

“你的包裹。”他递上一个纸盒。

我用身体堵住门：“嗯。”

“我进去坐坐？”

“你走吧。”

过了一分钟，他发来信息——屋子里是不是有人？

关你什么事——我回。

我躺回床上去。被子还是暖的。新男友打开手臂，把我揽了过去。

房间里乱七八糟散落着我们的东西。他的钱包钥匙在书桌上。

窗帘缝漏进来的阳光，把钥匙照出些刺眼的反光。

据说乌鸦喜欢亮晶晶的东西。黑漆漆的乌鸦，亮晶晶的小玩意。我胡乱想着这些，并没有什么思绪。跟王先生签合同那天，我突然想去买书。也不是突然，是在逛了两小时街，买了条新裙子，去连锁咖啡店喝了杯拿铁后，觉得，或许我该去买几本书。王先生，我的老板，不是说吗，我需要学习。

书城有五六层楼高，虽也卖文具和其他东西，但最多的还是书。跟图书馆不同，这里的书并不按年份排列。每个类别的书都不少，但多半很新，让人难辨好坏。我在三楼转了很久，买了一本非洲作家的书、一本法国作家的书，还有一本日本漫画。结账的时候，我有点沮丧，为什么要买这三本书呢，我甚至都不会看完它们。

我抗拒男友的庸俗而跟他分手，而是否我也是个平凡直至庸俗的人呢。终究我是软弱的，或者想把责任推给别人。又一次，男友发现了我手机里别的男人的短信后，勃然大怒，我收拾东西迅速离开。似乎只有这样的暴力处决，这样的不可控外力，才能让他跟我一拍两散。其他任何理由，都会陷入他的辩驳、妥协和再度控制之间。

新男友翻了个身，被子里的温度蒸腾得人昏昏欲睡。我们认识很久了，只是最近，他知道我分手了，我们开始一起吃饭看电影。赌博一般，我没有多想，就把他带回了宿舍。

妈妈想让我止损，但我知道，停手并不会止损。根本没有止损一说。而谁也不能教会我什么，更不能保护我。药也许能，妈妈不能。

跟新男友的关系并不稳定，我似乎也不渴望循规蹈矩。放纵是止痛药，效果立竿见影。我依赖它。

发工资那天，同组的女孩让我陪她去逛街买衣服。下雨了，天阴沉沉的，我们各撑一把伞，在布满小商店的巷子里穿来转去。

她抓了几条裙子去试，都说不合身。试到一条丝绒裙子时，在镜子前照了很久。紫色的丝绒，吊带V领，把两个胸全部推到了脖子下面。她的影子映在夜的窗玻璃上，窗玻璃外黑漆漆下着雨的夜，让她的真人反像个倒影。

卖衣服的是个三十多岁的女人，“好看的呀，不要遮，不要怕暴露。”

同事撩了撩垂落在胸脯上的长发，“会露出文胸呢。”

“不是要去见男朋友吗？”老板娘帮她调整裙子的肩带。她看起来应该是比我们有经验得多。两个影子交叠在一起，收拾着一对胸部。

拎着那条新裙子，我们吃冰淇淋。

“我男朋友会喜欢这裙子吧。”同事说。

“他是什么样的人？”

“普通人，普通男人。”

“会喜欢的吧。”我想起她在镜子里的一对胸部。

“嗯。”她似乎也确定起来。

我们痛痛快快吃起冰淇淋来。在这样一个炎热潮湿的晚上，它融化得太快了。

我们俩在同一个小组，组员多半都是毕业没多久的女学生。组长比我们年长不少，长得美。她的衣着打扮很用心，肚子却呼之欲出。她快生了，肚子变成办公室里的公共话题。任何人都可以伸手摸那肚子，说几句感想。我的手也贴上去过，很硬，让人难以置信一个胎儿在里面漂浮。同事们说，组长曾是全公司最漂亮的女孩。隐含的意思是，一个怀孕的女人，身体折旧了。

同事们私下会议论她肚子里孩子的父亲，有人说一表人才，也有人说只是个小职员，也许都是。但还是很难想象什么样的人配得上她。

吃着冰淇淋时，女同事告诉我，公司年会上，我们的老板王先生曾扛走一个女同事。

“扛走？”我盯着她。

“玩嗨了，扛着就上了房间。”

“然后呢？”

“然后，大家就散了嘛。”

“好看吗？那个女孩。”

“好看的。”

“大家都知道？”

“大家都知道。”

我舔着甜筒里最后一点冰淇淋。冰凉又甜蜜的沟回像隐秘的兔子洞，急速膨胀，缓慢闭合。我惊觉有点羞耻，因为，竟怀着一丝妒忌。

同事轻轻扔出一句：“就是那个谁呀。”

“谁？”

她靠近我的耳朵，“组长啊。”

我想起摸着她大肚子时硬得像篮球一样的手感，心里头怎么这么难过呢。

与父母的世界或者前男友的世界相比，上班后的世界让人更没法逃避脑子里的邪念。与成为贤妻良母的愿望相比，每个年轻的女孩都有一个更隐秘叛逆的念头，成为另一种女性，放弃所有道德标准，做一个荡妇。

公司附近有一家很豪华的夜总会。每次路过我都忍不住看几眼。如果是晚上，总能看见拖着长裙的女孩带客人上电梯。缓长的扶手电梯，直直通向幽深但金光灿烂的二楼。客人站上电梯，被滚动的传送带运着往高处去。迎客的女孩鞠躬，像被某只手按住了头，腰直直折下去。

那些跟我过着不一样的生活的女孩，其实并没有什么不同，她们也受着羞辱，也有着快乐。

前男友送来的那包东西，是妈妈寄来的衣服，地址还没来得及改正。两双肉色的连裤袜，一条白色长裙。妈妈似乎也意识到，我不再是个学生了。

真丝的裙摆轻轻挂在我的手指上。以前，总是纯棉的质地。

我起来，光着身子套上那条崭新的真丝裙子。再爬回床上去，用手指一点一点把男友的身体弄醒。他咕哝了一声，翻身压住我，把裙子撩了起来。裙子被我们压在身下，很快皱成一团。

他再度入睡后，我给前男友回信息——别再烦我了。

他不坏，只是我已决意离开。我要去试试别的。

又给母亲发一条——我已经搬出来了。

母亲常回忆说，断奶当天，我哭闹不止。我的身体很好，可以比别的孩子更长时间、更大声地哭闹。可我只是在地上打滚，没有冲向她的身体，索取她的乳房。她也没有像有的母亲那样，在乳头上涂抹发苦的药物，让孩子退却。当我明白再也没有奶吃了之后，很安静。之后，每天晚上她塞个奶瓶给我。我需要两瓶奶。喝完一瓶，接着喝另一瓶。两瓶喝完后翻身直接入睡，没有犹豫，也不依恋她。

母亲回——绝不要心软。

面试那天，王先生说，我需要学习，学习需要时间。可是，学习什么呢？学习如何做一个乖乖的女员工？还是一如既往，做一个女儿，然后，披挂某些被成年男性允许的身份，太太，或者什么。

父亲在电话里问工作的情况时，我总是一一跟他汇报，哪些是新鲜的，哪些是无聊的。但总的来说，是可以应付的。

他说，那我就放心了。

但两个月后，父亲还是来了。

我带他去宿舍，因为也没别的地方可去。

白天，房间显得一切都很正常。母亲布置的窗帘和空调都在。床、书桌、书柜、简易衣柜，以及橡胶的彩色地垫。父亲止步于彩色橡胶地垫之前。房间里没有凳子，我都直接坐在地垫上。他左右挪了两步，打量房间。

几个月前，我第一次把母亲带到男友的公寓时，母亲也是这么打量着房间。客厅直通阳台，两个房间像一双耳朵，挂在客厅两侧。我搬离的时候，前男友已把左侧卧室改作书房，填入书柜和书桌，只是床垫仍在地上，还蒙着母亲来时我铺的床单。我走到阳台上，看着正午时晃得人睁不开眼的江面，把钥匙留了下来。

父亲若在那套公寓留宿会发生什么？这念头让我惊恐，但又有亵渎的快乐。而此刻，站在我的宿舍里，房间里发生过的一切并没有痕迹可寻。父亲什么也没说。我想开口跟他说点什么，但真正想说的，似乎都不再属于我们以前谈话的内容，于是也沉默着。

我们决定去吃饭。从街边商店玻璃门反射出来的父亲，看起来就是另一个王先生。虽然中年了，但看起来仍年轻，步履有力，头发浓密。我伸出一只手，轻轻挽住父亲的胳膊，突然就开心起来，又像个小女孩了。

我们吃火锅。一半白汤，一半红汤。天冷，火锅汤底剧烈翻滚，陡添暖意。父亲叫了一瓶白酒，给我叫了一瓶橙汁。我给他涮肉，张罗着，像母亲通常做的那样。

“你的动作倒是跟你妈一模一样。”父亲说了。

“妈说要是五官像她就好了。”

“她这是对我不满意。”

“妈不喜欢这里。”不知道是不是父亲已经知道了我现在的生活。

“你喜欢吗？”

我的筷子在红汤里划着，要捞起一条滑落的鸭肠，“喜欢。”

“在我们身边，你才会有好的生活。”父亲说。

“我不这么想。”

“我跟你王叔叔打个招呼，你不要去上班了。”

“为什么？”

“我看你再这么上下去，就要连我们都不认得了。”

父亲的筷子在锅里划动，捞起一箸羊肉。我们长得那么像，连夹菜的姿势都一模一样。我有点难过。我跟他不像跟母亲那样，生拉硬扯，拖着一条脐带。终究他也只是一个男人，虽然我爱他。

可我就是想让他生气，“我有我自己的生活。”

“什么生活？”

“你不知道的生活。”

父亲知道我在挑衅他，没有理会。拧开橙汁的瓶盖，给我倒满。

“我讨厌橙汁。”

“瞎说。”

“我从来都讨厌橙汁。”我推开杯子。

“你给我坐下。”

“不。”

“坐下。”

“不。”

父亲比我能想象的狡猾得多。他端起酒杯，连喝了三杯白酒。高度酒，玻璃茶杯。我知道他在干什么。我想他大概是知道了些什么。

“你才二十三岁。”他喷着酒气说。

“所以呢？”

“你什么也不懂。”他像是下结论。

我像是赌气，端起那杯橙汁一口喝完。可橙汁毕竟只是橙汁啊。

就像后来我知道的那样，早在我从母亲的肚子冲出来，呱呱坠地，成为一个女婴之前，我就已经是父亲的骨血和女儿了。我的父亲叫鲍时进，母亲叫李春凤，这件事不会改变，直至老死。而成为我的父亲与母亲，他们就会天然地，终生地，不依不饶地，希望我过得幸福、平顺。过得像一个正常人。成为一个好姑娘。那些惘惘的威胁，他们要捂住自己的眼睛，再捂住我的眼睛，才好视而不见。

尤其是，他们认定我只是一个普通女孩。

父亲给我点一瓶橙汁。母亲留给我一盒药。我还是一个女童吧，在那两双眼睛里，在那两颗心里。所以，他们要用这些无害的东西，让我保持清洁。

这些，我都知道。但后来的事，我也说不清为什么，总之就发生了。我没有回家去，很快辞了职，跳槽去了另一家小公司，没人认识我。带过几个男友回父母家，装模作样分房睡，可父母还是看他们不顺眼，不欢而散。

然后，慢慢地，母亲开始不关心我谈的男朋友到底是个什么人，只是一次次地提，什么时候把婚结了呢。而我，跟不同的人在一起后，不再觉得人和人之间，有什么不可以及不可能的关系。偶尔，我会想起多年前女同事为男友买的那条低胸的裙子。她对着镜子把胸脯托高，再托高。我不用做这些。因为，我已经一个人住第五年了。

可是一个人住，比交很多男朋友，更让父母无法接受。他们只关心一件事——结婚。何时，跟谁。

再后来，我一岁大过一岁，父母一点一点老了。

父亲说二十三岁的我什么也不懂，已是十五年前的事了。十五年，可以无声无息地过去。我终究没有按照他的意思，辞掉工作，回家去，留在他和母亲身边。他们对此是否满意，现在已不再成为一个问题，甚至一个话题。时间就是这样，什么都毫无价值地滑过去了。

所以，当父亲突然告诉我，我必须在周末回去参加婚礼——我自己的婚礼时，我顺从了。我找不到不顺从的理由。十五年，他们大概已经承受了太多。一个不肯出嫁的女儿，一个慢慢变成笑话的奇怪女儿，所能带来的不幸。而我，终遂己愿，与父母剥离，独自生活。

回家路上，我才想起，竟然没有问，我要跟谁结婚。但对于这场盛大的婚礼而言，这个细节似乎并不重要，我只需要出现，完成使命，让父母可以对他们的世界宣布，他们的女儿嫁人了。让有些事情平息。如此急迫。

飞机舷窗映出我的脸，我的样子并没有太大变化，还是五官像父亲，神情像母亲。我并没有带一个新娘需要的物品，及喜悦本身。他们说只要我出现就好了，我也真就当自己只需要让身体出现就好了。

谁会来出席婚礼？昏暗的机舱中，他们的脸清晰极了。几个前男友，来看热闹还是看笑话。曾经的情人，竟然也要坐在台下，还要带上他的妻子。真不知道这场婚礼会击溃谁。

一个舞台在等着我。

更多的面孔出现了。我的老板，我的大客户，我结交的名流，都在台上。父亲母亲也要上台去。他们能证明我是谁，证明我出现在这台子上的必要和价值。想着想着我就释然了，哪怕新郎还只是面目模糊的一个背影。

一套婚纱在等着我。

抹胸款的白色婚纱，缎子面料。父母像是把钱都花到了婚礼上去，这套婚纱看起来很廉价。我急匆匆把自己塞进去，胸口被紧紧勒住，勒得我每吸一口气，都更小心了。

可是新郎，究竟是谁呢。父母到底找了谁来。

他转过身来，我有些尴尬。竟然是十几年前分手的男友。那个会做白切鸡的男友。我都快不记得他了。

他看起来什么都不知道。又像知道了，但并不在意。总之，他站在那堆看起来并不昂贵的道具——鞋子、花球什么的旁边，也像一个道具，不过是活着的。

真是可怕。我攥紧手心，直至指甲嵌进肉里。那些在台下坐着的人，是否真的能做一个观众？

闹哄哄又终究沉寂，婚礼的画面消隐了。

前男友，不，现在他是我的丈夫了，带我回到了他的房子里。这么多年了，他居然还住在这里。两个房间像一双耳朵，挂在客厅两侧。

想到所有婚礼后会发生的事，我拉了拉领口，走到书房里去。这套房子我还是记得很清楚的。现在，书柜消失了，书桌也消失了。只剩一张床垫，铺在地板上，蒙着一层灰得近白色的床罩。

我的心中空得灌风，跑得进一列轰隆巨响的火车。

书房有飘窗，飘窗下伸出一截楼梯，走出去就是露台。露台下面是一个废弃的仓库。仓库的房顶罩住了露台所有的景观。

丈夫走了进来，指指仓库说，有些人在这里摆卖。

“可是这样就什么都看不见了啊，”我认真地说，“你应该搬到别处去。”

“他们卖一段时间，生意不好，也就不做了。”丈夫说。

我顺着他手指的方向看过去，空置的仓库里，还有一些废纸、塑料袋遗留在水泥地板上。

“你怎么一直住在这里？”我问。

他笑笑，没有说话。

这套房子确实跟我记忆中一模一样，除了窗户外多出来的仓库。

仓库看起来没有那么老旧，不像是盖了几十年的那种。但也不新，中规中矩，像很多仓库一样，屋檐下有一排玻璃气孔。仓库的门全部紧闭，锁死。

我终于明白了。我答应了回来，就要被关起来了。这里到底是哪里？这该死的丈夫又到底是谁？

我努力回想跟他最后一次做爱的情景，但什么也想不起来。只记得母亲来了，我们躺在卧室里说话。他的口哨一声一声滴漏一样渗进卧室。母亲给我一盒药，要除掉这个男人在我身体上留下的所有肮脏的痕迹。

我突然想睡觉。就在床垫上躺下来。最便宜的那种床垫。躺下来，地板就硌着你的脊骨。

我躺上去。一条铁轨挨着床垫通向天边。火车一趟一趟碾压着从我身边经过。火车很近，但似乎没有想象中那么大动静，只是碾压而过。我继续躺着，感觉不到动静，也感觉不到自己的身体。

丈夫突然招手，跃上一列火车。他看起来很开心。圆圆的脸笑着。看起来很年轻，就像我认识他时一样。他走了，把我一个人封存在这该死的记忆里。

他们让我无处可去。

母亲说，从小，我就有一个好身体。所以，当她递给我一盒药的时候，我不确定，她在做什么。

我已经完成了使命，做一个新娘。上帝保佑，新郎自己还消失了。那么，这盒药是为什么？

我摇摇头，示意母亲停止。不要再让那盒药逼近我。

可是父亲说，你不吃药，你不吃药你能说出你的名字吗？

我想了想，很努力地想了想，我说不出。

我长得跟他们太像，以至于他们脸上的每一个表情，都像我的反射，或者倒影，或者记忆剪出来的碎片和重叠。

父亲怎么长得跟王先生那么像呢？母亲裙摆露出的白色小腿，分明跟我一模一样。我开始吵吵嚷嚷，想要他们告诉我，到底该做什么。

只是需要吃药吗？还是别的。

我突然想睡觉。感觉所有力气都已耗尽。于是躺下去。在他们面前。地板很硬，硌得我的脊骨发疼。我侧过脸，看见铁轨长了出来，火车一趟接一趟，从我身边碾过。

我怎么这么傻呢，怎么会现在才明白。我只能把身体还给他们。他们知道，这身体是他们造的，但我得修补那些漏洞。所以我继续躺着，等火车带起一阵一阵的风。等火车终究碾过我的虚空，我将变得清洁。

蹦床

快睡着时，女友突然踢了我一脚。

后半夜，我累极，脖子僵得像灌满了水泥。这一脚似乎踢断了我的腰。我翻身，含混不清地咒骂她。毫无反应。我只好睁开眼。她像是睡死了，身体斜着霸占了大半张床，脸上的肉都歪向一侧。

第二天早上，她质问我："你为什么睡书房？"

我埋头吃自己做的蛋卷。

"你为什么不跟手机过呢？"

我真的很累了。

"那就不要跟我在一起啊。"她又闹了起来。

她第一次留下过夜时，我们认识有一段时间了。同学的妹妹带着朋友来吃饭。卫倩是其中一个。工作三年来，我的代码水平逐步提高，注释写得越来越少，但话也跟着少了。话说得少了，办公室变得有点压抑。我习惯做一个听众。

吃完那顿饭，我对卫倩并没有留下什么印象。同学的妹妹倒是活泼，饭后拉了个群，叽叽喳喳。

之前交的女朋友，不是初中就是高中同学，谈了一段时间，对方就说我太闷了，或者不合适，就分手了。后来，网上流行把我这个工种戏称为"猿"。大概就是跟人类极度接近，但又不属人类的一种吧。猿中也有类别和等级，最顶端的是天才，中间的是合格，余下的大部分是平庸。从工作三年,有两年都靠复制粘贴过活来看，我应该属于第三种。女朋友们提出分手时，我也没有太痛苦。她们应该可以找到更好的。

南方的女生，多半苗条，所以后来我跟卫倩走近，大概是因为她长得丰满。我很庸俗,我知道。而她对这个城市还不了解,所以看上我。

毕业前一个月，她说要搬来跟我住。

“你把钥匙给我一套。”

我就给了她一套。

那时我们认识有一段了吧。她来过几次，过夜。

她并没有像个女主人一样，住进来就开始打理这个屋子。小三房，她选了一间堆自己的东西，晚上跟我睡在一起。

她不会做饭，至少她这么说。我也不是太在意，想做的时候我做一点，不想做，她又在的时候，就一起点外卖。不加班的夜里，我玩游戏做任务，她煲剧逛电商，相安无事。

很快，她找到一份工作。问我:“你觉得怎么样？”

“挺好的。”我玩着手机。

“你的工作都是家里安排的，你不懂。”

我不喜欢她这样说话。

“你的房子也是家里买的。”

“住在这里，不好吗？”我不知道她想说什么。

“你一点也不关心我。”每次，她总要莫名其妙把问题扯到我们之间。

“我做饭，收拾屋子，洗衣服。我不关心你？”

她突然很生气地抢过我的手机，“那你说，我的工作怎么样？”

最后总是生起气来，然后生气地扭到床上去。我瘫在她软绵绵的身上时，一切似乎就平息了。

情人节，我在手机上订了玫瑰，送到她办公室。她拍照发朋友圈。下班，我去接她。她捧着玫瑰，我们逛街。然后吃西餐。最后回家做爱。她用力地帮我弄，所以我们比平时多做了一次。

这就是我的同居生活。

“我要减肥。”一天卫倩突然说。

“那就锻炼吧。”

“我就知道你嫌我胖。”

“你不胖。”

“你看我的腰，看我的大腿。”

我看了一眼。

“我就知道，就知道。”她要生气了。

“不用减。”

“说你爱我。”

“我爱你。”

但她还是买了些减肥食品。在手机上看到那些“一盒瘦 5 斤，两盒瘦 10 斤”的广告，她好像都信以为真。

“只要吃了，就能瘦。”她摆弄那些减肥花茶、减肥咖啡、减肥螺旋藻。

过了几天，那些东西堆着没动，我问她：“不吃吗？”

她生气地冲我吼：“想瘦的时候再瘦。”

又买了更多的减肥产品。可以推脂肪的滚轮、电动按摩仪、催吐棒。在客厅里越堆越多。

几乎每天都要跟我说，这个不错哦，然后买回来。

我有点焦躁，“不要再买了。”

“你就是不想我瘦。”

“我为什么会这么想？”

“因为你自私。”

吵架后，她把东西拆开，用了几天，又扔在一旁。

晚上，她不再主动帮我弄，就直直地躺着。她肚子上的肉确实太多了。随便弄完，我继续玩游戏。

她走到客厅，抓起一个靠枕砸在我脸上，“你猪狗不如。”

我没想好这时候说“我爱你”管不管用。

“符明，我们分手吧。”卫倩试图让我看着她的眼睛，然而我并没有看过去。

“你可以继续减肥，我支持你的啊。”

“你根本不了解我。”

我觉得她这样说并不公平，“那你了解我吗？”

“去你妈的。”

她说得对，我并不知道她是个什么样的人。

我们刚认识的时候，就不像一般情侣那样，看电影、逛街、下馆子。互加好友后，我们有一搭没一搭地聊天。她的头像是一只猫，从不发自拍照，所以我也忘了她长什么样子。

“跟舍友吵架了，心情不好。”一天她突然给我发微信。

“一起看电影吧。”

“现在？”

“我点播一个，把链接发给你。”

我在网上赠送了一部电影给她，她回了个拥抱的动图给我。那个拥抱在屏幕上重复，一遍又一遍，我突然有点寂寞。上微博，根据她平时的定位锁定了学校宿舍的位置，我给她叫外卖点了一个“爱心夜宵套餐”。给外卖小哥备注：在宿舍楼下喊卫倩女神下来拿。又给小哥加了二十块服务费。

半小时后，她发来一张爱心套餐的图片和几颗心的动图，问：“你在哪？”

“家。”

她过来了，天还很冷，但她穿了薄薄的短裙，露着大腿。她跟我印象中不太一样，更矮一些，更胖一些。但似乎并没有太大关系。

她在房子里绕了一圈，“这是你的房子？”

“嗯。”

“挺大的啊。”

我笑了。

她第一次留下来过夜，就是这样。我从背后搂着她，摸着她的头发。染成咖啡色的头发，很软。她很安静地睡了过去。第二天醒来时，她就是我的女朋友了。

虽然不爱做家务，但她也没什么不良习惯。也不像以前的女朋友那样，不许我整夜整夜玩游戏。她的作息非常规律，早上六点起床，七点出门，在幼儿园上一天班后，晚上六点回到家。回家后要么看剧要么在网上买东西。自己一个人看剧也会哈哈大笑起来。

至于买的东西，都是些便宜的化妆品、衣服，加上后来的减肥用品。

她也买过别的东西。小小的多肉植物，固定在一盆沙土上。很快叶片就干瘪、发黄、腐烂。她这时才想起来似的："啊，死掉了。"我看她一眼，不给它浇水，当然死掉了。但如果就这么说，她会说："那你为什么不给它浇水？"所以我只是"嗯"了一声。她于是忘掉了。那盆植物继续腐烂坍塌，直到完全看不出曾有一小坨多肉植物长在沙土上过。

我们的生活如此总结起来，显得有些可怕。星期一到星期天，我们的每一天都跟另一天一模一样。

偶尔，她突然对我表示出在意。

"如果有个白富美给你投怀送抱，你会就范吗？"某天，她问。

"这是心理测试吗？"我问。

"你回答会不会！"

"不知道。"我老实回答。

她生气进房间去了。过了一会儿出来说来大姨妈了，让我下楼去给她买卫生巾。

在便利店里时，我的手机"叮叮叮"弹出好几条通知。有个微博 ID 给我发私信，同城相约之类的。

回到家，我开电脑查了一下那个 ID 的 IP 地址，发了条回复。

卫倩怒气冲冲从房间里跑出来，"我就知道你没什么底线！"

"拜托，你用家里网给我发，我还不知道是你？"

她冲到我身边，撒娇，捶打着我的肩。根本不知道，如果连查 IP 都不会，我早就应该被炒掉了。

我不确定她是真的不相信我，还是只是使小性子闹一闹。总之，隔三岔五，就有些小摩擦，让我不能忽视生活中真的多了一个人这件事。

原本我们是可以这样继续下去的。就像我父母一样。但她有天突然买了张蹦床回来。

“你知道吗，跳一下就能瘦哦！”

这种话让人想打人，但我只是点点头。

但是，这么大一张蹦床，放哪里？

她走进那间她堆放东西的屋子，“这个房间放不下了。”

她说要放到我的房间里，就是我们一起睡觉的那个房间。

“放在我的房间里你会好好用吗？买的减肥食品也不吃，就放着。还有那些滚轮呢？”我实在忍受不了了。

她的回答让我石化：“那你就是想说，不要我瘦吗？”

蹦床倒了下来，填塞进我房间里最后的空间。有那么一秒，我觉得无法呼吸。但天毕竟一点点黑了下来，闭上眼，也就睡死了过去。

我的工作是写代码，跟电脑打交道。电脑是理性的、讲逻辑的，某种程度上是完美的。对错是简单的、清晰的。如果错了，你一定可以知道为什么，不知道是你技术水平低。而证错的过程，每一步都有据可循。跟人类相比，电脑从不闹脾气，也不需要你态度好，更不会模棱两可。只要肯下功夫，就可以完整解释什么正在发生、什么已经发生。

这样的世界和规则是我熟悉的。而在跟卫倩的关系里，几乎所有事都跟这套规则无关。我试着去思考，我的爱情里，哪行代码出了问题。如果这是爱情的话。我想不清楚。

蹦床被塞进房间后，我似乎失去了性欲。脑子里挥之不去的是卫倩在蹦床上跳动，全身脂肪在晃动的样子。还有她脸上，奇怪的、有点失控的表情。虽然她只跳过一次。似乎太长时间坐在电脑前，前列腺也会变得迟钝。总之，我不想动，也不想碰她，慢慢地。

公司茶水间没挂帘子，窗户正对一块巨大显示屏。屏幕上昼夜不休滚动着广告，所有从南往北开的司机，在十六车道的主干道上都能看见闪烁的屏幕，跳动的色块。在茶水间发呆时，我也看广告。任何事都要新一点，更新一点。无论是屏幕更大的手机，还是面积更大的房子。架构设计，技术选型，模块分割，代码编写，单元测试。新东西层出不穷，对写代码的人来说，永无止境，如堕深渊。

有人离职，有人蹦极。我并不像他们对这行抱有期待，无论是收入还是前景。或许说到底是我能力太弱。光是解决进程崩溃这样的问题，已耗尽我所有力气。两个技术好的同事离职后，组长开始越来越多骂娘。自然，骂我的娘在内的娘。

卫倩不会知道这些。

蹦床买回来几个月后，接着会买什么呢？运动服。包括运动内衣、运动外套和运动裤。

“今天开始我每天晚上去跑步。”她说。

当天跑了，运动服穿了一次后扔在一边。

过了几天，我忍不住说：“买了这么多，不用的话别买了吧？都用过后再买新的吧。”我希望能好好谈一下这事。

她的回答跟刚开始买减肥食品时一模一样：“我就是要在想瘦的时候就瘦。”

我有点走神，呆呆看着她。

“瘦的人不要多嘴。”她大声说。

我突然失控了，“不要发神经了，你把这么多东西堆在我的房子里，这不是你一个人的问题。”

“你的房子？”她冒出这么一句，之后什么也没说，把钱包什么的收拾进包里就走了。

客厅的茶几上，她外卖的鸭脖子旁是一堆啃剩的骨头。

我走进卧室，第一次独自面对蹦床。那个喜欢上蹦极的同事告诉我，极限运动让他发现了自我。什么样的自我呢？我问。他愣了愣说，总之不是办公室里的这个我。他撩起袖子给我看他徒步时晒黑的手臂。皮肤正大块大块掉皮。这就是那一点不同了吧。蓝天、白云，他说，你流汗。这句话倒是提醒了我，确实有很久，我没有流过汗了。

我试着坐到蹦床上。蹦床吸住我的屁股，然后是背，让我整个人下坠。黑洞洞地下坠。如果引力可以永续，我掉落再掉落，那也是某种幸福。

一切都结束了。一切都结束了吧？我可以一个人轻松地生活。我突然高兴得想哭。

新女友是在路上出现的。我一边玩手机一边走路，她突然并肩跟我走起来。开始我以为是巧合，但她紧跟我的步子，从地铁站一直走到我家楼下。她长得很漂亮，身形像个少女。我冲她笑笑，她也对我笑了。我张开嘴想要说话，她把手指放在嘴边，做了一个“嘘”的手势。我站了几秒，看她也没动，就摁了电梯按钮。我走进去，她跟进来。电梯的灯光把她的皮肤照得透明，像婴儿。我看着她。她也看着我。我于是用眼睛看进她的眼睛。

到十一楼时，进来了一个人，没礼貌地把她挤到了一角。

“喂，你没长眼睛吗？”我冲那个大妈喊。

大妈看我一眼，毫无反应。

不知道是不是看到了那张奇怪的蹦床，她没有选择住我的房间。虽然我反复强调，我可以把大床让给她。

屋子里因为有她的走动，摩擦出新的空间和气流来。恍惚间，其他东西都消失了，只剩下我和她。睡着前，一片黑色荒野涌了出来，我们各自踞着一张床，撑起空间的两角。

第二天早上醒来时，我听见她打开隔壁房间的门，趿着拖鞋“哒哒哒”走进客厅里。

或许，这可以是新的开始。

我没有兄弟姐妹，可她住进来后，我有了一种照顾妹妹的感觉。她的五官精致得不像真人，皮肤白得透明，手和腿都细细的，胸部也平得几乎没有发育。可是美得让人眩晕，美得让我觉得自己的一切都那么下流龌龊，像下水道里的鼠类。她一直住在卫倩之前的房间里。夜里，我屏住呼吸，想要听到隔壁的动静，她的呼吸，或者梦话。可是她一直那么安静。白天，我在家的时候，她在我身边走动，对我笑。她举手投足都在空气里留下一股淡淡的香气。不是香水，也不是洗发水，说不出来的味道。趁她不注意时，我总是用力地呼吸，想要把这味道吸进身体里，似乎能让我变轻，变好，变得不是那个让人厌恶的我。

我于是叫她妹妹。每次这样叫出声，她就转过头来，看着我。我可以什么都不做，就这么看着她，一直到困意袭来。

一天，我又这么在沙发上睡着了。醒来时已是半夜，落地灯亮着。我光脚走到她的房间门口，停了几秒，轻轻扭开了门。她侧身躺在床上，睡得很沉。客厅的灯切出一条通道，直达她的头发和皮肤。柔软的，头发和皮肤。房间里原来堆着的东西上面，都被她用布盖住了。她就像睡在一个布做的堡垒中。我盯着被子下她身体的形状，触手可及。我对她一无所知，但也因为一无所知，可以用想象补足一切。她就要二十岁。身高一米五八。体重四十二公斤。头发和眼睛都是深棕色。穿三十四码的鞋子。爱吃草莓和烤肉。讨厌青椒。害怕挠痒痒。跟我一样不爱运动。得到这些信息后，我轻轻关上了门。

回到自己的房间，我平躺在床上，想着一米之外卫倩留下来的蹦床。一张，愚蠢的，蹦床。犹豫了一下，我踩上去，试着蹦了几下。摇摇晃晃间，房间里的东西浮了起来，又随着重力下落。这样怎么可能瘦呢？我觉察到脑子里浮现出卫倩的脸，迅速把她摁灭了。然后找出一张床单，像妹妹对她房间做的那样，把蹦床蒙了起来。

过了几天，我把社交状态改成了“恋爱中”。别人问起，我又想保持神秘。这一次跟以往所有都不同，我很想能久一点。甚至，一直这样下去。

妹妹几乎毫无缺点，除了，她一直没有开口跟我说话。我觉得矛盾，希望跟她说话，但又怕她真的说出话来，会跟以前的女朋友一样。那会杀了我。

“今天工作怎么样？”

“晚上吃什么？”

“把马桶刷干净。”

卫倩住在这个屋子里的几个月，对我说的最多的就是这些。不知道她去了哪里，应该还在幼儿园上班吧。也许交了新的男朋友，对她减不减肥并不在意。不，应该是在意。而我就错在不在意。

周末回父母家吃饭，他们照旧问我些工作生活的琐事。

“交了新的女朋友。”

“什么样的？”母亲给我夹菜。

“一个妹妹。”

“恋爱得脑子糊涂了啊。”母亲笑了。

“我可能会娶她。”

父亲母亲都高兴起来。好像我们之间，很久没有这样了。

妹妹开口说话，是住进来一个星期后。我刚下班回到家，她坐在沙发上，两条腿从那条一直穿着的白色短裙里伸出来。

“你，叫什么名字？”

我踢掉鞋子，没换拖鞋，直直走到她面前，半跪下来，对她说：“我叫符明。”

“符明？”

“符号的符，光明的明。”

“符明，我是李木子。”

我抓住她的手，贴在脸上。她任手被我抓着，没有更用力，也没有挣脱，只是让手停留在我的手里和我的脸上。我爱她。更可怕的是，我想要让她也爱我。

为了不让自己显得像个疯子，我胡乱擦了擦发酸的眼睛，把木子的手放下，但保持着半跪的姿势，看着她。

我不敢说其实我认识她已经很久了。但过去，都只是远远看着。没有想过，有一天她会走进来，走进我的屋子，住下来。

“夏天真好啊。”她说。

我于是看了看窗户外面。第一次这么仔细地去看，才发现原来夜是深蓝色，树干和枝叶都涨鼓鼓的，似乎能听见水在里面流动。夏天，她说得没错。

“喜欢夏天？”

“真喜欢。”她跪在沙发上，把窗户用力向外推。夏天的气息更浓了。

“我喜欢篮球，不喜欢足球。”

她看着我，“哦。”

“我喜欢咖喱饭，不喜欢汉堡。”

“好的，知道了。”

“什么意思？”

“很抱歉，在你面前，我总是词不达意。”

她说话不是太有逻辑，总有些让我意外的回答。我不知道怎么接下去，她却走进房间里，拿着一个本子出来。

“我的日记。”递给我。

“给我看？”

“你当然可以看。”

跟她说话相比，她的日记流畅得多。

“我所喜欢的东西，想让人不要忘记。”翻开第一页，就是这么一句。

她似乎并不喜欢我问她关于自己的问题，但又不介意我看她的日记。真是奇怪又特别的人。

在她们眼里，我是微不足道的吧。

年纪最小，做什么都不擅长，又胆小。

就算是这样，我喜欢跟她们待在一起。

好像从出生以来没有这样闪耀过。

大家送给我的东西，我会，好好地培育它成长。

我从来不写日记。就算我写日记，也不会记这样的事吧。闪耀，成长，这些词似乎从来没有在我的世界出现过。偷偷看她，确实是一张少女的脸。漂亮，但并没有什么不同的一个少女。是我不正常，还是她不正常？

日记本有一页皱巴巴的。“这是什么？”我指着。

“啊？那个，我写日记时不小心睡着了。”

“所以是？”

“口水啊，笨蛋。”

怎么会有这么可爱的人呢。

木子每天都写日记。每天，我都站在五斗橱前，翻开放在上面的日记本，读里面新出现的字。我比自己想象的更了解她。多过我对自己的了解。

十岁时的冬天，跟泉收养了三只流浪猫。

三只刚出生的小猫，长着尖尖的小乳牙。

后来，泉皮肤过敏，小猫只好送人了。

不知道泉现在在哪里呢。

……

她们如果再嘲笑我的胸部，我真的就要生气了。

谁不想有一对大胸部呢？！

美玲让我摸她的胸部，大大的胸部真的很软。

她是可怜我吗。

她的日记，怎么说呢，有一股完美代码的味道。简洁，几乎不重复。好代码都是这样，越少重复，出错率越低，后期维护成本就越小。

我一次也没有在木子的日记里出现过。虽然每天我下班回来，她总是在屋子里。晚上，也总是睡在隔壁的房间。日记里没有提到她住进了我的房子，十三，不对，已经十四天了。难道，她的日记只是写给我看那些我没法亲眼看到的，她的生活吗？

下班的路上，我已经不玩手机了。上班的时候也不玩。每天，我只想尽快做完所有的工作，回到家跟她待在一起。而在地铁车厢里，在人行道上，在急速上升的电梯里，我脑子里只回响着她的声音。她的声音，和语气。她的口头禅很书面化，闪——耀——吧——说“闪耀”这两个字时，总是拖着长长的尾音，南方口音里细微温柔的尾音。还有些其他词，她也只用属于她的方式去发音，灌入我的耳朵里，其他声音都微弱了，平息了。

周末回家吃饭时，母亲突然问：“跟女朋友谈得怎么样了？”

“有个女儿的话，应该会很不错吧。”

“说什么呢。”

“遗憾吗？我是个儿子。”

母亲的表情变得复杂，“你从小就很听话。”

父亲却说："我就想有个女儿呢。"

"你还有什么不满意的？"母亲冲父亲吼。

"你又发什么疯。"

"你这个人就是极度自私。"母亲抖起来。

"你不自私？最后去结扎的还不是我！"父亲也抖起来。

我只好放下碗。

母亲转过头对我说："找什么样的人都行，就是不能找一个自私的人。"

卫倩多次指责我自私。她一定是忘了，蹦床也好，家务也好，最后都以我妥协告终。而妥协似乎并不值得尊重。我放弃的部分，她占据了，并不感激。

母亲一句愤怒的忠告，突然让我想到卫倩。这样的逻辑里，如果我不能忍受卫倩烦人的减肥，那么最开始就该找个瘦女人。而我那么长时间地忍受她以减肥为理由做各种蠢事，也许我并不是那么讨厌她。

好像都有一点道理，我不确定。

当晚，我走去蹦床前，躺下去。床单上已经有积灰的味道。卫倩去了哪里呢？我有点想念她头发和身体的柔软。我弓起身体，试图让蹦床发出一点反作用力，但蹦床却只是牢牢吸住我的背。我有点不确定，跟卫倩最后一次吵架的那天，她到底是怎么离开的。她抓起钱包就走了出去？还是她根本就是冲到了蹦床上，大叫着蹦跳，直到最后一下，蹦起来从窗户弹了出去？人真的可以说消失就消失的。

木子和我没有吵过架。我对她做其他事。比如把草莓一颗一颗洗干净，洗了好多遍，再用盐水泡，放在玻璃碗里端给她吃。她吃得很认真，每咬一口，草莓的粉色汁液就沾一点在她嘴角。吃完一碗，嘴角延伸出一条粉色的线。

惊觉我对木子有女儿一样的怜惜，并不算什么。接下来我做的，根本背叛了平时的我。

我还没有主动提出，木子就发现了。

“这是什么？”她站在我身后，盯着电脑屏幕说。

“你只穿这一条裙子。”我回头对着她的白裙子说。

“现在是夏天啊，就穿夏天的裙子。”

“我可以给你买。”

“你听起来很自信。”

她只有几套衣服，春夏秋冬四套，还有圣诞节装、泳衣什么的，稀稀拉拉挂在衣柜里。

“不是钱的问题。”她能明白吗。

“我好像不明白。”她走了出去。

关掉页面，我不知道该去安抚她，还是做别的什么。我是想改变她吗，让她变得更像我喜欢的样子。或者真的进入她的生活，让她世界里的人觉察我的存在？哪怕只是一条勒在她身上的裙子。那些我挑选的裙子，都不是白色。

十分钟后，我走去客厅，求她不要再生气。她不耐烦地打掉了我扶住她肩膀的手。我死死抱住她，乞求。我根本没有想过会从我的嘴里说出的话，全部用来乞求她的原谅。她的身体很轻，很软。没有说话。我歇斯底里地说着话，情绪很快崩溃，直到压住她，把那条该死的白色裙子掀了起来。

像梦一样不真实，除了我酸疼的手。

木子不告而别。日记本留下了。衣服也不要了。可是留下来的衣服，她一次也没有穿过。我站在衣柜前，拉起一只袖子，什么味道也没有。

我把她的衣服全部从衣柜里抓出来，堆在了床上。里面并没有一个身体。而蹦床似乎察觉到了我的溃败，突然“嘣”一声响，提醒我去观察它的构造。是的，它有一层弹簧。只要人站上去，弹簧就开始变形，像在做表情。而这一声也许来自弹簧的断裂声，让我意识到蹦床就是卫倩的眼线。她要等着看我的笑话，看我根本不配跟木子在一起。

木子的消失跟她的出现一样突然。而我，除了等待，似乎并没有别的办法。我所有的技能并不会让我找到她。她根本没有手机。没有手机，还是个人吗？我不确定。

很多东西都变得模糊起来，破碎，零散，不像是真的。我憎恨自己没有写日记的习惯。如果像木子一样每天写日记，起码，她在这里的每一天，都会变成文字固定在纸上。变成证据。而不是像现在，我只能对着空气，怀疑自己脑子里的那些事是不是真的发生过。可怕的是，记忆像显卡坏掉的电脑屏幕，色块纵横，面目全非。每天，如果我不去回想它一百遍或者更多，第二天我就失去更多。只能争分夺秒地去回忆，和背诵。可是人脑并不如电脑磁条一般，可以分区储存。格式化后强分区，清晰无误地储存。所有东西疯狂搅拌在一起，前仆后继，变成了板结的一整块痛苦。讽刺的是，这种状态下的我，前所未有地成为了同事间讨论的话题。

这样的人。你跟他说什么他都没反应。有什么了不起。还不是农民。不过是运气好，地在城边上。什么就都有了。一看就是打飞机打多了。看看那脸色，指甲。啧啧啧，脏死了那指甲。也有女人可以的呀。钱铺着盖着就可以了呀。所以到底有没有钱嘛。多少是有的。拆出多少套房，你说。

那两张开合的嘴，连着两个女人。

平时，茶水间里的这些话，在我走进去后，都会像突然断电的显示器一样，"咻"一声熄灭。但这次，她们没有要停止的意思。镜子照出我惹人讨厌的长相。五百度的近视眼镜后，一双眼睛小得几乎睁不开。皮肤干得在掉皮屑，头发几天没洗已结成绺。胡子不多，但木子走后我没洗过脸，胡须长得凶，数量却像秃顶的人仅存的几根头发一样，尴尬地贴在人中。一张令人作呕的脸。担得起任何恶意。

第一次，我在茶水间跟别人说话："操你妈。"

两个女人盯着我："什么？"

"我说，操你妈。操你的妈和你的妈。"

"神经病！"

组长找我谈话，说让我请假，休息一周。我问他为什么，他说我工作三年从没请过假，该让自己放松放松了，去哪里玩一玩。

我说可是我不爱出去旅游。

那就待在家里好好休息，他说，伸手按了按我的肩膀，又迅速缩回了手。

人力资源部让我填休假表格。姓名，性别，工作部门，职务，入职时间，请假理由，请假时间。填好表格，我似乎对自己多了一点了解。表格需要部门领导和主管领导签字，但那个圆脸的人力部女士跟我说，我们可以代签，你可以回家了。

她指了指自己胸口，工卡上她的照片旁写着三个字——周佳媛。见我没反应，她又指了指我胸口。于是我看见了照片里的自己，和两个汉字拼凑起来我的代码——符明。

“工卡要回收。”代码周佳媛吐出几个字。

“回收？”

“工卡里有芯片，要作废处理。”

“呵呵。”我摘下工卡，想了一下要不要扔到她面前，但并没有什么勇气。

碎纸机在她的卡位边上轰鸣。工卡扔进去后，“吱——”的长鸣，然后“滴滴滴”的报警。

周佳媛并没有尖叫，甚至，眼神比之前更冷，我想可以算作鄙视了。

我本该跟组里的同事打个招呼，可是不知道为什么，我什么也没有做。只是走到电梯口，打开门，垂直落地。

头天晚上，木子的日记本又新增了一页。

> 怎么说，现在做的都是自己想做的事。
>
> 一点点看着前方，不知不觉就强大起来。
>
> 我们是一个团体，我们有着使命，闪耀吧，所以
>
> 木子。

一个一个不会消失的字。不知道木子什么时候回来过。

没开闹钟的第一天，我仍在早上七点准时醒来。只是，我不再有穿戴整齐走出家门的理由。翻身，那张愚蠢的蹦床就在面前。

关于蹦床，木子问过："这是什么？""蹦床。""蹦床。"她重复道。"可以上去跳。"我解释。"我试试？""不要。"我不能忍受木子像卫倩一样愚蠢地在蹦床上面跳。哪怕她跳起来还是美的。我也不知道为什么没有把这张蹦床扔掉，也许就像这个屋子或者我生活里的其他垃圾一样，我已经习惯了去忍受，不去想为什么。

我躺到蹦床上。木子在的时候，每天我睁开眼的第一件事就是跑去客厅看她起来了没有。大多数时候，她都穿着那条白裙子坐在餐桌边。

"所以，你起来了？"她说话永远像个学说话的孩子一样没头没脑。

然后一天开始。

我去做那个叫符明的人，打卡、写代码、吃快餐、看代码，然后回到这个屋子，做一个跟过去二十五年不一样的人。

要总结我过去二十五年的人生，只需要四个字，逆来顺受。卫倩说得对，我没有什么不是别人安排的。我不能理解她为什么总买便宜货一买一大堆，也不能对她工作的好坏说出看法。我只是循规蹈矩，像母亲常说的那样——我和你爸什么都是为了你，这个家什么都是留给你，你还有什么不满意？我不该有什么不满意。我不该做一个自私的人。

但在木子住进来后，这些规矩都变得可疑了。我想让她吃喜欢的东西，想让她穿得漂亮，想让她时时刻刻都在我视线一米之内，想让她像打开日记给我看一样对我毫无保留。想让她爱我。而现在她消失了。这个假设已经无法完成。

我脸朝下，趴在蹦床上。下陷的弹簧想把我拖进什么地方。也许就是卫倩走去的地方。我任它拖了一会儿，肺被我的体重压迫，呼吸越来越困难。我睁开眼，这才发现，趴在蹦床上，即使睁开眼也是睡梦一样的漆黑一片。我必须起来。

窗帘背后是明晃晃的太阳。把脑袋夹在窗帘缝里，阳光烤着我的头发，慢慢加热。我努力回想木子第一次出现时的种种细节。那天，下班回家的路上，我边走边玩手机。跟往常一样，我穿了件黑色T恤。衣柜里堆着一模一样的一打。抓一件套在身上。蓝色牛仔裤。套上。黑色袜子黑色帆布鞋。统统套上。耳机（要听游戏里的声音）。戴上。还有什么，除了时间不能复原。我抓着手机在房间里转来转去，就要发狂。然后，我想到了。

木子出现了。

小小的膝盖骨在白色裙摆下滑动。我用力抓住她手腕，想要不知羞耻地说些什么。想要做一个极度自私的人。她没有挣脱。像第一次，我抓住她的手一样，没有挣脱。终究，她是不爱我的。不然不会对我毫无要求。我松开了手，只把脸埋在她的裙摆上。她什么也没说。任我的重量压在她孩子一样的身体上。

那些有她陪伴的晚上，我们做的最多的事，不过是坐在沙发上听音乐。她每天都要练唱，为了她日记里那些重要的事。那些曲调我都背下来了。一首又一首，木子的梦想。她什么也没有做，也不关心我有没有像她一样有梦想，只是住进这个屋子里，就让我过去的生活变成了一个笑话。想来就来，想走就走，从没认真跟我说过话。或许，我应该恨她。

她像一个月前第一次走进这间屋子一样，眼睛慢慢扫过房间里的家具，沙发、电视、落地灯、茶几，视线像猫一样跃动，然后，定在我的脸上。我们该好好谈谈，早该，好好谈一谈。

这样的想法冒出来后，我突然意识到，不知道该对她说什么。说我爱她吗，说我需要她希望她可以留下来？但她仍然随时都可以离开。除了这些，我们之间还有什么。两个待在一个屋子里的人，还有什么。

我把手贴在她胸口，想摸到心跳的节拍，如果她真有心跳。

我抖起来，汗从所有毛孔里涌出来，蒸腾出一团热乎乎的气体。我以为这个毛病已经好了。母亲说，从小，我就会在情绪激动时发烧。吼着叫着，身体突然就像煮沸了，整个人涨得通红，热得烫手。对我来说，只感觉自己湿漉漉，在漏水，视线突然模糊，搅成一片。世界在急遽冷却，只有我滚烫着。

我摸不到她的心。我不相信，用力按了下去，什么也没有。

小宇宙。我们九个人的小宇宙爆发出来。

一起唱着歌，好像自己就慢慢变成一个有力量的人了。

真想就这样下去啊，永远在一起。

看完木子日记本里最后一篇日记，我走到洗手间，把手机放在洗手盆里，打开水龙头。镜子里的脸发青发黑，眼角堆满眼屎和干掉的眼泪。瘦脱了形，但难看得不值得同情。我跟那张脸对视。水慢慢从洗手盆里溢出，打湿我的脚。手机沉在盆底，终于变成了一块废铁。

我希望在太阳底下，这具丧尸可以灰飞烟灭。

走到父母家楼下，我止了步。抬头看着二十一楼的阳台，父亲母亲应该就在屋子里头。阳台围着一米高的玻璃护栏，自动晾衣架上飘着衣服。正午的太阳刺痛眼睛，我只好眯着眼，继续愤怒地盯着阳台和父母的每一件衣服。如果我真的变成了一个自私的人，那我应该上楼去，砸掉屋子里的东西，冲那一男一女怒吼，请他们从我的生活里滚蛋。看来，李木子对我的改造，终究不够彻底。

如果我不敢与父母决裂，至少，我应该像所有新闻里写的那样，在遭遇了公司的侮辱和无故辞退后，去下毒或者纵火。

我又走了多久才走到公司楼下，已经记不清了。午休的白领三五成群在楼下的广场散步，打着饱嗝，说着闲话。他们完全无视立在广场中间，愤怒地盯着他们的我。脚步在离我两三米远的地方就滑开，绕过，继续鸭子一样地踱步。

大屏幕上闪动着红的蓝的色块。“追求卓越，科技改变一切。”科技确实改变一切，至少，我就是注脚之一。

我试图混进大楼里去。往常，我看见过，有人紧跟着前一个刷卡人的脚步，“咻”一下蹿进门去。于是我也试图如法炮制。瞄准了一个瘦小的女孩后，我紧跟在她后面。“滴——”她刷开了屏蔽门。我急急跨上前去。太迟了，也许只迟了半秒钟，两条腿被屏蔽门迅速夹住。非常疼。疼得我下意识地往后退，而不是往前进。

我只能离开。至于还能去哪儿，我完全想不起来。

木子毕竟消失了。像从没出现过一样地消失了。

回到家，卫倩平静地坐在屋子里。她有钥匙，自然能进去。在她离家出走的这一个月，我为什么没有把锁换掉，我也不知道。她只是坐在那里。“吧唧吧唧”啃着鸭脖子，把吐出来的骨头扔在茶几上。有三五块骨头。

她说了会儿话，我不太能理解。她似乎也并不期待我的回答，拖鞋“哒哒哒”在地板上敲着。像往常一样，在屋子里走来走去，自言自语。

我把手放在木子胸口，用力按下去时，什么也没有摸到。我不放过她，继续按。猛地扑空了。我不相信，用力睁开眼，发现自己趴在蹦床上。时间的先后顺序，我说不清。她确确实实消失了。跟卫倩的离家出走不同，我模糊地觉察，她是真的消失了。

卫倩用手机放音乐，屋子里充满了塑料一样的电子乐，让整个家都涂满一层廉价塑料袋的味道。

要吵架吗，跟她。

我站在门边看着她，突然觉得，连生气都很累了，或者该像以前那样生活下去。她每天去幼儿园带小孩，我每天去公司写代码。然后回到这个屋子里，两个人继续睡在一张床上。她一个人看剧看得哈哈大笑。在睡梦中踢我的腰。两个人住在一个屋子里，还能有别的什么事呢。

塑料电子乐从我耳洞钻进去，很快充塞了我的身体。胸口轰鸣着，发出被水泥浇筑封存的最后一声闷响。我不确定要不要随它去。

这时，卫倩走进房间。“蹦床还在呀。”她尖着嗓子说。

是啊，蹦床还在。什么都在。胸口继续轰鸣，水泥已灌到喉咙。我也还在。

我要杀了她。

饲猫

街上，年轻女孩的妆容愈发刻意了。往往，脸尚未映出，唇色却先声夺人，越过空气递上两片丹红。还是春天，女孩的短裙下面，多蒙着一层丝袜。但毕竟是南方，也能见着完全裸露的肌肤。柔光的白皙与纤细的弧度，只属于真正的青春。所以，她脸上不加掩饰的雀斑，稀疏短促的睫毛，让人平添好感。再加上，她还有几分蠢笨。

“今天没下雨。”她跟在我身后，走进教室。窗外确是熠动着淡金色的阳光，星星点点，刺破初春的薄雾。空气也带一丝冷冷的甜，应该是楝树。花开得并不招眼，细看下才觉察出白中带紫。花败后褪成完全的白，瓣也弯曲四散，密密铺满路面，这才引人注目。

“数清楚人头，孩子进了教室就不能出。”我给她指令，想起了似的，再加上称呼，“陈老师。”

她的扫把挥得更带劲了，像是领受了陈老师的职分。自然，晨间是不用打扫教室的。

中班和大班在二楼，一楼是小班和活动区。来这家幼儿园五年后，我终于有了副班助手。竞争是激烈的，但我也不至于去打听她的来历。背景固然重要，但园里的规矩也不是一天两天。副班要协助主班，谁也唱不了独角戏。主班讲课，副班就得维持秩序、调动幼儿情绪；主班组织活动，副班就要准备材料、播放音乐。谁也离不了谁。配合好了，两个女人肩并肩，才能跟一屋近四十个孩子处下去，每天八小时，日复一日。才能忍耐口水、鼻涕、屎尿和无休止的尖叫。

连续几天的雨，以及雨后的晴，让塑胶地面的红绿色比平日更鲜艳夺目。未散尽的潮气吸住了楝树垂落的花瓣，任工人的扫把怎么刮擦，也不能彻底除去。可以说是礼物了，对晨间接待一站半小时的我来说，盯着塑胶地面缝隙里的楝树花瓣，眼神就不必一直聚焦于家长或孩子的脸。偶尔也有不那么厌烦的时刻，女孩、男孩，如果头天晚上父母给他们认真洗过澡，当他们扑进你怀里，头顶上总能发出一股好闻的气味。洁净，饱满。不至于牵动情感，却能觉得愉悦。

“早上好”须说三十五次或者更多，视乎家长的心情、天气或孩子哭闹的程度。与爷爷奶奶这些长辈相比，送孩子的母亲们，更是莫测的群体。“他现在张嘴就老师说……”“老师你可是权威……”

大人不如孩子可爱，大致就因为这些复杂的情绪。然而也不是一味地讨人嫌，有些时候，可以说是古怪。如果孩子上小班，母亲会在一楼窗户外窥伺。孩子发现母亲后兴奋难安，其他孩子也会跟着躁动，有时甚至会引发全班情绪失控。母亲们于是偷偷摸摸，躲得远远地看几眼。午睡时间就没有顾忌了，凝成尊石雕般趴在窗台，盯着酣睡孩子的面庞。刚上班时，我喝止过她们，也劝过她们，后来慢慢对这些事视而不见。人做了母亲后，总是有点奇怪的。也有母亲直接对我说，送孩子入园那天就买了高倍望远镜，从自家阳台打量过来，“能看穿你们的园子”。所以这工作，谈不上隐私。

更有别的事，让道德感微妙地悬置。

比如今天，桐桐妈抚着肚子跟我说："他说，妈妈是坏妈妈。我要打死妈妈。"

我的眼睛追随桐桐往里走，手轻轻放到桐桐妈的肚皮上，"是嫉妒肚子里的妹妹吗？"

"吴静桐，不许咬指甲！好好走路！"她冲着走远的桐桐大声喊，几乎所有家长都转过头来看我们。

"孩子也会说要打死光头强，打死灰太狼。她只是学了词，在乱模仿。"

"可是她怎么会想要打死妈妈呢？"她整张脸到胸口都涨红了，新买的金项链快要被赤红的胸口烫化。

"不会的，桐桐可喜欢妈妈了。"我的手离开肚皮，扶住她的肩膀。粗呢外套不仅土气，还扎手。

"方老师，你一定会是个好妈妈！"她手心很软，四周却有硬茧凸起，不知在乡下时做过些什么活计。

半小时后，全班孩子出来早操，我的目光拂过棉花糖般的脸蛋，圆球的，鹅蛋的，三角的，像要拣选一个理想孩子的模型。再难看的孩子都是可爱的。半透明的皮肤包裹着简单与清洁，眼珠黑白分明，小小的牙齿像石榴籽。蓝色橡皮棒握在孩子手中随意摇晃，在太阳下像猫尾在闪光。伴奏的童谣确实也在唱当一只猫的快乐。我是一只猫，带给你热闹，身边阳光围绕。是像桐桐那样，虎头虎脑的孩子呢？还是像妙妙那样，安静灵巧的孩子。一个我的孩子。

陈老师领着孩子弯曲、挤压蓝色橡皮棒，配合音乐的节奏，蓝色橡皮棒一会儿变成拱桥，一会儿变成圆圈。她的笑容是真的笑容，带动了整个身体，跟孩子们一起“喵喵喵”地欢闹着。

猫是这时出现的。踩着地毯草与扶芳藤织成的绿，橘色皮毛拨开转动的金色晨光，踏进蓝色孩子之间的空隙。据说橘猫易发胖，这只橘猫却矫健，更有睥睨人类的神气。不声不响走到孩子中间，又似乎怕惊扰，竟停了下来。孩子们发现猫变成队伍里的一员，兴奋得跺脚。跺脚大叫也就罢了，还蜂拥而上将猫团团围住。猫终究是猫，三爪两脚，把孩子的脸、头当脚垫，弓身就逃出了包围圈。

这几乎不能算这一天的事故。跟晨间入园失控大闹，或者早操前小便尿湿裤子的其他事相比，一只猫让孩子惊声尖笑，可在一日的工作量里忽略不计。毕竟，孩子就像永不休止的机器，轰鸣，喧闹，摇摆，振动，抓着你的衣角疯狂摇晃。真正在我这里算得上事故的，是陈老师把孩子安置回教室后，在白板上画了一只猫。

“有谁能告诉我这是什么？”她对着三十五张小脸绽开一个笑容。

“猫猫猫”“喵喵喵”响成一片。

“很好。那么，有谁能告诉我，猫喜欢干什么？”

“猫喜欢洗脸。”“喜欢睡觉！”“喜欢打哈欠。”“喜欢吃东西。”“喜欢玩！”“哈哈哈猫喜欢玩！”

“太棒了！那我们一起来认识一下它好吗？”陈老师给猫添几笔胡须，再写下个“猫”字。

她负责上午的课，其实主要是游戏，并没有教学任务和进度要求。要求她带孩子们早操就好。可是，她为什么要教关于猫的事？在该死的白板上画一只猫，再画一只猫，然后再画一只。“猫爸爸，猫妈妈，猫宝宝。”

三只猫在白板上瞪着大眼睛盯着我，除了证明它们世界的完整、正确，而我无力应对这些之外，还有什么？

她还是个孩子。给孩子分午餐时，西红柿炒蛋的酱汁沾到了手指上，她伸出舌头舔了舔手指。孩子午睡后我建议她也可以休息一下，她连连摇头，但我才走到教室门口，回头见她已靠着门打瞌睡了。头歪向一边，两只手攥在一起。

为防止孩子攀爬坠落，二楼的走廊全封了不锈钢栏杆。我就站在栏杆切割出来的光线里，打量楼对面的小山岗。刚来上班时，我就看到了山岗上有座纪念碑，此时，才认真看起那方锥形的建筑来。碑高九层，四面有气窗，迎着路的一面刻有大字，但远远地看不清楚。很早就听人说过，碑是国民政府纪念阵亡烈士修建的。但现在大门紧闭，围墙四合，早已不许游人入内。山岗的空地上植了几株木棉，像是与碑相守。木棉树巍峨，枝条墨黑，累累红花几欲爆裂。

我只是在寻找猫的影踪。在纪念碑和陵墓的空地间，在杂草交织成的深绿浅绿中寻找猫的橘色。陵墓是不存在了，墓碑早早被捣毁，只沿着纪念碑前的斜坡，留下横竖排列、星罗棋布的石头桩子。不知是哪些人最后葬身于此，姓甚名何。也许有的只是埋了衣冠，刻下名字。一个荒弃的陵园，自然是猫的乐土。总能听见它们追逐打闹、寻欢作乐的叫声。远远地，从山岗飘过来，拨开孩子的叫嚣，到达我耳朵里。通常，要到夏天，更聒噪更持久的蝉或牛蛙的叫声响起，才淹没了猫的声浪。

木棉飞絮。春天的风强劲，零零碎碎吹了些残絮过来，旋转坠落在走廊上。第一次见到桐桐妈，我就记住了她。其他太太，即使也是全职主妇，多半谈吐斯文，举止合宜。她却像个油漆刷出的红色惊叹号。丈夫的皮具厂在临近镇上，他们的发家地，但后来说要给孩子更好的教育，让她带着桐桐住市区。她也知道，这多半是个借口，但还是搬到了丈夫名下的物业，与幼儿园相邻的大型小区。她学做一个城里的母亲，但丈夫不在身边，少了面穿衣打扮的镜子，她也越来越不像样子。两年前，桐桐入园时也是春天，她高声跟我说话，嘴唇沾了飞絮也不自知，终于察觉到痒了，竟伸出舌头“咻”一下舔进去。她弯腰抱孩子，腰上一圈肉把毛衣吸短了一截，露出打底的秋衣。现在，却胖得连脖颈上的金项链也被层层的肉吸了进去。人做了母亲后，何止会变得有点古怪，还常行己所不能之事。她这样子胖，就是总把孩子的剩饭吃下去。“不想浪费”，还有她亲口对我说的，“离不得孩子”。如此，是连吃饭时的一张嘴都还要继续保持亲密。

那丈夫一次也没有出现过，眼看着桐桐升大班。这般吝惜时间，却还有心思种下第二枚胎儿，不知是个怎样的男人。

陈老师初来乍到的第一天，不知不觉溜过去大半。孩子午睡起来，挨个小便洗手喝水。她站着数数。

“数什么？”我问。

“有几个女孩辫子散了，得给她们梳头。”她认真说。

孩子在教室里自由活动，她怀里抱着一个，一左一右扎羊角辫。

“方老师，孩子的身体这么软，是因为他们的骨头数量更多呢。”

“对啊，因为骨头还没长连起来。”

“大人 206 块骨头，孩子多出十几块。”

我愣着看她的手指在孩子头发间穿梭。

“如果是肚子里的胎儿，那应该就更多了，多一百块吧！”

“你关心这些？”我说。

她紧张起来，“方老师，我随口说的。”顿了顿又说：“怕你觉得我不是本科毕业的，只会弹琴唱歌，没有思想。”

我抬眼看她，犹豫了几秒，决定还是不告诉她我自己的学历和求职经历了，就问她有没有男朋友。她说还没有，轻声说觉得自己太胖了，男的都喜欢瘦得像模特但又有大胸的。“我也想减肥。”她说。

“别减了，没用。”

“没用？”

“男朋友会不会温柔看你一眼，跟胖瘦没关系。”

“啊？”

“女人都不难对付呀，只求人温柔看自己一眼就够了。”

陈老师没再说话，像陷入了思考。我从书里剪贴出来的这些话，会是她在意的“思想”吗？也许。

下班前，我在园子里晃了晃。假槟榔树干灰白，有梯形环纹。鸡蛋花叶片肥大，聚于树冠合围成圆头。拥在脚边的，是孩子们爱的酢浆草，叶片丝绒般柔嫩，咬进嘴里一丝丝的酸。猫却是没有再来。它并不知道我的盼望，期待它的身姿领我跃上高墙，在流云与泥土间悬空，步步惊心。或者无视所有人类，在草与树影间踱步，直到时间退居幕后，而我可以深吸一口气，变成猫的俘虏或猫本身。只有纪念碑，黄昏炽红的光和光投下的烟灰暗影，在静待灵魂出没。

有没有温柔地看你一眼。

他是温柔的。甚至连最后的几下冲撞，都显得可有可无。多少也该在意的吧，那些妇女指南里不都讲，男人的行为是被延续基因的冲动主导的吗。我于是紧紧抱住他，想要把这亲密多留几秒。没有用，他收缩、软塌，滑离了我的身体。我拿起手机，记录同房的时间。这是一个记录月事的软件，还可添加备孕、怀孕的所有事宜。最早的记录是一年前，当月排卵期粉色的标注之下，几乎每天都添加了“同房”的红字。

看医生时，我撒了谎。跟丈夫试了一年，但我的月事并没有断。检查前，先跟医生面谈。

“有没有受孕经历？”医生是个男的，三十块钱才能挂一个号的不孕不育专家。

“没有。”我说。其实也不能算彻底的谎言。那个孩子没来得及抓稳我的子宫内壁，就匆匆掉落。他大概不能算一个孩子，我想，既然他来得自由也走得自由。于是跟相亲时一样，抹掉历史，当着丈夫的面告诉医生，我没有怀孕过。

与那个曾让我体内有过一枚受精卵的男友相比，丈夫良善又温柔。甚至，他的好脾气有时候让我生出一种绝望——他为什么要相信我，而不是像那个暴烈的男友说的那样，简直想杀了我？

良善的人变成丈夫后，两人间所谓底线就很难坚持了。我每天准时测体温，每周到医院打荷尔蒙针，每月提交一次验尿结果。针剂进入我的静脉，改变我的脾性。我原是暴躁易怒的人，可为了让该死的子宫能抓得住一枚该死的受精卵，为了与丈夫由婚姻而来所有默许的约定，任自己一次次伸出手臂、打开双腿，让针管、棉棒、手套进入我的身体。也许还该感恩，“你会得到最好的礼物——一个孩子！”

起身去洗手间时，丈夫给我掖被子。温热的气息包裹住身体，让人就要坠入睡眠，或者更深更黑的什么。迷糊间我想起母亲。我很少想起她，这时，却突然想起多年前她给我写的一封信。信里其他话我已忘掉了，只记得她说，想起我，她常整夜整夜地哭，睡不着。跟她的愧疚相比，我的痛苦更多来自羞耻。尤其在我升入了那所母亲曾执教的高中后，人人知道我是那个叫章美玲的女老师的孩子。一个抛夫弃子女人的孩子，跟淫荡挂钩的，不是羞耻又是什么呢？

昏黑的睡眠裹住我，还有窸窸窣窣进被子的丈夫。母亲最近一次跟我说话，是在电话里提到她的病。死亡的细胞正吞噬她的身体，虽然她还没老得该接受死亡。

母亲离开前，我们有两只珍珠熊。我们，我、母亲和父亲。父亲某日拎回家来一个小巧的铁丝笼子，储水器和食槽间铺着锯末，两只奶油色皮毛的珍珠熊就趴在锯末上。长大后我知道，珍珠熊是仓鼠的一种。还知道，两鼠同笼是错误。但错误从起始就注定了。一个月后，珍珠熊生下一窝小崽。我兴奋地盯着笼子眨眼睛，吵吵闹闹。笼子里的雄鼠跟我一样躁动，抓着笼子四壁磨牙。第二天，我再度想在笼子前为一窝小崽大叫大笑时，看到雌鼠嘴里含着一只正吞咽，其余的都被咬死，一只只伏在锯末上。这些甫降生就死去的珍珠熊幼崽，可算作生命吗？

丈夫含糊地“嗯”了一声，像在半梦中给我的回应。我闭紧眼，潜心与梦的通道相连。往甜美的暖色调水域去，忘记黑与灰。想一想，明天早上，孩子们仍会在雾气与阳光中，高举双臂，像是触摸真正新的一天。

猫再出现时，周遭已有了夏天的迹象。时间并没有过去多久，才四月，只是最高温度飙上二十八摄氏度，空气也就黏稠起来。南方植物的蓊郁幽深，被热起来的空气激活。叶片和花粉的气息流动漫溢，充塞空间和耳鼻，人也就不知不觉缩小了。像随处可见、挤挤挨挨的叶子，静默而无用。

陈老师是个好助手。如果说她刚来时，我还有些忌惮和敌意，现在却松弛了。她家也不在本地,却在地铁车程不到一小时的近郊。回一趟家只用买张五块钱的地铁票。与我回家的一千公里路程和成本相比，这点可忽略的距离让她安定、乐观，大大咧咧。就像晒太阳的猫一样，她伸展四肢，晾出腹部，没有防备。

木棉花期已尽，高大的树干上长出大片簇集的叶子。绿色掩映下，纪念碑显得年轻了，被旺盛植物的长势带动，简直勃发出让人眼热的生机来。

橘猫晾出的腹部让我心惊。左右各四，直线排列的乳头明显凸起，在雪白的肚皮上奓开八个句点。我想起年老的动物，尤其狗，总是拖着沉沉下垂的乳房亦步亦趋，不由得在橘猫面前蹲了下来，却没有伸手抚摸。它半翕着眼，无视我的存在，也无意给予回答。在猫的世界里，母猫选择公猫。母猫发情后，并不会随意让公猫靠近。哪怕是橘猫这样的野猫，也是一样的吧。在山岗上追逐几天，公猫如果始终跟随，一起领受过太阳、月亮与草茎的甜美，才会让母猫放弃愤怒的叫声、后肢高耸的反抗姿态。

橘猫同意我的看法，伸出舌头，在我低垂的手背上舔了一口。砂纸刮擦般的粗糙质感。

我曾想过，母亲再嫁后为何没有生育。以至于她从离开我的三十出头，到现今五十来岁，都跟丈夫独自过活。在我们那个小城里，这样活着是足够寂寞的了。更是一种无言的失败。长期从彼此生活里缺席，我与母亲，至少我，看待母亲时总带着距离。我也曾想过，我的父亲、她的第二任丈夫，或者那些我知道与不知道的男朋友中，母亲对谁最倾心。母亲的折腾里，有哪些是愚蠢，又有哪些是真情？

这些年，在我的眼睛里，母亲并不曾有过真正的伤心。即使是伤痛，多半也掺杂了怨怼、恐惧或悔恨，让我不能认真对待，更不会去剥离出可称之为伤痛的内核。可能只有一次，她的宠物狗发情后走失。母亲几乎每天都打电话来，不顾我是在带孩子早操，或者在领孩子小便，还是在给孩子喂饭。她抑制不住的情绪在电话里宣泄，不肯接受事实。那时她没告诉我，她已经跟那个我该称呼为继父的男人分居。她的第二段婚姻岌岌可危。只是在电话那头哭闹。哭得最凶时说“不想活了”之类的话。

这样一个母亲，原是没有资格对我的婚姻有发言权的。大部分时候，她也保持了让我感激的沉默。但当我一次次重复在手机上记录同房时间，又被橘猫受孕后胀起的乳头震惊后，竟不断想起母亲来。那只叫宽宽的宠物狗，如果四处跑去交配，母亲很快就会升级做外婆了。

月事终于停了。丈夫不能请假，我独自去医院取报告。当答案终于是“是”的时候，并没有想象中的欣喜。回到幼儿园，陈老师和帮我顶班的李老师正给孩子盛饭。今天的菜是白菜肉丸子、胡萝卜和蛋羹。调羹敲着不锈钢碗底，铮铮作响。

我走出教室去，下楼，绕教学楼半圈，走向幼儿园侧门，在侧门外的花坛上放下一只不锈钢碗，把猫粮倒进去。猫粮是黄豆大的颗粒，唰啦啦铺满碗底。橘猫觅食，迟早会发现这里。

我给母亲发信息："我怀孕了。"

母亲打了电话过来，开口就是："需要妈妈来照顾你吗？"她不知道我不孕和治疗的事。

"暂时不用。"我说，心里却想，需要是什么？又怎么才能确定是不是需要呢？

她又说："需要我过来，我就随时过来。"

我挂了电话。母亲是个病人了，我不可能让她来，虽然在心底，也许我期待这样的时刻，当我要面对一些不能控制的事时，她能在身边。就算不是陪伴，也是存在。但我没说出这些。没法像她哭诉宠物走丢时那样直接宣泄情感。或许，我是一个不合格的女儿，连撒娇都不会。

半袋猫粮吃光后，橘猫终于跟我照了面。她懒洋洋躺在花坛的杂草中，四肢打开，肚子明显凸起。不远处有别的猫在叫，也许是橘猫的家人，或者是让她受孕的那只公猫。她做出不认识我的样子，只在已经燥热起来的空气中保持平静的姿态。我下意识地摸了摸自己的小腹。棉质的 T 恤下，是一条护住腹部的高腰棉质内裤。没有任何动静。我甚至也还没开始晨吐。大可欺骗自己，这个身体里空白一片。

昨晚，桐桐妈发了新生儿的照片。红彤彤的女婴，紧闭双眼，十指尖尖。我给她留言："恭喜恭喜！"她却立马发了信息来，说丈夫看了一眼就离开了，"他才不管你是不是痛得要死！"不知为什么，我告诉她，我怀孕了。哎呀呀，她说，恭喜恭喜，你得让老公早点进入父亲角色，"男人都是些没心肝的东西！"

丈夫在书房里敲电脑。我没有马上去兴师问罪。只是在手机上翻看，这才发现前男友已停更了动态。他的最后一条更新是一年前。听说他移民去了澳洲，不顺遂，回来找了些零碎工作，也都做不久。按理说，程序员并不难找工作。我们曾短暂同居，一次争吵后我负气出走。后来发现怀孕，又回去找他。流产后，我们的关系也终止了。一个无法留存的孩子，给了我们很好的理由，不用再忍受对方以及关系本身。

橘猫挑选的，是怎样的公猫？或许也选中了几只，但只有一只成为了最终的施孕者。

并没有什么是愉快的，对猫来说。公猫的性器上长满倒刺，交配期间须咬住母猫的后颈，才能避免母猫因过于疼痛而挣脱或攻击。不过是这样的原因，春天时野猫的叫声才那么凄厉。

上周的家长日，来了几个男家长。跟往常一样，这些爸爸或者爷爷，对孩子都缺乏耐心。亲子互动环节，陈老师把孩子的画作轮流放到投影仪下，让孩子和家长先后讲故事。大部分图画都只是些色块、线条。只有少数几个上过课外画画班的孩子，才能画出容易让大人理解的图形。

一张纸上画了个大圆圈，还有几个小圆圈。

孩子说，这是我的脑袋。还有桐桐妙妙和好多好多人。

爷爷问，眼睛呢，嘴巴呢，耳朵呢。

孩子不知道怎么回答。

爷爷又说，问你呢，你怎么不说话。

孩子突然哭起来。

陈老师领着孩子和爷爷去走廊上安抚。孩子拒绝爷爷的示好，气鼓鼓地抱着手。陈老师凑到孩子耳边说悄悄话，孩子侧转身抱住了她的腿。哄着哄着，陈老师一把举起孩子，在半空中让孩子转圈圈。三个人都笑起来。我也笑了，却一眼看到，陈老师屁股后一块红斑。教室里，家长孩子都盯着投影，只有一个爸爸，跟我一样看到了陈老师的异样。在我大声鼓励孩子“讲得真棒”后，他也没有收回目光，像是要跟着那年轻的身体旋转。

下班时，我跟陈老师一起走路去地铁。站台上，几个穿高中校服的男孩，带着也穿校服但化浓妆的女孩。女孩搂着其中一个男孩的脖子撒娇，目光扫过来，越过我，瞟了一眼陈老师，跟男友耳语起来。陈老师猛然羞红了脸。我问她怎么了。她摇摇头。她虽比那浓妆女孩长几岁,但看起来更像个学生。早熟的女孩总是这么讨厌，要把自己的翎羽高高竖起，还要切割其他同类。

陈老师忧愁的是这样的事。月经量太多，弄脏裤子。来自比自己更年轻女孩的敌视。

“方老师，你喜欢孩子吗？”陈老师突然问。空调冷凝水划过车窗玻璃，像下雨。

“工作吗？还是喜欢的吧。”

“我是说，你想生很多孩子吗？”

“不……”我犹豫的时间里，她冲出了打开的车门，还真是个孩子啊。

没说出的后半句是什么呢。我不想生孩子？我一点不想当母亲？或者，这只是一个赌注？我大概永远没有机会说出了。还有三站，我就要走出车门，走回家去。不会有陌生男性跟我说话，除了手机里响起的骚扰电话：“小姐你好我们有一个很好的楼盘……”

纪念碑是为了纪念。如果纪念的人已被遗忘，就无所谓纪念了。而我的目光毫无意义，不能给它加增一分一毫重量。反是它在承托我。承托不知多少来自人的目光和重量，雕塑时间，褪色成死亡本身。

“天气越来越热了。”陈老师不知怎么发现了我。午睡时分，园里只剩孩子睡眠漏出的气声。几只早熟的蝉，已在“知——”的叫着求偶。

“她要生小猫了。”我指指卧在花坛上的橘猫。

“呀，猫妈妈你好！”陈老师弯腰对着橘猫讲话。

“还记得你来的第一天吗？你画了三只猫。”

“不是一只吗？”

“你画了猫爸爸、猫妈妈和猫宝宝。”

三个月来，陈老师早已不是我最初印象中一无所知的小丫头，但此刻她的一番话，仍让我意外。

她淡淡说，母亲生她时难产。护士冲出来训父亲，产妇有严重心脏病你不知道吗？父亲不知道，他是农民，妻子是农妇。在大城市近郊养鱼也是农民。医生说可能大人孩子都保不住，让父亲做好准备。父亲做准备做了通宵，天亮的时候，护士告诉父亲，孩子保住了。父亲没有准备的是，折腾了又一个白天后，母亲救回来了。这个家里，从此养了个将死未死的人。她没有见母亲从床上起来过。家里从来都是混乱、肮脏、一塌糊涂。母亲死时她七岁。天气反常地冷，冻死不少鱼，肚皮翻白漂在家门口的鱼塘里。她走去床边给母亲盖被子，捏着了母亲的手臂。那是她从没在母亲身上触碰过的柔软，让她触电般缩回了手。昏暗光线中，她慢慢看清母亲的脸，嘴半张着，鼻孔里流出血来。母亲的身体还是温热的。母亲的尸体停在鱼塘边的棚子下面，鱼塘里越来越多鱼翻肚，一天比一天更冷。邻居来跟父亲商量，要借母亲的尸体去做抗议的道具。天寒地冻，鱼塘歉收，须讨补偿。“把瘫子都弄死了。”母亲的死，终究为这个家带来了一点好处。

“一个农村妇女，不能带孩子、不能干活、不能生养。我妈死的时候，应该是解脱了吧。”

“有时候我也会想我妈。”

“她也不在了吗？”

“她是个死不了的女人，与天斗与地斗与癌细胞斗呢。”

陈老师“噗”地笑出声来，我的心绪却再也轻松不起来。

那天以后，我还是会去给橘猫投食，但不再等待她出现。她的肚子必定是一天大过一天，而这，是我不想看到的。另外，我的晨间反应越来越厉害，已经到了喝水也吐的程度。讨厌站立，只想躺着。孩子们的早操歌却是一成不变地热闹欢欣。我是一只猫，带给你热闹，身边阳光围绕。

翻看丈夫手机时，我发现，每一次我的产检报告，他都拍图发给他母亲。他简单，喜悦于耕种的收获。但母子二人的对话，却像在这亩薄田边上装了监控。田又知道什么呢？没有人关心田，关心的是收成。如果像野猫一样，只是生育孩子，却不用承受生育带来的关系和伦理，应该，一切都会简单得多吧。

纪念碑下的杂草，已是夏天浓稠的绿。山岗上花色纷繁，野蜂飞舞。这样的小世界里，橘猫必定迎来快乐自由的季节。所以当她突然出现，并第一次蹭着我的脚趾撒娇时，我立刻蹲了下来。

我轻轻顺着她背上的毛，得到默许后，又抚摸了她的头。她低声、甜蜜地叫着，像在索取更多的温柔。我轻轻探向她的腹部。软细的白毛下面，就是小猫了吧。乳房膨大，更有渗出来的乳汁沾到我手指上。哺乳动物的生产，总是艰难漫长。猫多胎，在头胎二胎及更多之间，是几分钟到几十分钟不等的缓冲。相对于猫的寿命而言，这几十分钟太长了，长得让人想起孤独来。在与自己身体的搏斗中，母猫要咬破胎膜，舔舐小猫。幼崽在母猫的爱抚中苏醒，开始呼吸。一胎之后是二胎，如此循环往复，直至所有幼崽产出。母猫还须用尽力气排出胎盘，才能咬断脐带。

与这些动作相比，我，一个女人，似乎更恐惧其他事。我联系了一个大学同学，就是在她召集的饭局上，我认识了前男友。她只回了我三个字，抑郁症。似乎并不愿意代答关于那个人的更多问题。前男友确实不是个讨人喜欢的人，可也正是这样，我才喜欢他的吧。疏远家人，没有朋友，只喜欢电脑和手机。最亲密的人只有我。但这样一个人，也永远地离开我的生活了。如果跟他的那个孩子能活下来，该有七岁了吧。我任自己胡乱想着，七岁，也不过是一个孩子。也许并没有什么不同。

夜里，我给桐桐妈发微信，想闲聊几句，她没说两句就打了电话过来。丈夫来看女儿，竟跟她说，自己在外面有了私生子，要她接纳孩子，好好养大。桐桐妈震惊于丈夫的态度就像要收养一只狗一样淡然。我却是好奇那个被夺走孩子的母亲，会是什么样的女人，才肯这样放弃自己的儿子？末了，她哽咽着说，如果不是有两个孩子，她真想马上去死，还要杀了男人，“我做错了什么？”又说：“他为什么不干脆去美国？”她表姐的丈夫就去了美国，每月寄钱回来，只是人不再出现，也在外面安家生子。“我做女人失败到这种程度吗？他这样当着面来羞辱我！让我给他养一个野种……”

我的脸贴着手机，想着桐桐是长脸，桐桐妈是圆脸。也许，桐桐长得像爸爸。同理，橘猫有可能生下一窝不是橘色皮毛的猫，甚至有可能是最难看的玳瑁色。生育的结果，从来就跟喜好无关的吧。

丈夫钻进被子时，空调的冷风灌了进来，我迷迷糊糊醒了，“怎么又这么晚？”“季度报表啊。”“嗯。”我翻身，意识却猛地清醒过来，“孩子要是长得像你可怎么办，嫁不出去啊。”丈夫嘟哝：“那希望是个男孩吧。”

桐桐妈的遭遇突然涌上我的心头，情绪翻腾得要冲破胸口。我没法克制胡思乱想，掀开被子坐起来，冲他大声说：“儿子儿子！你为了要一个儿子，什么都做得出来吧？”

“大半夜的，发什么神经。”丈夫转过身来，语气平缓了一点，“不要乱想好吗？儿子女儿都是一样的。”

“反正生孩子的也不是你！”我的情绪失控，马上就要哭出来。

他却是什么话也没有，只是坐了起来，一下一下，像给猫顺毛一样抚摸着我的背。

“我妈可能要死了。”不知为什么，我想到了这句谎言，眼泪也顺势淌了下来。

“原来你是担心这件事啊。先平静一下，睡觉好吗？你在这儿失眠担心，癌细胞也不会减少半个。”丈夫轻轻笑起来。

他怎么能是这么一个良善好欺骗的人呢？我靠进他的怀里，把所有眼泪都倾倒出来。他却还在说：“要不要我给你热杯牛奶？”

想要拿掉孩子的话，我终究没有说出口。就算真吵起来又如何呢？我不可能像以前那样负气出走。这套房子我们一起在供，每个月还银行六千。

距离上一次见到橘猫，已经过去三个星期了。木棉枝条上满满绿叶，由翠入苍。站在教室外的走廊上，视线被这浓荫阻断，只能看到纪念碑的塔尖了。鸡蛋花倒是常开不败，象牙白的花朵坠地几天后仍清香扑鼻，也不腐烂。本地人用来煮凉茶，味带甘苦，清肺化痰。

几个学生模样的年轻人，趴在纪念碑入口处的大门上张望。大门紧闭，刷红油漆。保安出来赶他们。学生们坚持说，是来做田野调查的，请保安帮帮忙。保安说，不是我帮不帮忙，有规定，不能进去。学生们问，为什么？保安说，规定就是规定，这里早封了。而且实话告诉你们，里面什么也没有。学生说，资料上说里面有坟场，每座先烈墓上还有一个立体小瓷像。保安说，没见过，这里也没有坟场了，墓都是空的。这里只有纪念碑，碑嘛，你们站在这里就能看清楚了。

我期待着什么。学生们能翻墙进去，绕开保安，不顾禁忌。走上草坪走近那座方碑。不管别人说什么，他们都要亲自去看一看，门里面到底有什么。

丈夫为我做过的事有许多，但此刻我只记挂一件。他带我回家见父母时，并不怎么愉快。他比我小几岁，是独子，而我已经三十了。离开他家时，我拖着箱子慢慢走，不知怎么掉了几滴眼泪。似乎并不是伤心，而是关于屈辱或别的什么。他拉住我说，没有孩子我们也可以过得很好的。

大概就是这句算不得誓言的誓言吧，我试图让自己去相信，现在所承受的，多少是因为我还记得这句话。

橘猫知道这一切。她和她的孩子，从草坪上的色块，变成墙头四个轻盈移动的影子。我以为就只能这样远远地看一眼了，她却没有走。等我站在墙角看着她时，发现她乳头周围的毛掉落了。她的头颅、脊背，甚至尾巴弯曲的弧度，都显出疲沓来。毛色、爪子，都变深了。怎么看，这都是一只成年的野猫了。或者过度成熟了，已经不能再用可爱来形容她。可是，一只橘猫不再可爱了，就不值得被爱吗。她的幼崽，两只黄白色，一只白黄色。也许同胎还有其他幼崽，但我看不到了。

谁都有秘密的吧。每天午睡时分，我都会走去侧门，往不锈钢碗里添一些猫粮。猫能活十多二十年。跟人一样会衰老，孤独，掉光牙齿，变成废物。橘猫和我的关系，可以维持这么久吗？山岗上的树栖满了蝉，声嘶力竭地叫着，叫着。我努力辨认不同叶片来自哪种植物。从小，母亲就告诉我，动物有感情，植物也有感情。快枯死的盆栽，你每天跟它说话，注意施肥浇水，它就能活过来。我一直相信她。肚子里突然小树枝般轻轻抽动了一下，我的手贴上去，一块小小的凸起。我想，是她在跟我挥手。

九重葛

袁园遇见章美玲，是大年廿八晚六点。腊月间天黑得早，院子里的人和树被夜色掩盖了。袁园也就没看见站在九重葛阴影下的章美玲。

章美玲倒是早就看见了袁园。路的尽头“哗啦啦”响起行李箱拖动的声音。尽头一座大门，琉璃瓦盖下四根印度红大理石方柱，柱子间夹着保安室。袁园冲保安室方向点了点头，迎着橘色路灯和九重葛填满的道路往院子深处来。

从身边擦过后，章美玲开口喊：“袁园！”两人定睛对视，袁园喊：“章阿姨！”顿了两秒又说：“你，怎么在这里？”

二楼人家亮着灯，窗户紧闭。章美玲疑心那似有似无的一声“呜”，是狗挨了打，或被掩了口鼻。她不能就这样走掉。但杵在这里太久，寒气一点点渗进手脚，又动摇了她的意志。

袁园盯着她问，她只好说：“好冷唷。”

“你回来了？”

“狗儿不听话。”章美玲伸手指指二楼人家。

“找保安去敲门？”袁园也不确定这家住了什么人。

章美玲连连摆手，“你先忙，你先忙。”

袁园记下章美玲的电话，就走了。但脚步离开后，身子却回转，看了看树荫下的章美玲。

章美玲仍口齿清晰，戴文雅的珊瑚红金属框眼镜。即使手指上没有沾着粉笔灰，也让人难忘她是“传道授业解惑”之人。只是，与她老师的身份相比，这些年来，她更为人所知的身份是美人及不伦恋的主角。关于后者，更通俗的说法是——荡妇。

荡妇这个几近永恒的谈资，在袁园回家的当晚，就出现在与父亲母亲的谈话里。

跟往常一样，父母等待她说一路见闻，从话语里剥出点新鲜事，给两个老人带来些外面的气息，好把又一个冬夜打发过去。袁园也就像往常一般说起来，日常与旅途，尤其旅途中的村寨、溪流、稻田、苗人。真正的际遇，那些关于人的，她最后才说。

“就是口红涂得像要吃人的那个吧。”母亲说。

“她呀。”父亲说出半句话。

“老得让人认不出呢。”袁园说。

“五十多了吧。”母亲计算。

“当年人人觉得她美。”袁园嘀咕。

“人人？”父亲又是半句话。

“我们这些女学生，都羡慕她的衣裳和口红。”

袁园与母亲议论了几句女人的装扮与衰老。

母亲突然说：“她那个丈夫，又有了新的人呢。”

林冬莹记得章美玲。除了她曾上过女儿的语文课外，她更记得些别的。比如，她看上了别人的丈夫，亦忘掉了自己的丈夫，还忘记了所谓为人师表，离婚结婚闹得工作差点丢掉。很难说是哪些原因，让她在言语里对章美玲刻薄。

“她好像搬回来了。”袁园想起来似的。

“比她小二十来岁，小妖精。她有的受了。”林冬莹细密说着听来的情节，怎么讲都是荒诞。好不容易结成新的婚姻，也没经得起更多的时间。或许那丈夫原本就荒唐。

“你从哪里听来这些乌七八糟的。”袁天成吐出一句完整的话。

“你退了休也不活动，天天闷在家里头，晓得什么？”林冬莹嗔他。

袁园倒是想起别的事来：“房子空了这么多年，还能住吗？”

“好男不养猫，好女不养狗！”林冬莹不像是在回应女儿。

这些算起来相识，但其实与袁家并无关系的人和事，日复一日在餐桌上被咀嚼吞咽。曾经，父母也会参与这种三人之间的游戏。像玻璃跳棋，三人各踞一角，轮番跳跃，争先恐后。但这些年，他们说得少了，似乎他们所知的那些人和事，都被一个叫死亡的窟窿吸走。他们也就显出沉默来。

高铁去年底终于修通了。回乡的路，从沉闷的飞机旅程，变成了更加沉闷的高速火车。车子摆着细长的身体，从海平面的高度往崇山峻岭中攀爬。据说这些山，远古时都是海，所以沟壑纵横，险峻逼人。窗外一片暗色，隧道紧咬着隧道，只剩二等车厢里惨白的灯光，映照出旅人一张张疲惫的脸。

高原最冷的时节，雨下到半空就成了冰珠子，等到了地上，则结成一片一片的薄冰。冰覆在泥浆上，污脏难辨，陡添凶险。

这样的气温里，九重葛罕少绽出花朵，但枝条高企，叶片常绿，也是冬日一景。袁园大学毕业后居住的城市在北回归线以南，四季不分明，夏天最盛时，立竿不见影。九重葛在那里几乎四季开花，尤其在天桥，往往一大片垂下，如瀑如云。这植物的架势靠的是枝条的气力，往上生长、活泼野蛮。但花朵其实很小，漏斗形，一生三朵嵌在包叶里。包叶薄如纸，夹进书本里迅速失水。

袁园小时候，袁天成有阵子喜欢弄盆景。这方水土出兰草、奇石，天生好材料。袁天成指着九重葛跟女儿说："这花最顽强，剪一枝，插进土里就能活。"

大概因为生命力强，建这座家属院时，沿着道路两边植下的九重葛，很快生根蓬勃。二十年下来，九重葛成了院子里最热闹灿烂的植物。只是这花也不是全都好，花开固然如火如荼，但总不肯凋落，花褪色后也企于枝头，将衰败后的颓唐污脏一应奉上。

袁园还在刚到家的怅然中神游，林冬莹一句话击醒了她。母亲说，你顾叔叔就要放出来了。

按林冬莹的说法，顾言刚减了刑，还有大半年就刑满释放。这个消息，让袁家餐桌上的氛围闪回到多年前。林冬莹在意的，是顾言刚出来后，会不会回到小城生活。袁天成则关心，顾言刚这些年在牢里过得可好，顾家有没有新的打算。他们都催促女儿，你快去跟恬恬聊聊，聊聊啊。

袁天成说起顾恬，总亲热地称呼"恬恬"，有时候，也会用顾言刚唤女儿时的名字"老恬"。袁天成叫顾恬作老恬的那些年月，袁园和顾恬都还是小朋友。袁园喊顾言刚顾叔叔，顾恬喊袁天成袁伯伯。顾叔叔和袁伯伯是好朋友。好到什么程度呢。顾恬和袁园几乎每天每天都玩在一起，睡在一起，扎一个款式的小辫，对着相机摆出一模一样的动作。两个爸爸在篮球场的哨子声里跑来跑去，两个孩子就扯杂草，捡落叶，假结婚。所有的蚂蚁和麻雀都认识了她们。

现在，退休后的袁天成被熟人唤作袁伯，两个女儿也过了三十岁，有点老了。他却只能依靠女儿去打听消息，他的好朋友顾言刚，可还好。

袁园没有马上联系顾恬。顾言刚入狱后，顾家在这院子里只剩房子的空壳。顾太太朱虹跑到服刑地所在的小县城守着，个别念旧情又还有点能量的老同事，慢慢帮她把工作调动去了小县城的国企。女儿顾恬呢，跟袁园一样，早已考上外地的大学，离了家。这么算起来，顾恬已有十年没回来过了，或者说，顾家从这院子里，已消失了十年。

袁园缩在被子里翻顾恬的朋友圈。如果说，从五岁到十七岁，一起长大的经历让两人有某些共同点的话，大概是抛不下的自尊。报喜不报忧，顾恬发的都是值得高兴的事。袁园也就在发送信息的界面止步了。真有什么的话，顾恬自然会开口。她们都这般要强。

年三十晚上，袁园在一堆信息里看到顾恬的问候，果然是干脆简洁的："新春大吉，阖家美满！我初二回来，到时约？"袁园直接回："初二来我家吃午饭。"顾恬问："袁伯伯还好？"袁园回："身体还可以。你来他肯定高兴。"顾恬发来一串笑脸，"好，我来给袁伯伯拜年。"

顾恬搬了箱猕猴桃来。林冬莹看一眼，招呼她吃车厘子。暗红色的果实在盘子上堆出个小山包，瓜子花生之类的便宜货倒是不见踪影。袁园不作声，跟袁天成一样，老老实实对着面前的茶杯。

"阿姨的手艺你还是记得的吧，啊？"林冬莹堆出些笑容来。

她从小就教育袁园，不要动不动就跟人笑，穷亲戚脸上最爱带笑，因他们除了笑什么也拿不出来。偶尔，笑容闪现的时刻，她让女儿去领悟到底是什么用意。

在她的笑容攻势下，顾恬也笑了笑，“好啊，阿姨的手艺我怎么会不记得。红烧肉！”两个女人手牵着手，差点就要头挨头来显示亲密。

四个人，四杯茶。袁天成循着袁园事先铺垫过的细节，问候着顾恬和顾家的种种变化。顾恬也由着他，顺着无关痛痒的谎话继续用谎话作答。顾叔叔好着呢，顾太太也是。顾恬也好着呢，顾恬的丈夫和孩子也是。外地的生活，自有外地生活的滋味呢。袁天成于是松软了，在话语里幸福着。

顾恬的一句话，却让袁天成意外。她淡淡说，这次回来，要把我们家房子卖掉。

袁天成怔怔道：“卖掉？”

“八月份我爸爸时间就到了。我做点准备。”

“是你爸爸的意思？”袁天成不解。

“他不晓得这些。”顾恬喝一口茶。

“卖了你们住哪里呢？”袁天成皱眉头。

“袁伯伯，这里这么多人恨他，回来住不得。你晓得的嘛。”

林冬莹这时却是一句话没有，只招呼吃车厘子：“吃这个，恬恬，对皮肤好。”

袁园把母亲塞进手里的一颗车厘子放下，说：“顾叔叔跟你去北京住，到时候？”

“不管是北京还是哪里，反正是不住这里了。”

沉默了半天的袁天成突然说："其实回来也没什么的。你看对门，还有楼上，哪个不是又回来住在这里呢？"

袁园想起了她以前跟母亲说的一句玩笑话："现如今，我们这栋楼，楼上楼下住的都是劳改犯。"林冬莹听了这话大笑。袁天成听了，却是恼恼地沉默。

"哎呀，袁伯伯，我爸爸那个脾气，你又不是不晓得。"顾恬说完这句，一口气吃了四五个车厘子。

顾恬一走，林冬莹就品评顾恬的穿着打扮，"粉扑成那个样子，还盖不住满脸的斑。""个子也太矮了，像是十几岁后就没有长高过。"

袁园和袁天成都没有接话。父亲在想什么，那覆满灰白头发的后脑勺并没有显露。但母亲的话，却多少激起袁园心里积灰的情绪。与父亲和顾叔叔的友谊、袁园与顾恬的友谊相比，母亲从不认同也不表现出与顾家的友谊。不好的日子里，她对顾家的厌恶与嫉妒在言语里递增。好的日子里，谈到顾家的不幸或霉运，也只是"唉"一声，然后说些"怪不得别人"之类的话。并非母亲是个恶毒的人，很多时候，她只是把袁园和父亲藏而不露的心思一字字抛掷进空气里。像大部分时候，这个由沉默的父亲和安静的女儿组成的家庭里，总需要生气盎然的母亲来捣出一汪活水一样。

"都这样了，他家还端什么架子。"林冬莹嘟囔。

"卖了也是几十万。"袁天成说。

"几十万"几个字似乎对林冬莹产生了效果，她说："对啊，顾言刚放出来，连工资都没得。"

袁天成被这句话提醒了似的猛抬头，却不肯再说话。

“你那点退休工资，大病是不敢生的，打打小麻将倒是够了。”林冬莹笑说。

三人并没有沉默太久，沙发上一只手机叫起来，唱的是儿歌。“有三只小熊住在一起，熊爸爸、熊妈妈、熊娃娃。熊爸爸身体强壮，熊妈妈美丽漂亮，熊宝宝呀好可爱哟，一天一天长大了。”

袁园开门把手机递给顾恬，“我送你出去。”下了楼，袁园站在楼梯口摸火机，才说是想出来抽烟。

“三只熊啊。”袁园说。

“三只熊？”顾恬抬头。

“你的手机铃声。”

“哄孩子。”

钥匙在锁孔里翻来覆去转了好多遍后，顾恬终于用力一把推开了门。门“呀”一声像发出预警，空荡荡房子里回旋着的风向她们涌来。

“家具呢？”袁园问。

“当时都搬走了嘛。”顾恬答。

两人在顾家旧居里打转。顾恬检查每一扇窗户、每一道门、每一个锁孔。顾恬似乎并不像她所说的，是带袁园来看一眼，估估价。倒像在执行某种工序，用一对眼一双手，扫描、录入、归档、存储。把这套房产证上写着顾恬的房子收纳折叠、反转变形，缩变为可双击打开的黄色文件夹。

雨一丝一丝下坠，接近零度空气里的雨，让电缆上结出亮晶晶的冰渣。袁园揣在大衣口袋里的手，不自觉地捏成两个拳头，想要蓄住一点热气。顾恬则直接搓起手来，大概那一串丁零当啷作响的钥匙太凉了。顾恬还是比袁园矮半个脑袋，维持着她们十五岁时就已固定的身高。

顾家旧居与袁家一样，都是三室一厅。同样面积，同样格局。顾恬和袁园曾经的房间，也是这三居室里的同一间次卧。只是她们的房间看出去，不是同样的风景。当年集资建房，知道两家将会住进同一栋家属楼，两个孩子兴奋了很久。袁家在二楼，顾家在五楼，步子快一点，到对方家只需要一分钟。

如今，从顾家五楼朝南的窗户看出去，已经不是袁园记忆中的景色。

远处，小城里长出新的丛林。簇集的商品房，照搬沿海城市的塔楼样式，似乎一夜之间就立起来。连绵冻雨抽干了天空的颜色，灰色天际线直压塔楼顶尖。

家属院围墙多年未维护，墙体早已被雨水侵蚀成青灰色。一墙之隔，新修的商品房小区仿欧式小洋楼，淡粉色外墙簇新扎眼。粉色小楼之间，园林别致有序，不知从哪里移来的榕树、冬青，拱照出墙这边没有的气象光景。

袁园数数墙这头的独院小楼，最早修给书记们住的房子，不多不少只六栋。老干部们多已驾鹤西去，子孙们有能力的，翻新外墙，没心思的，任墙皮褪色，木窗棂脱落。至于她跟顾恬所在的家属楼，九十年代修建时还属气派，如今在外面世界簇新的映衬下，只是黯然了。房子不会迁移，十二栋家属楼仍积木一样堆在这黄金地段，组合出政府曾有的架构和它的职员们的家庭。但随着政府搬迁到新区新址，跟出租车司机报地名时，家属院已变成难以形容的模糊地段。要回家，袁园一般只能说：“乐淘淘超市斜对面。”

“我爸妈在这里住了二十年了。”袁园说。

“居然这么久了。”

顾恬的话出奇地少。

这里曾是一个崭新的顾家。顾恬房间里镶木墙裙，贴华丽墙纸。如今，蓝色窗玻璃过滤了光线，让二十年前陈旧的装修愈显衰朽沉寂。窗帘发黑变脆，只剩史努比和花生家族的图案兀自欢欣。

在这个房间里，十五岁的顾恬曾问十五岁的袁园：“为什么跟陈勇在一起？”

袁园说：“我不想待在家里。”

后来顾恬又问过：“为什么跟陈勇分手？”

袁园说：“我不想回来了。”

如今，顾恬和袁园三十二岁。这些，自然都不提了。

说是送顾恬，两人却不知不觉间爬了楼、看了房，还不知不觉走出院子来，走到街上去。

从院子东门出来，是条南北向的主干道。往南走，东边是片厂区，宿舍学校医院自成一格。往北走，依次路过政府旧址、闹市、中学，跨过一条东西流向的河以及桥，公园、车站、商场布局在河的北岸。这些风致物事，处处可见，无甚特别，只有这条河，还有河北岸的公园，算得上全国知名。市民们都会背陈毅元帅给公园的题诗：“真山真水到处是，此处布局更天然。”也不忘说起，巴金和萧珊就是在这里度的蜜月，是爱情的福地。总之，好山好水孕育出真善美。

袁园和顾恬一起从桥上走过的时候，却没有想到这些她们从小就知道，以至于快忘记的事。公园大门挂上了迎春的大红灯笼，花盆堆叠拼凑出“春节快乐”四个字。顾恬说，走，游泳去。袁园笑了，这个天气，我们两个怕是会牺牲哦！

玩笑归玩笑，两个人还是往公园里走。不变的是河。袁园走了很多地方，但没见过哪里的水有这个颜色。大概只有那些最懂得光线和色彩的画家，才能模仿一二。夏天在河里游泳，光脚踩下去，任你是男人女人小孩老头，河都用水草回馈温柔。袁天成和顾言刚都有一身好水性，在河里托着两个女儿浮游。游累了，就翻身上船，木桨推开水草，往河的隐秘处去。不管母亲们在岸上如何抗议，两个父亲都像调教男孩一样调教着女儿的脾性。顾恬在水里搂住袁园的脖子，“千万不要放开啊，不然我要死了！”袁园于是不放手。两个人连成两个秤砣，一起沉到河底去。两个年轻的父亲哈哈笑着，捞鱼一样把孩子捞起来。

顾恬久没来公园，路却是比袁园更熟，从小，她就是方向感更强的那个。两人沿河岸一路向前，跨过石墩子垒成的百步桥，走去儿童乐园。小火车、碰碰车早已更新换代，还新装了小型云霄飞车。但在游乐场的边上，拆下来的一套转转车还没来得及搬走，或者是根本不打算搬走了。两个人一前一后，挤进去坐着。顾恬说，不晓得我们种的橘子树还在不在呢？袁园却是忘记了，我们还种过橘子树啊？顾恬笑，就在碰碰车后面，我们不是把橘子吐出来的籽全部种下去了嘛！

游乐场开业那天，两家人一起来尝新鲜。脚踏车一左一右两人位，袁天成领着袁园上去了。顾家则是朱虹带着顾恬上去了。架在半空的轨道可以俯瞰整个乐园，碰碰车、海洋球、旋转木马都没这气势。从半空看下去，顾言刚和林冬莹是两根石柱，而当他们抬起头时，就变成了两株向日葵，要转动头颅紧紧跟随半空中的丈夫、妻子和女儿，才不致孤单。

顾恬的记忆版本是，她跟朱虹骑了上去，但骑了一截就害怕得哭起来。她下来后，朱虹不想浪费票，就独自上去踩单车。朱虹全程绷着脸，像是在完成任务。顾恬觉得奇怪，袁园怎么就不害怕，骑到天都快黑了。顾言刚又要“锻炼”女儿，于是，给顾恬三块钱，让她去乐园门口的小摊买橘子。顾恬平生第一次离开大人独自去买东西，就这么突然到来。等她拎着橘子回来，袁伯伯和袁园才从天上回到地下。父亲对她说：“顾言刚的女儿怎么能没出息呢？”顾恬听了，只拉着袁园往林子里去，刨个土坑，把嘴里蓄的橘籽埋进去。更让袁园作证，看她生吞几粒橘籽。“橘子会从我头顶上长出来的。”这是顾恬的壮举。

“这两个爹，我们那么小，他们还搞什么男子汉培养计划。”三十二岁的顾恬摇晃转转车的座椅。

“怕他们哪天不在，我们就被人欺负了。”袁园说。

她们的身体，比五岁时折旧了不少，但是，要轻盈得多。面对面，她们仍像两颗玻璃球，停留在绷紧了的蚊帐上。但不再像以前那样，迅速被重力牵引滑向对方，在蚊帐的中心陷落。她们都控制住了神秘的牵引，稳稳停在一角。

顾家和袁家，在家属院修起来之前，就结下了缘分。那时顾言刚和袁天成都是两个刚转业的小年轻，在同一单位同一科室。

对外人而言，顾言刚入狱、顾家的衰败是泥石流般的坍塌，迅疾、猛烈、轰隆作响。但对袁家来说，顾言刚的升迁与顾家的兴盛同样道路漫长，几乎耗尽了他们所有的记忆容量和情感热度。

在袁园小朋友眼里，恬恬的爸爸顾叔叔是一个神奇的大块头。长大后她知道，顾叔叔身高不过一米六几，远远称不上高大。可是在很长时间里，他粗壮的胳膊，夏天吃西瓜打赤膊时露出的胸口伤疤，都显得孔武有力，预告着一个陌生世界及其规则。她和顾恬都相信，伤疤是顾叔叔打老虎时留下的，“老虎还是多凶的，给我一爪！”

恬恬的妈妈朱阿姨则是小个子。她头发全部往后梳，露出鼓鼓的额头和一张圆脸。发髻扎得很紧，不像有些长发的阿姨，发髻松松垮垮一挽看起来很温柔。袁园倚在她怀里撒过娇，多半是跟恬恬一起讨糖吃或者申请看电视的时间。她的怀抱温暖，却并不绵软，让袁园不想依恋。

朱阿姨对袁园是好的。有阵子流行盘头，从耳侧揪起发束，分作三股，手势沿着脑袋绕一圈，不断增添进新的发束。女孩子的头就变作一朵向日葵。最后一定要在耳侧扎上大红或水红的绸子。绸子精细折叠、捆扎再散开，开成一朵大大绽放的牡丹。恬恬头上长出一朵大红牡丹后，朱虹说袁园来，然后让袁园头上长出同样一朵。顾恬和袁园就成了祖国大花园里最新鲜的两朵小花。

看到女儿头上长出的大红花，林冬莹很不高兴。她指责朱虹随意给自己女儿打扮，又说：“大红色，这么土气，她也不看看你的衣裳和皮肤。”三两下，林冬莹就把那朵精致叠出的牡丹花从袁园头上扒了下来。盘成向日葵的发辫也一点点松开。林冬莹用她的橡胶梳子在袁园头皮上刮几下，扎出个高高的马尾辫。“小姑娘，扎马尾最洋气了。她就是脱不了土气。”

袁园是个敏感的孩子，母亲扯着头发时比平常更重的力度，让她察觉到了怒气，虽然她还不能明白母亲为什么生气。但是她爱母亲，她愿意为了让母亲高兴而做一些本不会去做的事，比如，说顾家的坏话。她确实在顾家看到一些跟自己家不同的细节。比如客厅里，塑料花瓶里插了几根孔雀毛，摆得有些久了，孔雀毛和花瓶都积了灰。袁家也插过孔雀毛，只是林冬莹一句“过时了”就扔了。或者，朱阿姨穿着白纱的结婚照，染色的师傅似乎走了神，把她的眼眉染得过绿，而嘴唇又过红。袁园说这些细节时，林冬莹总是呵呵笑，像是她自己并不曾发现。仔细听女儿说完，然后笑起来。那时候，袁家比顾家的境况要好许多。家具、电视，林冬莹的口红，甚至绣花丝绒拖鞋，都是朱虹不能奢望的。林冬莹尤其得意的是，袁家在沿海有亲戚，总能寄来洋气的海产干货，以及让袁园看起来像个洋娃娃般的洋装和连裤袜。

让林冬莹觉得自己比朱虹高一等的，还有丈夫的态度。朱虹挨顾言刚打。

“谁让她选个这样的男人呢？”“要是我就住回娘家去，看他吃什么、怎么过！”林冬莹能体会丈夫的暴力和妻子受辱的况味，但当对象是朱虹这个具体角色时，她言语里表现出的态度并不像个女同胞，而更像是男人。

顺着这样的逻辑，林冬莹还说：“可怜她生得难看，手脚又蠢笨。”“不懂得讨丈夫欢心，以后日子也难过的吧。”

袁天成却是同情。虽然朱虹长得不好看，做菜难吃，谈吐迟钝，但她并不该就挨打。对于自己的好朋友做出这样的事，他劝阻，但也只是言语劝阻。在他看来，顾言刚的许多苦衷，别人并不知道，或许连他也不能完全理解，但一定有其成立的理由。

小城的枯寂生活里，打老婆都能成为一桩谈资。顾言刚自己却是满不在乎。袁天成迷武侠小说，顾言刚常说他“你就是看书看多了，书呆子气太重”。他在想其他更重要的事。

他最先感觉到的，是那些留在部队的战友纷纷转业回乡。其中有几个感情深的，专程绕道来看他，谈起大裁军，“日子要从头过了”。跟他一样，袁天成也在接纳战友，其中不乏傻里傻气的大头兵，打算领了津贴回乡下种地。

到了夏天，顾言刚已经跟袁天成说：“日子可能要起变化。”

他虽然还未调入党政部门，但关心时事，留意国家各项政策变动。他说，工人可以被辞退，还提到待业保险。到了冬天，顾言刚直接说，沈阳一家国营防爆器械厂宣布破产，“可以宣布破产，你知道是什么意思吧，厂子里的人没有铁饭碗啦！”

在这些事情上，袁天成显得迟钝而保守。他还年轻，刚三十出头，一手公文文书写得漂亮，晋升有望。他娶了漂亮太太，生活可说平顺。在这些可见可控范围之外的东西，他并不曾焦虑过。所以，顾言刚先行一步调进了核心部门，深深刺激了他。他沉默了一阵，武侠小说照旧摊开在沙发扶手上，只是不见他埋头其间神采奕奕。

关于自己生活的环境，袁天成跟女儿袁园打过比方。大家族，几十个儿子，广东江苏是最争气的，我们这个省，就是个智障儿。先天不足，只能靠当妈的贴补。具体而言，这方的支柱产业是白酒、烤烟、药材，而对他们这个省城边上的小城来说，这三样又一样都不占。只有一所大学，民国年间建的。有条河，依着河有个算得上出名的公园，是旅游景点。

顾言刚和袁天成两个年轻人，那些年除了上班，折腾也围绕这两样家门口的存在：大学和公园。

顾言刚先是提了几个橙子来袁家。说是橙子，皮却是柠檬黄，凹凸不平，像卫星拍照的月球表面。说让袁天成研究研究。“我不爱吃水果，留给袁园吃吧。”袁天成放下橙子。顾言刚却坚持让他削一个试试。袁天成用水果刀把橙子切开，吃得咂舌头：“这么苦，这是什么橙子？”“农学院培植的新品种，失败了。卖是卖不出了，免费送。”顾言刚说。“你都说卖不出了，拿来干什么？”袁天成擦手。“免费送啊，你想想，那一大片林子，我们想办法把它卖了。”顾言刚看起来是认真的。袁天成拿起一个橙子，闻了闻，“闻起来倒是香，就是味道太差了。”“记不记得我们在上海学习时去的西餐厅？服务员给我们倒了杯喝的。”顾言刚提醒。“咖啡？”袁天成说。“不是不是，咖啡之前。”“噢，柠檬水。”“你把这个泡在水里试试？”袁天成起身倒了杯水，丢了一瓣橙子进去，喝了一口：“诶，这还可以。”“废物利用是不是？我们就去卖这个，按个数卖。”按个数而不论斤卖的丑橙子，袁天成给它取了名叫“沁橙”，沁人心脾。基本是靠口口相传，那个冬天，小城里有点脸面的人家都泡橙子喝。两家太太负责送货，不认识的人还不卖。顾言刚和袁天成在袁家喝酒开玩笑：“天成，这个事，也只有我们两个做得成！”

生活中，两个人干卖橙子这样可以嘻嘻哈哈应对的事。工作上，顾言刚也展露出过人的胆识。他的直接领导、部长岑军生找他谈话，小顾啊，要把旅游搞好，就要下功夫。顾言刚会了意，从区里各文职单位抽调了几个年轻人给部里写材料，深入分析各个景点的文化蕴含、历史意义。这其中就有章美玲和袁天成。顾言刚早听说同事方小鸣的太太、高中语文老师章美玲写得一手好文章，就安排章美玲写导游手册，把历朝历代的文学家为公园写下的辞章诗句融合。顾言刚仔细看这篇不过千字的文章，看完后问袁天成有什么想法。袁天成指出其中最简明的几句诗，说可以用作宣传口号。顾言刚却说，应该去上海拜望巴金老人，他跟夫人萧珊在公园度过蜜月，请老人为我们提点提点，要搞好旅游，没有文化积淀，就挖不深。后来去没去上海，见没见巴金，已经模糊了，倒是公园里真改了一处园子的名字，挂匾题名“憩园”。袁天成很服气。别人说到顾言刚如何能干，他总要补充:“没有人赶得上他。”没有说出口的是，顾言刚重义气，让袁天成参与这个重点宣传项目，给了袁天成一次“摇笔杆子”的机会，更让岑军生对袁天成留下印象。后来，袁天成能从区里调到市里，就是升任市委领导的岑军生授意。

两个女儿虽长大了一些，但仍在扯杂草、玩泥沙、过家家，像大部分孩子一样，在过儿童该有的生活。所以那天突然到来时，袁园只觉戛然一声响。

那是袁天成单位组织的家属茶话会。太太们带着孩子（学龄以上）到单位的会议室去,剥花生吃水果。在一个年轻干事的主持下，小朋友们做代表，挨个介绍自己以及父母。

会议室里放了一圈蒙着蓝布的沙发，沙发靠背和扶手上搭着米白色镂花方巾。母亲就抱着孩子坐在沙发上。那些跟袁园一样身份的孩子，口齿都比她伶俐许多，自我介绍听起来像是提前背好，话音一落总引得大人们鼓掌。

袁园紧张，越来越紧张，临到只有两个名额就要发言时，紧张已逼得她的膀胱胀大就要尿湿裤子。甚至，她的眼角额头，都紧张得逼出液体来。袁园急急告诉母亲要上厕所，不等林冬莹作答就逃出了会议室。

办公楼不远处的厕所前，有一丛竹子，竹子高大茂密，绿色无边，足以掩盖孩子的身体。袁园就蹲在那里挖石头，不想再回去了。顾言刚路过，他的办公室也在大院里，而这里是最近的厕所。袁园口齿清晰地回答他说“我在挖石头”，并把挖出来的石头中一块形状像骆驮的交给顾叔叔保管。顾叔叔领她回到了会议室。林冬莹一把抱住袁园，在女儿耳边嗔道，大家都介绍完了，你怎么才回来。

一屋子太太和孩子中，突然出现了顾言刚这么一个大男人，许多人不觉嗤嗤笑起来。顾言刚问主持人，能不能让袁园小朋友再介绍一下自己。主持人表示欢迎。袁园看到顾叔叔手里捏着她的石头，并没有放在地上或扔掉，于是相信了他。

袁园听到自己说：“我叫袁园，今年六岁。我爸爸是袁天成，我妈妈是林冬莹。”顾叔叔朝她挥挥手，像在鼓励，她于是又说：“这是顾叔叔，他叫顾言刚，他是我爸爸的好朋友。”

哄堂大笑中，主持人逗她说：“袁园小朋友，你叫顾叔叔。那么考你一个问题，顾叔叔跟爸爸，谁比较大？”

袁园想了想回答说：“顾叔叔比较大。”

又是哄堂大笑。

她认真地说：“因为顾叔叔是科长，爸爸是副科长。”

太太们都不再笑了。

此后多年中，袁园也不明白六岁的自己为何会说出这样的话。只是，当晚回家，父亲生平第一次对她发了脾气。袁园哭了。

一九九五年夏天，袁园和顾恬一起参加小学毕业典礼，大合照时，两人头挨头。也是这个夏天，十二栋家属楼落成。同是十二栋，袁家住二楼，顾家住五楼。两家家具装修各不相同，两家太太却在同一家店订了窗帘。于是，袁园和顾恬的房间里，都被史努比和花生家族图案填满。

入住后，顾言刚用他的老柯达相机，给两个女儿照了张合影。袁园短发，顾恬长发，个子都逼近一米五，却还是小女孩的平板身材。多少有了点小心事，但还在玩儿童的游戏。等她们一起熟悉了院子里所有的砖瓦草木后，也一起发现了院子里长得最美的章美玲。

袁园与顾恬住十二栋，章美玲住一栋。她们之间的距离，并不只是一到十二而已。小女孩爱美，却还不能懂得美。除了偷擦母亲的口红，上学时把裙摆用透明胶往上折一截之外，袁园和顾恬只能从模仿中演习美。

章美玲有一头浓密的黑发，总是披散在肩头。偏偏五官又生得恬淡，像工笔画里弯眉如月鬓影横斜的侍女，所以稠密的黑发、湿润的口红，被淡而细的五官衬得愈发浓郁，像盛夏暴雨后绿意氤氲的树。浓至极点的色彩从你眼睛上擦过时，一笔一笔满满涂抹，不留半条缝隙。女孩子们还不好意思说出这特质的名称——性感。听说她是高中语文老师，所以打交道的都是诗词、古文这些浪漫物事。而她又懂得打扮，把丝绸和雪纺这些女学生还没机会沾边的面料穿在身上。这么一来，她就是袁园和顾恬最喜爱的阿姨了。因她代表着美。

两个女孩对此不能忘怀、萌发想象，以至于对章美玲的丈夫，她们都多留意几分。

章美玲的第一任丈夫叫方小鸣，常从家属院前的小路走过。那是连接家属院和政府大院的一条双向车道，植满四季常绿的九重葛，是在机关上班的人的必经之路。男人长相俊美，气质可以说儒雅，听说一直做秘书，难怪一脸谦和之态。除了身材并不算高大，可以说是个好看的男人了。在晓得了他是章美玲的丈夫后，袁园和顾恬对他愈发留意。似乎章美玲每一块飘飞的裙裾，每一缕耳后垂落的深黑发丝，都暗示着这个男人的魅力。

太太们对这对年轻的璧人也议论纷纷。周末，各家各户唱自家的卡拉 OK，这家人却静悄悄。新房子阳台阔落，各家太太养花，姹紫嫣红，那家人却是剪了花枝回家插在瓶里。这都是些平常事，要成为院子里真正的谈资，惹人妒忌，还需要其他价值的附丽。

林冬莹已经三十好几，虽比不得年轻的章美玲，但皮肤白皙，看起来像不曾生养过。做太太，就要入厨房。厨房正对主路，林冬莹很快发现，顾言刚开了一辆黑色桑塔纳，每天晚上都停在路对面。自己家的袁天成却是没有长进，穿戴称不上她的美貌，怨怼也就多起来。吵得厉害时就说狠话："嫁汉嫁汉穿衣吃饭，你给我穿什么衣，吃什么饭？袁天成！你装聋是不是？""我嫁个讨饭的都比你强！"

顾言刚调去了省里，这一变动，除了黑色桑塔纳人人可见，顾言刚的太太朱虹，倒是率先显出变化来。她到了该发福的年纪，于是不再像年轻时总穿些宽松的衣服对自己的身材遮遮掩掩，也不再忌惮裙摆下露出萝卜一样圆鼓鼓的小腿。她脸上敷起厚厚一层脂粉，两条刚流行起来的文眉从眉峰直冲眉心，像闹别扭的孩子想与

"敌人"拧成一团。

在这不大不小的院子里，太太们才是真正的晴雨表。孩子们有感情，丈夫们讲面子，只有太太们，才能明目张胆把起落与势利写在脸上。她们多半未受过太好的教育，因丈夫的公职而被迫上个闲班、做一辈子贤内助，谈不上有自己的追求或事业，对着院子里的其他太太，往往没有好气可出。而一旦丈夫稍有起色，或者确实提拔在望，太太们脸上就会挂起冷漠的号旗。家她们做不得主，只得把价值撒向自己的同类。

林冬莹把这些看在眼里，心里却是过不去。"那个朱虹，腿跟大象一样还学人家穿裙子。"

"嗯。"袁天成应道。

"假模假式拎个皮包，俏市得很，哪个不晓得她以前是抄水表的！"

"嗯嗯。"

"我看顾言刚也是要倒大霉！"林冬莹加重语气。

"婆娘长得不好看就倒大霉啊，你这话没得道理。"

"你不晓得，哪个往她屋头送东西，她都接下来！"

"你咋晓得？"

"哪个不晓得，我看也只有你这个呆子不晓得。"

"不要乱讲哦。"

"我乱讲？她那个皮包，全城哪个商场买得到！"

"一个皮包……"

"你懂个屁，吃的用的，我看说不定还有人送存折！"

跟大人察觉的变化相比，袁园感觉到的则迂回迟缓得多。袁园发现院子里有一个人，不似其他人般带着冷漠的面具。那男人逢人就点头、微笑，笑容很持久，缓慢地不肯从脸上消退。看地方电视台节目时她发现，这微笑的脸是刚上任的副书记，从县份调上来不久，亟待大展宏图。所以，微笑终究不是凭空而来。

袁园也会遇到朱虹，总是以她称呼“朱阿姨”开头，以朱虹答“放学了啊？”“上学去呀？”收尾。并没有多余的言语。

直到一天，她在院子里远远看见了朱虹。朱阿姨提着大包小包，像是刚从菜市场回来。走着走着，她放下手里的袋子，站在路边歇气。袁园仔细看她挂在肩头的皮包，并没有看出什么门道来。倒是右边肩膀明显比左边肩膀高一截，大概是长期负重的结果。这时，那个从县份上调来的“微笑脸”路过，跟朱阿姨打招呼，要帮她提那袋最重的米。朱虹触电一样从男人手里抢回米，急匆匆提起所有东西往家走，几乎是在跑了。“战战兢兢”四个字在袁园心头浮现，朱阿姨并不像母亲说的那般快活。袁园默默走回家，谁也没有告诉，包括顾恬。

袁天成去敲方小鸣家的门，是大年初三。顾恬来看袁伯伯的第二天。

他跟妻子和女儿说要出门散步，却绕过花坛，走上大路，出了大院，直走去门口等801路公交车。801路公交车，从公园北边始发，在城里弯弯绕绕，最后会到达新区的高档楼盘“林城1号”。方小鸣从地州挂职回来后就搬到了“1号”。虽跟袁天成一起在区里共事过好几年，但方小鸣的仕途坦荡，一路往上走。有人传言，他离了章美玲再娶的太太，是某位厅长的女儿，“也离过一次，不会生娃娃。”袁天成将信将疑。老同事们还说，今时不同往日，无事不登三宝殿，硬去靠，只能是穷攀高枝。袁天成没说过这种话，但也确实没联系过方小鸣，更没有去家里坐过。所以，在“1号”的大门口被保安索要身份证登记时，袁天成懵了，只好打电话跟方小鸣求援。

方小鸣亲自下来接他，迎头就喊“袁哥”。袁天成点点头，称呼却是犹豫了几秒，不知道喊“方厅长”“小鸣”或是别的，于是又点点头。

现任方太太样貌平常，端茶倒水很是利落。接过袁天成带的两条烟时，也自然得像老朋友。客厅里摆了方家全家福，方小鸣和太太坐着，女儿站在两人身后。女儿长得像方小鸣，没遗传到章美玲的样貌。

茶喝了几口，袁天成提起，顾言刚就要出来了，回来的话，难免各方面需要打点照顾，“他的脾气你也晓得，不会要我们的钱。只看能不能帮他找点事做。”

方小鸣点点头。

袁天成抬眼，努力让老花眼聚焦，但也没看见什么表情，于是说：“啊？”

方小鸣又点点头。

门禁器却是响了。几分钟后，说普通话的男人提着大包小包进门来。方太太很自然地接过去，放下来。男人跟方小鸣有说有笑，袁天成只好起身告辞了。

出小区时他在一模一样的绿化带里差点迷了路，好不容易找到大门，才松了一口气。回头看站岗的保安，年纪很轻，不知道是哪支部队的退伍兵。

城的那一头，陈勇开的会所里，袁园也在帮顾家想办法。

说是会所，其实是在商用楼的十五层租了半个平层，里面摆斯诺克球桌、几组沙发。贴着墙是酒柜和吧台，墙上挂飞镖盘。陈勇做生意袁园晓得，但为什么要搞个私人会所，袁园不清楚。电话里，陈勇只是笑她，大年初三都还没开市，你要去哪里坐？不如去我的会所。

顾恬坚持房子要卖给认识的人，起码是这个院子里的人。袁园跟陈勇说起，陈勇点醒她，顾言刚的事你们院子里哪家不晓得，哪个想沾晦气。袁园没想这些，房子就是房子，这房子地段、户型、楼层哪样不好？陈勇笑一声，小姐，你是带感情色彩看问题。袁园急了，我看你就是最没有感情。

陈勇有陈勇的想法。红酒喝了半瓶，他跟顾恬说："卖给外地人。"

"我又不认得。"顾恬发愁。

"满城都是外地人。"

"你介绍啊？"

"大小姐，你把脑壳伸到墙外面看两眼。"

"我就认得你。"顾恬撒娇。

陈勇笑了。袁园，或者顾恬，她们这个院子里的孩子，都像是只用吃空气就能过活。这么多年过去了，她们还是没有长进。听到她们两个还说些"卖给熟人"之类的话，陈勇却有点同情起来。顾言刚出来，一分钱没有，房子不吊起卖个好价钱，吃什么。稀里糊涂。一塌糊涂。

房子的事情说得差不多，三个人讲起闲话来。一来二去就说到章美玲，袁园说："陈勇，还记得章老师不？"

陈勇"哎哟"了一声说，讲起来也是神奇。几年前，突然接到姨妈电话，说章美玲在找他。他一头雾水，按照号码拨过去。章美玲张嘴就说，听说你现在过得不如意。陈勇确实人在湖南躲债。章美玲听了个大概，也没有要借钱给他。

风头过了，陈勇回家，父母说起他不在的这段，章美玲打过电话来，还叮嘱陈父一定要让陈勇跟自己联系。陈勇没有动力。结果章美玲不知怎么听说他回来了，亲自上门，只有一个意思，劝他好好做人："不然进大牢了，对不起父母养育之恩。"

"神奇不神奇？最捣蛋的学生老师反倒忘不了。"陈勇笑。

袁园想起来似的："她女儿呢？"

"离婚的时候判给前夫了。"

"爹带女儿啊。不合常理。"顾恬说。

"男方家咋会把孙女给一个改嫁的媳妇嘛。"

"章老师白对你好了。"袁园嗔他。

"我还帮她搞了只宠物。"陈勇说。

"原来是你啊！"袁园说起回来那天，遇见章美玲在院子里找狗。

陈勇看出袁园的兴趣，噼哩啪啦说起叫宽宽的宠物狗的事。宽宽的妈是只柯基，陈勇朋友养的。意外怀孕后生下几只"串串"，朋友不高兴得很。虽然是串串，但这窝小狗长得还是很像柯基，朋友也就想还是卖几个钱。陈勇把小狗照片发朋友圈，章美玲留言："最左边那只长得乖。"之前，她没养过狗，但突然就来了兴趣。陈勇牵线，封了个一百块钱的红包，抱回了宽宽。

“人和狗，也要讲缘分。”陈勇对着袁园说。

按陈勇的说法，宽宽和章美玲老公，就是没缘分。男人喝了酒回家，看见趴在海绵垫子上的狗，喊了几声宽宽都没有反应。章美玲从卧室出来，狗却一下子立起来，跟着跑进卫生间。章美玲撒尿，也不关门，狗守在边上看。丈夫不知发什么疯，冲进卫生间对着狗猛踢了几脚。章美玲骂他不如狗，他抬起手就给了章美玲几拳。

“章老师就搬出来了。”陈勇叹气。

“这点事，不至于吧。”顾恬说。

陈勇唏嘘说，那男人早就不是他们读书时的样子了。当年，章美玲留，他走。走去几个民办学校，都不顺。抛妻弃子，裹别人老婆，有这种黑历史，不可能在体制内混了，只好去混社会。几十岁的人了，怎么可能混得出来。

“狗都随便打，你以为他不打人啊？”陈勇眉毛抬起来。

“他不是办得有培训机构吗？”袁园说。

“他们那代人，钱是一回事，权是另一回事啊。”陈勇说，“他还不是想多少当个正牌的校长。”

“当年，”袁园淡淡说，“所有女生都想成为章美玲，直到……”

“直到她让所有人知道，她也是要睡觉的。”顾恬说。

三个人都喝了酒，只好打车回家。顾恬看出陈勇的意思，只跟袁园说了句“有事打电话给我啊”，就截住一辆的士走了。陈勇跟着袁园挤进一辆的士的后座。出租车不能进大院，两人在门口下了车。

走进院门，九重葛枝条重重像要拱出一条隧道，陈勇说：“这些树子都长得这么高了。”跟袁园分手后，他没进过这院子。去袁园家，要走通整条路到尽头去。十几岁的时候，他每天晚上都站在路灯的阴影下等袁园。一个人走那条路，神秘，又有点刺激。这个晚上，两人走得格外慢，像是要凭一点肩并肩的气力或愿望，把他们十五岁到三十二岁的时光，都从这条两百米长的道路上讨回来。

“这些房子怎么都这么矮了。”陈勇说。

“树高了，房子矮了，你不看看自己，老得都皱皮了。”袁园说。

“都成老者了。”

袁园不接话，半跳着踩向地上陈勇的影子，“被我踩到影子了，陈勇，做我的奴隶！”

两团影子就踩来踩去。

走到袁家楼下，两个人都不动。路灯的橘色光线里，袁园把手放在陈勇脸上。过年，路上没有行人，隐隐约约一点搓麻将哗啦啦的声响。

陈勇不动，任袁园的手停驻在他脸上。袁园手心的温度比他的脸高，微微带一点潮湿。

袁园推开他的时候，他倒没有尴尬。后来他给袁园发微信，袁园很久没回。也是，那么一条信息，让她怎么回呢。结果，袁园还是回了：“我也一样。”陈勇只能猛抽几根烟，才能把心头的事压下去。

正月初五，开市。陈勇早早起床，烧香上供迎财神。别人拜财神，要么早早请回一尊财神像，要么年前就准备好了财神年画，陈勇不，他把财神爷设成手机屏保，再把屏幕调成不熄屏，手机立好，面前摆几个水果，就点香拜。老婆从卧室出来，见他在磕头，“哟，只拜一个啊？”陈勇一听，才发觉糟了，但看看手机屏幕上双手托着金元宝的财神爷，满满霸住整个屏幕，哪里还容得下别的神仙。但他不死心，马上走去麻将桌上摸一个“发”出来，摆在手机面前。“这下好，偏财也来了！”

陈勇这两年生意做得可以。老丈人退休前，他就注册了公司，做民用建筑下水管道直供。老丈人几十年在建筑行业打下的根基，就像源头活水，汩汩流到陈勇公司里来。去湖南躲债时认识的兄弟，又联系他说合伙开装修公司，对方出资金、出技术，他搞业务，陈勇也答应下来。

刚辞职出来那几年，陈勇跟同学朋友合伙做过好些小生意。餐饮、卡拉OK厅，甚至还有哪家老婆开的美容院，都入过股，钱却是没有赚回来。小城市没有娱乐，除了卡拉OK就是喝酒麻将，他跑资源陪客户打大麻将，打着打着就输出去几十万。换作别人，可能就认栽，没有找钱的命，老老实实回去上班了，但陈勇去外地两年回来后好像突然开了窍，很快讨了媳妇生了儿子，开始认真做起生意来。

别人问起，他就说：“玩过《大富翁》没得？穷神附体怎么样？”

对方摇头或点头。

他就说：“穷神附体，损失四位数字现金，过路费加倍。”拉长了调子学台湾腔。

对方这时一般都会笑。

他又说：“财神附体呢，得四位数字现金，免付过路费。”

对方听得更认真了。

“你以为你是在做生意，哪个生意是‘做’得出来的？神仙拉锯，有来有去！”

这么一来，不管是面子还是里子，他都像个生意人了。而钱做主的世界，朋友们都说，陈勇厉害，那些考上“211”大学的，如今哪个有他过得舒服？

去会所那天，陈勇发觉袁园两只手上一件首饰都没有。今天一开市，他就去找卖玉器的邹老六。邹老六跟他开玩笑，一开市就来买首饰，是在老婆那里犯错误了啊？他嘻嘻笑。把镯子包好，揣进皮衣的内袋。还是学生的时候，他就给袁园买过戒指、手链、耳环，衣服包包也送名牌。女人不都喜欢这些？这么多年过去，他想要对袁园好，还是只能这样。不然，又能哪样。

车开到袁家楼下，陈勇打电话喊袁园下来。两人坐在车上，却是一时无话。陈勇想问袁园喜不喜欢他送的镯子，但终究没有问。他的手搭在袁园肩膀上，就在他感觉女人的身体已经不那么僵硬的时候，有人在车子面前晃了晃。

“我就说是你的车牌。”章美玲跟陈勇打招呼。

“散步啊，章老师？”陈勇问。袁园点下头算是招呼。

章美玲手里抓一沓纸，塞进陈勇手里，上面写着：

本人狗狗宽宽，柯基串串，于2016年2月6日（腊月二十八，星期六）晚上6点在南阳区碧云路7号（原区政府宿舍）附近走丢。公狗，一岁，白色有棕色斑点、中小型、四脚尖、尾巴有点棕毛，尾长毛直没断尾，尾巴盘起像朵花，走丢时脸有轻度抓伤。拜请各位爱心人士、养狗朋友们看到、捡到请联系章美玲老师137××××××××。提供消息必有重酬！盼他早点回家，阿弥陀佛！

陈勇和袁园还在读纸上的字，章美玲却带了哭腔。

宽宽走失八天了。三天前，农历大年初二。这边的风俗要上山祭祖，家里有坟的都要上供。一般是摆几个苹果橘子，点支烟，敬杯酒。子孙依次作揖叩首，一支烟燃尽，也就尽了孝道。也免不了有些儿女，要跟坟里面的人做口头汇报，祈求为主，汇报为辅。保佑这个，保佑那个。这个升学，那个工作。章美玲对这些风俗从来不在意，尤其年前她丢了宽宽，想起来就掉眼泪，就更不关心坟头要摆几个水果了。但也因为她不像往常专心在坟前磕头，才看见嫂子把供果往包里放。她晓得这种迷信，上了供、沾了气的水果吃了可以保平安。但嫂子一个不留全部放进包里。

“留几个给守坟人啊。”章美玲说。

嫂子不理她，转过身悄悄跟侄女说：“装什么大套。”

章美玲本来就一肚子气郁结，这一句话直接堵住了她胸口。她撇下哥哥嫂子侄女，径自下山。步行的人倒也不少，太多车堵在上山的路上动弹不得，走路反倒快。

牵着狗的是个干巴老者。跟其他携家带口上山的人不同，他就一个人，一条狗。也提着些香烛纸钱。他上坡，章美玲下坡。两人迎面走。章美玲整个人紧绷了，等男人走近，看清楚对方的穿着样貌，她才突然喊一声“宽宽”。老者牵着狗要继续赶路，章美玲试探说：“你这只狗养了多久？”

“没多久。”老者乡音很重。

“是个串串？”

“串串嘛。”

“跟什么狗串的？”

“这个我没得研究。”

“土狗和柯基串的。十三个月大。这是我的狗。”

“孃孃，咋会是你的狗哦。”

“我的狗跑丢了。”

老者不再理会，兀自往前走。

“这就是我的狗！”章美玲跟在他身后。

狗叫了几声，新主人却是不言语，只加快了步子。

“把我的狗还给我！”章美玲追了几步，声音高起来，头发也散了，像女疯子。

“狗儿都长得一个样。”老者转身对她说，“你这样，就不好了嘛。”

章美玲就要闹起来时，路过的一辆下山车里有人探头喊她：“姑姑！”哥哥嫂子侄女三双眼睛，从车里射出来盯着她。好容易把她扭上车后，哥哥终于开口说她：“跟一个农民吵架，你疯了？”“哪是你的狗嘛！这只狗断尾的啊！”还说要跟她丈夫打电话：“我看你还是搬回去住。”

“我。不。回。去。”章美玲只说了这一句。

章美玲住进大院的时候，二十六岁。跟方小鸣结婚才一年，就赶上了集资建房，都说是好运气。好运气之外，章美玲也被认为是好福气，瞧瞧方小鸣，干净斯文的一张脸，大学毕业，前途无量。“前途无量”这四个字，在这十二栋单元楼、六栋独院小楼交织成的小天地里，几乎就是最高的赞美了。章美玲也无意识地散发着年轻人短暂而不可复制的活力。一面好奇着这里的规矩和秩序，一面笃定着自己的不同。跟院子里只知道操持家务、打麻将或者带孩子的太太们相比，章美玲有自己幻想的小园地。

一九九五年，人的精神还没有换布景。要从日常生活中找到兔子洞的入口，只能是从岛屿样漂浮着的碎片中去拼凑找寻。书店就是其中一座小岛。出大院东门，沿碧云路往北走二十米，拐入通往闹市的栖霞巷，内进十来米，就是老盛的书店。

书店既卖书，也出租。章美玲租小说看，三两天就看完一本，跟店主老盛混熟后，也能把架子上原本是出售的新书租着看。来租书的多半是男青年，章美玲是罕见的女性，所以听见有声音唤她章阿姨，她才发现是院子里的小姑娘袁园。

刚打招呼，袁园就指指书架后面，袁天成探出脑袋来。袁天成说，袁园的生日快到了，带她来挑书做礼物。章美玲看看袁园挑的书，点点头，把自己手里拿着的书递给了袁园，祝袁园生日快乐。店主老盛披着外套走过来，打断三人的谈话：“袁园都十一岁了啊，该盛伯伯送你礼物。”

老盛的书店还是书摊的时候，袁天成就常带着女儿光顾了。他让袁园称呼书摊老板作盛伯伯。盛伯伯只有一条胳膊，袁园却因为这个礼貌但亲热的称呼而免除了恐惧，还想象盛伯伯是天外来客，披一件蓝灰色中山装的样子看起来像大侠。跟盛伯伯打招呼后，袁园总是学父亲的样子，在书摊上翻阅书籍，光天化日下做自己的侠客梦。

店主老盛既送了书给袁园，章美玲只好从手提包里摸出一盒磁带，“袁园喜欢听歌吗？”

这天最后，袁天成拎着一袋书，跟女儿一高一矮在黄昏的天色里走回家去，“章阿姨送你的是什么磁带？”

“翻录的。”

“可能是英文歌。”

“爸爸，你怎么知道？”

袁园对章美玲的认识，就从这翻录的卡朋特磁带开始。但真正的认识，要等袁园升入章美玲执教的高中，“章阿姨”变成“章老师”后才作数。

课堂上，章美玲提来录音机，放林海作曲的《长相守》，让学生们“静静听三分钟”。电视剧《大明宫词》正热，《长相守》是插曲。秾丽台词里，最敏感的学生触摸到纷纷的情欲与哀矜的深情。袁园独记得一句：“你蓬松的乌发，涨满了我的眼帘，看不见道路山川，只是漆黑一片。”

袁园和顾恬已十五岁，频密交换对男生的看法。也一起悄悄看插图本《十日谈》。线条和文字间，美丽的男人体和女人体惹得她们嗤嗤笑。

章美玲的课堂上，袁园写纸条给顾恬：“语文课能读《情人》，我就真喜欢章阿姨。”

顾恬回：“《倾城之恋》也可以。”

当章美玲消失，别的老师来代课时，学生只以为是寻常的病假。毕竟，也曾有其他老师，真的生病。或者，练了某种气功后，被认定为疯子，也就消失了。

而当流言慢慢拼凑出章美玲的消失是因为一个男人时，很多事开始摇晃变形。

那人口才滔滔，身形高大。在篮球场上跟男学生争抢篮板，引发路过女生的围观和尖叫。他吸引女生另一种想象，或者说，在为师的威严与距离之下，有种天然的禁忌诱惑。袁园和顾恬都能理解那些女同学在迷醉什么，只是她俩某种程度上对这套话语都有天生的免疫。大概因成长环境里有太多禁忌，虽才长至十几岁，却早已明白所谓威严背后的一切，并不是加倍的甘美，而是平庸或无常。权柄与森严，并不足道。

只是，她们没想到，章美玲沉迷于此。

事情原本不应该让顾恬见到。但章美玲出现在顾家客厅里时，顾恬确实吓了一跳。要多年以后她才会明白，在这院子里，上升与下沉虽自有其规则，但有一种人，可游弋于规则的缝隙里，那些长得好看的女人。

顾言刚的态度微妙，“谁先动手的，不重要。”

“还有没有别的办法？”章美玲问。

“哪个是你男人，你搞清楚。”

“我们早就协议离婚了。”

“这些你不用跟我说。”

“我也是被逼疯了。”

“你们两个，必须走一个。”

“我不能耽误他的前途。”

“那就你走。还当什么老师。”

这些话，对顾恬产生了什么样的影响，很难说清楚。她只是告诉袁园：“记得章阿姨家的方叔叔吗？”

"长得帅。"袁园嘀咕。

"下暴雨连夜从乡下跑回来。"

"他还在挂职？"

"跟章美玲的相好打了一架。"

就这样，在袁园和顾恬口中，"章老师"与"章阿姨"交迭旋转了几年后，某一刻，突然脱掉了所有干系，变成了"章美玲"。袁园和顾恬大概也就长成了少女。

顾言刚调去省里已几年。顾家母女仍住在院子里，顾言刚却是见得少了。静默里，小城的空气在松动。男生开始非常在意有没有一对波鞋。而女生可在意的就更多了。谁因为穿了新裙子或新鞋子就足以被围观议论一上午的情况，再也不可能发生了。钱开始变得很重要，或者说，挣钱变得非常重要。最能干的大人们有了手机，他们的孩子有了 BP 机，或者干脆就是一部爱立信的翻盖手机。然后，爱华的随身听、索尼的 MD、GameBoy……物件像俄罗斯方块，迅速变形跌落，堆积如山。新的物事带来新的空气，人呼吸着这样全新的气体，相信自己也可以跟过去不同，过新的生活了。

很快，一些事情，从耳朵里嗡嗡的背景音，变成更为坚实的图景，斜斜插入连袁园这个中学生都能目睹及见证的世界。

这天傍晚，去晚自习的路上，从学校以外两条街的位置，车子就堵得密密麻麻不能动弹。这是老城区，路太窄，就改成了单行道。黄昏的天色里，车子们亮起红色尾灯，一长串红色圆斑印得路人的脸都红了。加上某些司机不耐烦的鸣笛，空气里的粉尘都弥散着焦灼的气息。袁园把自行车抬上人行道，勉强挤出一条路来。上一次学校门口堵成这样，是职高的学生跑来找高中部的学生打架。职高生骑了十几二十辆摩托车，打得一个学生断了手，加上晚自习刚散，上百名学生推着单车从校门涌出来，路就堵死了。等她好不容易把车推到路的另一头才发现，原来是平安夜，天主堂里唱完“哈利路亚”出来的人流车流蔚为大观，两头夹击，才把学校门口这条不足两百米的窄路堵了个底朝天。但这天呢，却是各式小车把路塞得满满当当。除了闪烁的车尾灯、刺耳的鸣笛声，并不见打斗或争吵。甚至，隐隐中有秩序在，车都往一个方向摆尾。只有些脑袋，时不时从车窗里探出来，或有些身子，在车与车的缝隙里往前挤。

回到家，接过母亲递上的热牛奶，袁园说，学校门口今晚奇怪地大堵车。还补充道，可下了晚自习，车子又都不见了呢。

林冬莹冷淡地说，这都是赶去送礼的人哪。

袁园问，送什么礼?

“顾恬外婆过世了。”林冬莹头也不抬。袁园这才想起，顾恬外婆家就在天主堂后面的巷子里，是某个单位的家属院，有些年头了。要进到那条巷子里去，唯一的行车道就是学校门口这条窄路。那时候，人死了，不会马上弄到殡仪馆去，往往是在自家院子里先搭个棚子，子子孙孙披麻戴孝，回丧饭吃过头七才火化上山。来吊唁的亲友，挂了礼，就坐在家属院里临时摆出来的宴席上，吃它个几天几夜。

“所以，爸爸也去了？”袁园问。

“去了啊，到现在都没回来呢。”林冬莹说，袁天成电话回来交代，吊唁的客人太多，他留在那边帮忙打点打点，“打点个屁。”

袁天成回来时醉了。他大概是口渴，走去厨房倒水喝，打翻了凉水壶。玻璃“哐啷哐啷”碎一地，袁园和林冬莹也就各自从房间出来，看见了坐在地上的他。袁天成是醉了，才会孩子一样对着妻子笑，还伸手去捡地上的玻璃。血顺着他手掌往下流，他却像是毫无知觉。林冬莹一边用扫把簸箕清理碎片，一边伸手打他的手，“捡什么捡。”他只是笑。

“是你老丈母死了啊？喝成这样。”妻子和女儿一起把他扶起来。

“言刚喝不了这么多。”袁天成重如笨象，一步步往客厅沙发挪动。

“人家早就把你忘了。”最近，林冬莹越来越不在女儿面前掩饰她对丈夫的不满了。

“兄弟怎么能忘……”袁天成一屁股坐在沙发上。

“那他怎么不来找你喝酒了呢？”林冬莹继续讽刺道。

“他太忙了……太忙了……”袁天成努力想睁开眼睛，但眼皮重重地垂了下去。

第二天早上六点半，袁园起床洗漱时，惊觉父亲已经醒了。他在沙发上睡了一夜，此刻正对着空无一物的茶几抽烟。她犹豫着怎么问时，父亲开口说：“这世界上只有一样东西是不会被人拿走的，你的知识。”

袁园不知道该说什么，只好快步夺门而出。反手关门时，手指被门夹了一下，疼得她连连甩手。她一边用力蹬着自行车，一边也终于有了哭出来的理由。后来，袁园回想那晚酒醉后父亲脸上的笑容，设想他到底在顾恬外婆的灵棚里看见了什么，跟他的好兄弟顾言刚又聊了什么。但当时，急急踩着车踏，想要让风把眼泪带走的她，只想快些长大。袁天成固然软弱，固然无能，但袁园愿意保全他的自尊。如果她能够。

而之前，对袁园来说相当抽象的顾叔叔的“事业”，从这一时刻开始，被填充进细微而真实的注脚。

在这样的逻辑下，当听说章美玲与方小鸣离婚、要搬出大院，林冬莹的话似乎可以解释所有：“方小鸣，一个副主任科员，工资有多少？新找的这个，在外面开得有数学培训班，一年下来起码十万！”

正月十三，袁天成出了门。这次他没有出大门等公交车，而是绕到十二栋单元楼后面，爬上了一栋白色外墙的单元楼。这栋单元楼，比十二栋楼晚修三四年，建制廓落，住的人也都是领导级别。什么样的领导呢？大概就是这城里车牌数字最靠前的那几位。袁天成气喘吁吁爬五楼。中间歇气时，从楼梯的窗户看出去，才发现自己住的十二栋外墙早已褪色，一根走雨水的排水管断裂，裂口往下的黄色墙体霉变成了黑色。

白色单元楼五楼住的是袁天成的老领导岑军生，虽然后面调任职位变迁数次，袁天成还是改不了口喊“岑部长”。岑军生倒是不介意袁天成的这点迂，或者可以说，如果袁天成不是这般性格，今天他也不会打电话喊这个老部下来家里。

袁天成念岑军生的好，说起岑任职期间的琐事。又说，自己前几天去看了方小鸣。方小鸣给岑军生做过秘书，袁天成想着应不见外，才提起来，岑军生却是没有反应。半晌，才说：“小鸣啊……交情这个东西，都是锦上添花，不求雪中送炭。”袁天成揣摩这话的意思，应是那个层级的故事或事故，就不再作声。岑军生倒是主动说起，自己当时主动提出退居二线，不是看透了不恋栈，或者怕了谁，不过是“老了老了，还是求个平安”。

两人坐着喝茶，没喝几口，岑军生就领着袁天成看自己栽的花花草草。这盆建兰，那盆墨兰，还有铁线蕨龟背竹，绿意盈盈。又领着上二楼，海棠茉莉长寿花，倚着朝南的窗户摆放。盆栽都是些常见品种，但数量惊人，袁天成默默数了数，少说有六十盆。每天打理这些植物，应该占去了岑军生退休生活的很大一块时间。

一转身，却见偌大的二楼空荡荡，正中摆张乒乓球桌，不由得说：“这……”

“我们老两口太无聊了，平时打打球当锻炼。”岑军生说。

二楼跟一楼相比，只少了两间卧室，却一样有客厅书房卫生间，但家具上都盖了搭布，像是久未有人来过。

见袁天成疑惑，岑军生开口道：“我打算去加拿大带孙子了，这房子收拾收拾卖掉算了。”

“要卖啊？”

“想找个相熟的人，转手了。”

袁天成在屋子里踱步，摸摸墙体，看看窗外，“岑部长，你就不打算回来了啊？”

“不回来了，老了老了，跟着孩子过热闹些。”

袁天成想着什么似的。

岑军生直接说：“你看看合适吗？合适我就给你好了。”

袁天成猛一抬头，脸上滚落了好几阵不同色彩，不知是喜是忧。

回家跟妻子林冬莹一讲，她却是不同意：“有钱买这里，不如去新区买套电梯房，也算给女儿留点念想。”

袁天成却有别的考虑：“岑部长对我一向很关照。”

“是，讲过无数遍，他看到你写的两条信息被省里录用，就把你从区里调到了市里。”

“他知人善用。”

“那怎么几次提你他都不帮你说话呢？他倒是好哦，一路升，现在还要去加拿大，你呢，现在还帮他捡烂货。”

“房子好生生的。”

“我看你是惦记那个啃死人骨头的吧。”

“你乱说什么啊？”

“就是口红涂得要吃人的那个啊，章美玲！她不是住回来了吗？”

“你又乱想了。”

“我乱想？她跟你打招呼不要以为我没听见。”

“打个招呼怎么了？”

“‘天成，我回来了。’你都老成这样了，哪个不是喊你袁伯？”

“不扯这个，老领导信任我，便宜卖给我。”

“信任个屁！”

两人顶着白头在客厅里吵来吵去，直吵到袁园回来，才停了嘴。不是看见女儿就不吵了，而是女儿一句“带人来看恬恬家房子”，给原本闹哄哄的袁家客厅投入了一颗深水炸弹，浇熄了父母的火气。袁天成看看林冬莹，妻子不睬他，于是弯腰穿鞋，跟着女儿出了门。

顾恬和陈勇在楼下站着，陈勇边上是个黑脸膛男人，大概就是袁园口中的买家了。皮肤黑的人显老，眼睛下面两条横生肌肉又拉宽了脸，袁天成于是只推了推眼镜没言语，跟在年轻人后面也往五楼上去。

黑脸男人在屋子里绕了一圈，只问一句“学位是在红星小学吧”，就跟陈勇去门口抽烟了。袁天成低声问女儿：“这人干什么的？”袁园说：“做生意的吧。”袁天成又说：“他是不是没看上？”顾恬说：“袁伯伯，他买来给娃娃放户口的。”

“户口？”

“放心，给全款。说是为了娃娃读书买学位，买了也不会住。”

“啊？”

“在这边找了小老婆，生了儿子。”顾恬低声说。

“外地人？”

“外地人嘛。”

袁天成恼恼地不知在想什么，陈勇却走进来了，嘻嘻笑着对顾恬说：“成了要请我吃饭。”

“你想吃什么？陈老板！”

袁园笑了：“事还没办成你就邀功。”

“我办事，你放心。哪一件没办好过？”陈勇也笑。

袁天成插不上话，只盯着陈勇看，慢慢就想起了他是谁，脸也就垮下来了，“我先下去。”

可以说，并不是从某个时间点，事情才开始起变化。而是从某个时间点开始，换了一种话语方式。

班里有个傻大姐，才四年级，她的个头就长到了一米五几。成绩也差，家长又没有给老师刻试卷的本事，就被安排坐最后一排。只是她一人一桌。倒数两排都是些男生，个子最高的和成绩最差的那些。上了四年级后，男生变得有点可怕。刚开始只是玩笑一样，把傻大姐堵在最后一排的墙角，慢慢就开始动手动脚，你一把我一把。傻大姐又叫又笑，又笑又叫。没有其他女生走近那角落。不知是什么规则，容忍男生们去作恶。从男生肩膀身子裤腿的缝隙里，看得见傻大姐瑟缩在角落里的身体，被扯得往下掉的裤子。她胖且丑，无力地叫唤着。

顾恬遭遇的是相同又不同的事。

四年级，顾恬就被从一堆小孩中认出来了。小流氓追求她。趴在班教室的窗户外面，纠结几个小喽啰，一声一声唤着顾恬的名字。顾恬拘着身子，钉在板凳上动弹不得。似乎自己只要动一下，就会引发更多的哄笑与议论。娃娃领白衬衫下面，顾恬的胸口显出棉花糖一样轻而薄的起伏，被脖子正中的红领巾一左一右切割成两个半圆。小流氓们继续叫着。顾——恬——顾恬——咒语一样绵长的叫唤中，偶尔会恶作剧地突然大喊："顾！恬！"短促而迅猛，让顾恬的身体凛然一抖。声音并不可怕，声音本身甚至可说是空白而无杂质的，但夹杂了话语的声音却像蛇，钻进一只只耳朵里去，搅动人的心思意念，分解固有的形状与样态。总之，这叫唤让人心神不宁。女孩子规规矩矩，安安静静，突然有一天就得遭受这飞来横祸一般的挑战。

跟傻大姐一样，小流氓趴在教室窗台喊话的时候，顾恬的座位四周也显出同样的寂静与空旷来。双人课桌的另一半空着，同桌男生跑去最后一排，跟其他男生一起嬉笑打闹，似乎对这事并不关心。而前后左右的男生女生，要么就自顾自地做事玩乐，要么就咬耳朵或斜着眼，似乎有一条隐形的界限，把顾恬与班里其他人隔绝开来。

像《动物世界》里，狩猎的狮子看中鹿群中的某头鹿后，鹿群越跑越快将被锁定的鹿弃之于后。所以这兴许是本能。但从别的角度来说，平时把班里每个人一举一动监视汇报得一清二楚的纪律委员、学习委员、班长、副班长，在这静寂时刻，也都视而不见。孩子从大人嘴里被灌输了可怕的想法——小小年纪，男男女女，不要脸。说这种话时，要面容紧绷、杜绝笑容，才能配合手臂上的红杠杠，掷地有声义正辞严。

顾恬跟小流氓肩并肩压马路前，还有一件事。是下午，那个外号叫“耗子皮”的小流氓跑到教室来，给每个对他还算和善的同学派糖。蓝白色纸包着的花生牛轧糖，含进嘴里很快就软塌塌开始融化。这是一个仪式，一个宣告，他追到了顾恬，两人一起发喜糖了。

很快，“耗子皮”开始护送顾恬回家，两人在傍晚的光线中走在马路上。一个背着双肩书包扎着马尾辫，一个梳着郭富城头穿着大人才穿的黑皮鞋。

如果事情就这么发展下去，像班里其他发喜糖的同学一样谈恋爱，也没什么了不起。那些长得最好看的女生，或者发育得最快的女生，哪个没有在谈恋爱了呢。谈不谈恋爱根本不由女生决定，而是由那些混社会的小流氓或者有钱的男生决定。给四十个同学每人哪怕一颗花生牛轧糖，也不是一笔小数目了。但顾恬忘记了她有顾言刚这么一个爸爸。

袁天成问袁园，那个小流氓是不是威胁恬恬？

袁园想了想，说，是。

后来，袁园知道，父亲和顾叔叔经常在她和恬恬身上交叉取证，防止她们撒谎，防止她们变坏。她说了“是”的结果，是顾叔叔相信，如恬恬自己所说，跟“耗子皮”一起散步，是被恐吓了。

顾言刚守在学校门口，待“耗子皮”出现，就揪住他狠狠抽了几耳光。有了这么一个父亲做补充，顾恬的形象不知不觉间也有了变化。倒不是关于家世或权力，孩子们还不懂得这些，而是猛然觉得，顾恬跟“耗子皮”发喜糖、散步，原来是件这么严重的事。严重到一个大人要发动暴力加以阻断及惩戒。顾恬也就不再被视作小孩子。

风暴眼中的顾恬，却并不像被保护了，反而，像她自己被顾言刚狠狠揍了。她跟袁园都坐在第四排,上课时袁园有时侧过头看她，见顾恬趴在桌面上，不像在听讲。发箍也好，蝙蝠衫也好，还是很漂亮。

顾恬的同桌陈勇有了奇怪的变化。下课铃一响，他立马离开课桌，似乎不肯跟顾恬在那张桌子上多坐一秒。虽然已经不流行画“三八线”了，那是低年级小孩子的幼稚游戏，但陈勇却生生用言行让所有人察觉到了他与顾恬之间的距离。他说话很凶,态度恶劣，把顾恬当沙包一样出气，简直让人无法忍受。而当袁园质问他，让他有本事就把花生牛轧糖还回来时，他竟然说出这样的话:“恶心的糖，吃了会生小孩。”袁园明明看见他吃糖嚼得吧唧吧唧响。某天下午打扫卫生时，两人因为抢一把拖把而终于打了一架。陈勇哭哭啼啼，还说要去告老师。袁园把拖把砸到他面前，说告啊你去告吧!

袁园和顾恬小升初都考砸，但顾家交了高费，所以顾恬去了重点，而袁园去了普通。对小孩子来说，不在一个学校读书，日常生活就荡出了彼此能力所及的范围，也就不像小学时，时时刻刻往对方家里跑了。所以，让本应由她们一起看见或消化的一些事，只剩袁园独自一人默默领受。

某天早读时分，前排的男生回头告诉袁园：“嘿，‘耗子皮’昨晚死了。”袁园反应了很久，才能把“死”这个事实与“耗子皮”联系起来。这个传递消息的男生，就是顾恬四年级时的同桌陈勇。

早读本应是语文课代表领读，袁园的课本也就打开在头一天刚学过的《送元二使安西》上：“渭城朝雨浥轻尘，客舍青青柳色新。劝君更尽一杯酒，西出阳关无故人。”但只见英语课代表站了起来，说语文课代表今天生病，所以改读英文。早读时，中文只用课代表起头，大家就一齐朗读。但英文却是课代表读一句大家跟读一句，于是袁园听见自己间隔着几秒钟读出的句子。“Look at the rain! It's heavy, isn't it? ”“Look at the ice! Be careful! It's thin. ”“What a strong wind! It's blowing strongly. ”

雨要说下得“重”,冰须说结得“薄”,而风,则是刮得“烈”了。那么,死呢？课本里教的是“或重于泰山,或轻于鸿毛”。而“耗子皮”的死，似乎只属于黑与白之间那海量的、程度不等的灰。

如果“耗子皮”真是凶神恶煞的黑帮老大，或者像郑伊健化身的陈浩南一样潇洒不羁，那么他的死大概会变成本地的传奇，或者在死亡本身之外超升出美的感动。但他不过是一个辍学的少年。就算双亲不是务农，也并不是朝九晚五有班上的人。而他的死因，在混合了多个同学的版本后，最大的可能是，他被叫去为一场午夜的群架助阵，他所在的一方很快落败。只因他个子最矮跑得最慢，就被一路追打。在东风路与爱国巷的交界处，一个酒醉的司机开了辆小型卡车冲出来，撞上了被追打得昏头转向的“耗子皮”。

“听说他躺到天亮了，尸体才被警察收走。”一个男生不知从哪里得来的消息。

“原来他跟我们差不多大，也是十四岁。”又有谁在说。

“你们知道他的本名吗？不知道吧！告诉你们，他本名叫柯三峡！我是他小学同学呀我当然知道！”

“难道他是在三峡出生的？”

“可能他爸妈很想去三峡呢！”

“三峡是什么？”

“憨包！三峡是一条大河沟！”

“两岸有猿猴跳，还有很多条瀑布倒挂！”

“乱讲，你们都不看新闻的吗？三峡是一个大坝，发电厂！”

男生们讲着讲着，话题就跑到别处去了。一群初二的学生，确实只对三峡一知半解。上课铃“叮——”一声长鸣，是电铃，粗颗粒的声音震散了围聚的黑色头颅。

袁园突然意识到，在这个几十人的教室里，只有一个人跟她算得上知根知底。小学时跟她抢拖把打架、吃过“耗子皮”和顾恬喜糖的，陈勇。

于是她用笔戳戳陈勇的背，“喂，英语作业要不要抄？”

之后，袁园脑海里偶尔闪过“耗子皮”躺在午夜冰冷泥泞街头的样子，他整个还未发育完全的躯体。警车来了，车顶上一盏灯，在夜里闪着红蓝光，照耀着一堆杂七杂八的脑袋。场面大概是被上帝的手消了音，徒留颜色光亮，不见声响。

而在更切近的世界里，随着顾言刚的权势日增，朱虹慢慢成了整个院子里最引人注目的妇女。最开始，是一个女中医，给朱虹看了几次病后，两人交好，就让自己儿子认朱虹顾言刚做干妈干爹。朱虹对这个干儿子很上心，按照这边认干亲的礼数，给孩子置了一身衣服，发了红包。认了这一个，接下来的挡也挡不住。人不断冒出来，要让孩子管顾言刚喊干爹。有些脸皮厚的，恨不得自己亲口喊干爹。

任外界狂风暴雨、电闪雷鸣，女儿们被困囿在自己的房间内，按父母期盼的，屏蔽情和爱、生与死，扮一个超龄的儿童。似乎一夜之间，她们需恪守的，只是最简单的两个字：纯洁。而曾是一家之主的父亲，在女儿进入青春期后，突然荡出了亲密的距离。女儿在变成女人，父亲们也就变回了男人。

但悄悄地，两人交换对男生的看法，简单说，就是袁园描述她喜欢的男生是什么样的，为什么喜欢他。而顾恬说她的原因。让她们觉得吸引的，是截然不同的东西。袁园喜欢安静、聪明的男生，最好要长得好看，还得有少年的莽撞与率性。顾恬批评她说："你就是喜欢那些装酷的。"而顾恬喜欢的，在袁园看来都是些毫无魅力的男生，那些学霸。虽然他们也许具备高智商，但往往并不懂得如何去也并不会去咖啡馆消磨一下午，更不要提为了女生打架。于是她嘲笑顾恬："你就是喜欢老男人。"

然而，不管是"老男人"还是"浪荡子"，总要牵他们的手，像学习去了解这个世界一样，去学习了解男性。与家中那个自她们出生起就认识的男性不同的，另一些男性。男性的局部与整体。

林冬莹跟几个姐妹去东郊的梅花林赏花，是正月十六。她爱照相，春天与桃花合影，夏天与荷花合影，秋天满城找落叶路取景，冬天盼着梅花开。在四季花卉前，摆一个昂首挺胸的姿势，很有点年轻时的革命气势。更重要的可能是，在植物生的活力面前，人一天天的衰老固不可逆，却也能在方寸间定格，暂时挣脱疲惫。于是，装扮、拍照、看照片，是林冬莹生活中相当重要的一件事。

这天也不例外，回来先摇摇手机，跟丈夫女儿预告照片有多美，但更按捺不住的，是从包里掏出了好些广告传单，“东郊现在可不得了，都是新开的楼盘！”

林冬莹说，之前听人讲，市里面搞老区改造，东郊厂区产业升级，厂子往外搬，旧厂房做第三产业。这些话抽象得很，而且，离家四站路就是湿地公园，河滩绵延十来里，真山真水都看不尽，谁还会在意一个人工湖？没想到去了之后才发现，从前的老厂房都变成了时髦的餐厅咖啡馆，年轻人举着自拍杆打扮得都很洋气。

梅花林就在人工湖边上。这年气候冷，梅花开得迟。新年过了十几天，光秃秃的树枝上才开始绽出粉白、鹅黄或殷红的花朵。梅花的香与冷冽的空气相宜，隔着湖面都能飘散至行人的鼻息里。有这些颜色气味做背景，人工湖前的小商贩也像挤挤挨挨的花朵，脸色染了梅花的粉白，呼出团团白雾，蒸腾出冬尽春来时特有的和煦。林冬莹就在这祥和热闹中挤着，往梅花林去。沿途不断有人塞传单到她手里，她也就看了两眼。等拍完照，在湖边长凳上歇息时，才跟姐妹们拿着传单，你一言我一语议论起来。

楼盘其实就在眼前。视线跃过湖面、马路、绿化带，就是围着绿色防护网的工地。吊塔悬在半空作业，看得出这是个以小高层为主的大楼盘。林冬莹膝盖关节劳损得厉害，就随口说了一句爬楼梯累人，自己家虽然住二楼，但每天买菜进出好几趟，也是磨人。

这一说，姐妹们就撺掇，不如现在去看看，反正就在马路对面。

小区是好小区，户型方正实用，规划的超市、游泳池一应俱全，林冬莹回来就跟丈夫女儿提，不如买一套，全家搬过去。户型朝南，推窗见湖，多好。袁天成却是没什么兴趣，“楼上楼下住什么人，你知道啊？”

“管它住什么人，你自己住得开心不就行了。”

“那可不行。”

“你不是真想买岑军生那套房吧？”

袁天成没答话。

“那套房子没电梯，也快二十年楼龄了，买来干什么？”

“环境好。”袁天成咕哝。

袁园倒是察觉到父亲的心思，劝解道：“你们再考虑考虑。白楼虽然住的都是领导，但不一定好相处。”

林冬莹被女儿一句话像是点醒：“袁天成，你想过官瘾啊？住上去了又如何？还不是平头老百姓！”

两人吵吵嚷嚷，各不相让。母亲厌恶这院子，父亲却是想留守，袁园想起了搬回来的章美玲，于是走回自己房间，掏出手机拨了过去。

电话嘟了好多声，章美玲才接起来说“喂”，又说：“有人说找到宽宽了，我现在去接它回家。”

袁园随口问了对方地址，发现是在新区的边缘地带，“章阿姨，都这么晚了，要不你明天再去吧。”

章美玲坚持说马上就得去，没说两句哭起来，“没有宽宽，我也不想活了。”

袁园对着电话里传出来的一片哭声说："那我送你去。"

在章美玲家楼下等待时，袁园发现，章美玲家楼下的九重葛长得特别高大。可能这植物本身就是爬藤类，要依着架子往上生长，攀附物有多高，枝条就能爬多高。她家楼下正好是大院东门，保安室本身已有四五米高，加上屋顶为了跟大门协调，也盖了琉璃瓦，就又高出一截，枝条就重重覆盖，将保安室的顶部铺满。一两朵姿色残存的花朵，踩踏着冬夜黑色的天空。

章美玲上车后，窸窸窣窣翻手提包，"两百块红包，够不够？"

两人一时无话，司机拧开收音机，本地交通电台，女主持在接听电话："这位师傅，你慢点说，你要点歌送给谁？保密啊？那你想点哪首歌呢？《爱你一万年》？我们只有《再活五百年》,可以吗，喂？"

章美玲突然开口："前几天我看见陈勇送你回来。"

"啊。"袁园装作看后视镜。

"他生了个儿子。"

"哦。"

"老婆是不如你的。"

"也不能这么说。"袁园拿起手机看一眼，并没有新信息。

"陈勇人是不错，只是没得大出息。"

"只有你这么说。"

"顾恬比你命好，找的男朋友后来是结婚了吧？"

"结了，"袁园顿了顿，"顾恬回来了。她爸爸要出来了。"

章美玲像是知道点什么："顾言刚也六十几了吧。"

"比我爸小几个月份。"

“还是你爸命好，平平安安。”

袁园嚼着“命好”两个字，觉得反复说这两个字的章美玲不像是她认得的那个人了，但什么也没有说。

到了约定的小区，两人一起按门铃上楼。

那家人一开门，宽宽就扑上来摇尾巴。章美玲抱着宽宽亲了又亲，又翻看它的耳朵手脚，令主人家都没心思看了，她突然站起来说：“这不是我的狗。”答谢了对方就要走。

捡到宽宽的是个老头，原本还在跟袁园聊天，说狗是朋友送他的，这“朋友”是什么人，他没说。直到看到寻狗启事，才晓得是“别人的心头肉，主人着急得很”，给章美玲打了电话。这下，章美玲说搞错了，老头倒有几分欣喜露出来。

走都走到楼下了，章美玲又说要把准备好的红包给老头。袁园搞不懂。章美玲也不解释，又蹬着楼梯爬上楼。

老头不收。章美玲突然眼泪汪汪地说：“老人家，你跟它做伴不容易，一点意思。”

在老头家楼下的花坛边上，章美玲对着枯黄的草哭了很久。直哭到天开始飘毛毛雨，袁园劝她：“别人看见了不好。”两人才走出小区来。

回去的路上，章美玲一声不吭。袁园自说自话一样讲些琐碎的事，想要分散她的注意力。袁园说，章阿姨你记不记得，高考结束，我们班几个同学去看你。你让我们想象未来的生活，“大好世界，大好前程。”

章美玲“嗯”一声。

袁园于是想起，当时章美玲倚在沙发上，一头长发乌黑浓密，显出旺盛的生命力。对着几个考上重点大学即将离开的学生侃侃而谈。她家客厅铺实木地板，摆几张真皮沙发。一串风铃挂在窗下，有风来，就丁零作响。

袁园盯着客厅里的书柜，章美玲说了句："莎士比亚好，汤显祖也好。"又抽一本《临川四梦》送给袁园。

"后来去读大学了，我还从里面抄句子写信给顾恬。"袁园说。

章美玲这才搭了话："抄哪段啊？"

"姹紫嫣红。"

袁园等着章美玲想起些什么来，不是"命好"这样的事，别的什么。车停下来等红灯，红灯的秒数从60递减。袁园于是从镜子里看了一眼章美玲，眼眶里分明是蓄着泪。袁园装作没看见，只听章美玲低声说："断壁颓垣。"

城中时兴的餐馆，多在新区的商场里。顾恬想来想去，还是约了陈勇和袁园去吃火锅。火锅店开了多年，老板是四川人。袁园跟顾恬来吃过好多次。袁园跟陈勇也来过好多次。老板已经不跑堂了，顶着白头坐在柜台后数钱。就是这么一家店。锅子端上来，照旧，一半酸辣，一半麻辣。久不吃这么辣，两个女的很快就汗水、鼻涕、眼泪齐流。纸坨坨扔到地上去，一些事也就不用遮啊挡啊的了。

顾家房子不好转手。消息散出去，零零星星来了几个人看房子，没有下文。就算是陈勇带来的外地人，急着要学位的，也对这套老房子不甚满意。一说起来就是，什么配套都没有，没小区没游泳池没超市，要走通整个院子出去大马路上才有，不方便嘛。但陈勇既然出了力，顾恬也就不想欠人情，说了要请客，那就请起来吃顿饭。

看两个女的辣成这样，陈勇就说去给她们买饮料，“奶盖茶嘛，流行。”等他拎着两杯奶盖茶回来，却说：“居然遇到傻大姐！卖奶茶！”顾恬和袁园也想起了这个小学同学，扯几句闲话，就说一会儿要走去看看。

说来也是巧，虽然傻大姐小学毕业就没再读书，但读高中时，他们也遇见过她一次。高中的好一段时间里面，他们三个经常在一起。袁园和顾恬都怕谈恋爱被家里揪住，就搞“三人行”。袁园和顾恬是固定组合，随机搭配其中一人的男朋友。陈勇是零花钱最多的。零花钱多的好处之一，是他可以跟袁园和顾恬去她们想去的地方。陈勇也就这样学会了喝咖啡。

又一次三人行，去庙口吃炸香蕉。香蕉挂了浆，放进滚油里炸至松软，切块后放在盘子里用竹签叉着吃，是流行的小食。他们点了炸香蕉、炸薄皮鱼、炸火腿肠。陈勇给钱，一人再一碗虾子凉粉和冰粉的二合一。

油炸铺拐出来，是一条上坡路。坡有些陡，骑单车的人多半得下车推一截，载货的三轮车就更吃力了。他们三个说说笑笑，完全没留意身边那辆拉着货的三轮车和一个弓身推车的女人。直到女人喊：“顾恬！顾恬！欸，袁园！”女人额头上黏着些散乱的发丝，一张脸涨得通红，“是我啊！还记得不，老同学？”她嘻嘻笑着，全然不顾对面三个人的冷漠，还伸出手拍打陈勇的肩膀，“哇，陈勇！是你！”

陈勇那时候正绞尽脑汁想怎么在接吻的时候把手伸到袁园衣服里去，所以推车女人一对沉甸甸的乳房让他震了一下。他也就多看了几眼。女人背着娃娃，背带把两个乳房勒得格外突出，一左一右都有乳汁渗出来，沾湿了红色涤纶上衣，湿哒哒地显出两块圆形水渍。

女人和车消失后，袁园才开口对顾恬说："傻大姐不傻了。"

陈勇眼前晃着那对很丑的乳房，说了句："娃娃都生了。"

袁园那天不晓得为什么就跟陈勇生气，一路不跟他说话。送袁园到家楼下时，在路灯照不见的角落里，他伸手拉袁园，却挨了一拳。他又伸手拉，袁园突然歇斯底里起来。哄了半天，袁园嘤嘤说，变成傻大姐那样，太惨了。陈勇不明白，但还是说，我怎么会让你过成那样呢？她家是拉煤的啊！袁园沉默了一会儿说，你不懂。陈勇抓着袁园的手许诺，凉粉吃一碗倒一碗，再来一碗送给傻大姐，可以不？袁园这才被逗笑了。

现在，人家傻大姐才不稀罕一碗凉粉。奶茶店虽只有五六个平米，但请了两个小工，傻大姐只坐在电脑前数钱、接外卖订单。城里大大小小的奶盖茶十来家，傻大姐这家虽然其貌不扬，但电脑里不断跳出订单来，生意却是好得很。四个老同学站在奶茶店门口的石板路上，顺着傻大姐手指的方向看招牌，这才发现两个大字"贡茶"的上面，塞了"洛洛"两个字，也就是说，这家店其实叫"洛洛贡茶"。他们也才想起来，傻大姐有名有姓，叫罗洛。这名字喊起来跟方言里"猪猡猡"太接近，小学生作怪，逗起来闹，搞得傻大姐自己都不愿意提这名字了。但现在放到招牌上，却是协调。

"我这个是山寨版。正版的加盟费要十几万，我哪里出得起！"罗洛笑。

"生意好得很哪。"陈勇说。

"混口饭吃就不错了！"罗洛还是胖，乳房和肚腩都耷拉着，把羽绒服勒出三个弧度。

罗洛又问袁园和顾恬："娃娃好大了？"

顾恬说，五岁了，是个姑娘。袁园说，婚都没结，哪里有娃娃。

罗洛拖长声调："还是早点要，你看我大姑娘都十六岁了！小儿子也上二年级了！"

陈勇说："比不得你嘛！儿女双全！"

罗洛又说起自家老房子被拆迁了，原本打煤场那一片棚户区全部拆迁了，回迁进电梯公寓，"现在哪家还烧煤啊？连开馆子的都烧煤气了。拆了好，我老爹老妈也做不动了，我和我哥两个养起他们。"又问袁园和顾恬现在住在哪里："你们那片还没拆迁啊？全城都拆迁了啊。"

顾恬笑了笑说："全城都拆了啊。"

话聊干了，三人就说要走，罗洛喊他们："哪天一起打麻将啊！"三人回头，罗洛叉着脚站在路中央，冲他们挥挥手。

这一天原本的安排只是顾恬请客吃火锅，但遇到傻大姐后，顾恬想到点什么，就跟陈勇说，全城都拆了，我们去看看，都拆成什么样了。这么一说，陈勇倒是为难了，拆得一片稀巴烂，有啥好看的呢。顾恬说，那就绕城走一圈，袁园也没看过。陈勇说，绕城啊，这个简单。方向盘一打，三个人就出发了。

他们吃饭的火锅店，在老城区最西面的清溪路。清溪路跟城里六十年代修筑的大部分道路一样，是双车道，到现在，私家车越来越多，老城区的道路多半改成了单行道，他们沿着清溪路往前开，一路向西，就是绕城了。沿街的商铺倒是都还开着，不像是拆迁的样子，但路边上楼与楼的缝隙里，看得出居民楼窗户在大冬天仍敞开，住户早已搬空。清溪路往南拐进幸福路。幸福路多是服装店，在大商场建起来前，袁园和顾恬要买衣服，都是从街头逛到街尾。陈勇说，这些铺面，以前十几二十万一年，现在不行了。

幸福路走到尽头，往东是一条拓宽的八车道马路。过年，路中央的花坛上红梅和山茶开得正盛。红梅高，山茶矮些，应春节的景，红得夺目，把路灯上挂的宫灯都压了下去。顾恬发现，这条路的北侧，挨着家属院的南墙。从前，这堵墙以南，住的都是有祖产的本地人，似乎陈勇家的老宅也在这里。没等顾恬开口，陈勇就说："注意！压线！"车轻微颠簸了几下，过减速带。陈勇又说："我家老房子原来就在这里，现在成马路中央了。不过也好记，每次过这个减速带我就会想起以前我在二楼的房间，还有我老爹老妈在一楼的小卖部。"

八车道马路开到一半，陈勇问，往河边走还是去新区？河往左拐，新区右拐。河原名济番河，跟这方被叫作镇远、定远的地名一样，是汉人征讨西南蛮族的记录。后来改了名，去了"番"字，"济"字三点水也拿掉，就唤"齐溪"。说是溪，最宽处河面有五十米，河长也超过一千公里，属长江水系乌江流域。流经小城的这段，平缓如镜，花落入溪，世代修葺成了著名景点。河上架放鸽、迎鹤、扶风等桥，沿岸筑亭阁草堂，小城人心所归。所以，去河边，对袁园顾恬和陈勇来说，并不是去水边走走，呼吸新鲜空气。河不只是河。

顾恬却说，去新区。

陈勇就把方向盘顺时针一打，拐上开发大道。一进新区，车窗外就换了颜色。老城浸染了齐溪的河水，深绿是底色，沿街建筑白墙灰瓦。新区则多是玻璃幕墙的高层建筑，体育中心和紧挨着的几个商场，都是金属色外墙，一栋栋远远趴在路边，像太空飞船。“我看跟北京也没什么区别。”顾恬说。这种布景下，车好像开进了别的时空，像央视天气预报会播报的任何一个国外大城市。却是跟顾恬和袁园记忆里的家乡，没什么关系了。

在一个商场侧面的巷子里，小贩推车卖炸洋芋、烤豆腐。陈勇留在车上，顾恬和袁园下车，一人买一根白糖搅出来的棉花糖。棉花糖蓬松、柔软，舌头一舔上去就化了。

“我后悔过。”袁园看着不远处车里的陈勇说。

“你帮他当会计、站柜台不？”

“没这个本事。”

“各人有各命。”

“也是。”

“看看章美玲。”

“你还相信什么？”

举着脑袋大的棉花糖，顾恬静静搂住袁园。两团棉花糖在她们各自身后包围，环抱，切割出只属于她们的小世界，像她们五岁时那样。又像她们十五岁时一样。

在新的事物出现之前，衰颓早已发生了。比后来人们意识到的，要早很多。

大院的九重葛和桂树才种下没几年，城里的植被已换了风气。旅游之城的定位一经提出，花园城市紧接而来。更常见的说法是，要在“花”字上做文章。于是，原有的紫柳、迎春、桃、桂花外，又多了海棠、含笑、玉簪，荣枯之间，四季愈分明。新植的银杏、樱树，仿照一线城市的气象，改换颜色，增添布景。空气里的味道，混合了新生植物的繁杂，总是带点甜了。

一九九八年，袁园和顾恬升入高一。与外界的杂音相比，她们身体内一些巨大的构造正"轰隆"成形。少女的身躯光璨夺目如宇宙之心，蓬勃生动如洪荒之原。像是要给这笼罩在教室、操场和走廊上方的荷尔蒙雨云增添更强的记忆点一般，从暑假绵延至开学，电视上反复播放特大洪水灾害的画面。即使霸住遥控器让电视定格在 Channel V，让范晓萱唱"3155530 都是都是我想你，520 是我爱你，000 是要 kissing"，也消减不了央视主持人的背景音。而这背景音之强大，让纵使被同样强大的青春色相摄魂的学生，也终究不能躲避。

黑板上张贴出全校师生的捐款明细。顾恬踮起脚尖，手指在一个名字上点了点，回头冲袁园笑了。袁园也就这样认识了顾恬喜欢的男生。成百上千个一模一样宋体打印的名字中，顾恬调皮的举动在纸面划出一道隐形的缝隙。而接下来发生的事，也就并没有因其突然、重大、不可抗拒，而真正击垮她们。

父亲们开始"集中学习"前，袁家来了一位客人。一位比袁天成年轻一些的男人，讲话时带点外县口音。男人既不是单位的同事，也不是平日的朋友，袁园就多看了几眼，记住了这个晚上九点多上门的客人。

后来，集中学习愈演愈烈，袁天成三天两头不见人影，林冬莹的话里开始透出不可控的焦虑。

"求顾言刚办事，来我们家干什么。""讲学习，讲政治，讲正气，你自己讲清楚了没有，讲清楚了听听别人怎么讲你。”“谁不是泥菩萨过河，这个人乱串什么门！”

父亲们暂时从家里消失，并没有让袁园和顾恬惊慌或警觉，反而，要抓紧这难得的自由。

与身边其他陷入恋爱的女生相比，她们选择了“间距”的关系。也许，与爱相比，她们更需要的是对爱的想象。拥有一种极致的想象，但不去实现它，可以说就是幸福本身了。当然，这些都是性到来前的状态。还可预设，可控制，可一厢情愿。

去袁家造访的不速之客，很快引发了连锁反应。最直接的一点就是，持续进行的“三讲”中，袁天成必须讲清楚，关于自己和关于顾言刚的一切。

要讲清楚的事情并不久远。

几年前，顾言刚确实赚了点钱。他借调结束，不知为何新的单位接收出现问题，迟迟没有解决他的安置。那时，国企垮了大半，地方经济一蹶不振，也就鼓励个人下海。没班上的那阵，顾言刚跑去了深圳做生意。现在看来，这些事充满了偶然性，近乎不可思议，可在当时，确确实实就发生了。内陆的经济与资讯都还极度闭塞，做生意多半是打时差，把沿海的东西卖到内陆，再把内陆的东西倒腾到沿海，在两边的需求落差里牟利。这个事，袁天成确实能帮上点忙。袁家的沿海亲戚，似乎这时开始真正发挥了一点作用。可这生意也没做多久。组织上终究解决了顾言刚的安置，他也就回到了一直所属的队伍里，继续做一名干部。但在这过程中，袁天成没少掺和。林冬莹有了第一瓶真正的法国香水，而袁园穿上了人生第一条牛仔裤。除此以外，顾言刚和袁天成其他所有的事，也须讲清楚。

在这个小小的世界里，但凡你做过的事，总会被清算。所以，不管是几讲，首要问题，你得把自己先讲清楚。你得讲清楚，才能不犯错误。

林冬莹是怕的。似乎人生头一次，她需要面对丈夫就此消失的局面。消失的代名词有很多，她忌讳，不提，但心里清楚。它们是——逮捕、刑讯、监禁，以及有可能的——判决、入狱、改造。

在这样的气氛里，袁园和顾恬变得沉默。承受这些所需要的能量，超出了她们年龄所能负荷的极限。在那极缓慢的几个月或更长的半年一年里，某种沉沉下坠的力，几欲拖垮她们。

那段时间，林冬莹和朱虹格外亲近，她们经常奔走于有“消息”的家庭间，交头接耳。朱虹比林冬莹的恐惧更甚。她偷偷扔掉了一些皮包，首饰也典当了不少。甚至打听起在外地如何购买商品房。就在她担心干儿子们会不会还如往常般上门来时，却发现，家里除了自己和女儿，已空荡荡。

每个晚上，她都去袁家找林冬莹，两人一起去敲那些平日并没有敲过的门。到这时候，她们突然对章美玲有了另一层面的了解。章美玲可以不必顾忌，就去敲任何一家的门，同样是求人，她少了一个很大的负担——妇道。就像林冬莹说的：“反正她都那样了。”可是朱虹呢，只能跟林冬莹结伴而行，别无选择。

短暂的结盟并不可靠。林冬莹终究比朱虹更有城府，找了别的太太联手。朱虹只好每个晚上都呆在客厅里，眼睛盯着电视，心思却不知走到了哪里。顾恬从房间出来，看见母亲一颗接一颗地吃葡萄，脸上格外平静。

顾恬却是垂头流下了眼泪，不知是什么，将她们统统逼向疯狂。

跟英国士兵与中国士兵交接国旗一样，母亲们不在家的夜晚，顾恬和袁园在家楼下交换钥匙。有一两次，顾恬站在楼下等钥匙时，男友也在。隔个十来米远的样子，站着，冲袁园笑笑，像这只是两个女孩之间的事。袁园一度觉得，画面本可调换角色，是她从顾恬手里接过钥匙，带了男友去顾家。她想给顾恬一些安慰，但什么也不能做，只能递上钥匙。

真正的理解，须等到袁园拧开自家门，听到父母卧室里传出林冬莹的呻吟和一个陌生男人的声音时，才能明白所有人在经历什么。

袁园轻轻关上了门。当晚，她跟陈勇坐在一间小宾馆的床上，像顾恬跟她说的那样："你就倒下去。"在欲望与恐惧之间，在空荡荡的家之外，她们揽住一个男性的臂膀，像坐在浴缸里等待温暖的水一点点漫过胸口、脖颈，直至将她们带入安全的堡垒。她们天真得可笑。但某种程度上，又哀恸异常。

后来，袁园常想，是变成了大人，才让她们离开了院子。还是离开了院子，她和顾恬才变成了大人。如果从父母手中，从这个院子，或从更庞大黑茫茫的背景音里剥离出自己的身体，是炽亮如白昼的第二次诞生。那么，新生命随之而来的摹仿、演习、规训，她们则以创世般的话语和权柄，一一命名，且言出即行。一切的规矩，从此由自己定了。

而身后的世界，这世界里所有的面孔、记忆，都破碎塌缩，只因女儿们坚持说——不。连自己身体都不顾惜的少女，大抵不会惧怕任何失去。家大概就从这时起变了样子，旧因新的诞生而寂灭。时间也因此开始加速，如露如电，容不得她们回头，回头就要凝成盐柱。

如此这般，距离袁园和顾恬头也不回考上大学、任意恋爱、离开院子，已有四五年。当她们快忘掉旧世界的梦魇时，它却如幽灵，终于覆盖上来。

顾言刚的垮台，流传过好些版本。

最开始说，是在单位被带走的。顾言刚专横跋扈，行事嚣张，但有一点公认，他总是拼了命地工作，从不停歇。所以那一天，他也是在单位。星期一，他照例开了一上午的会。中午在办公室打了个盹儿。两点半一过，办公室的人打开门准备工作，顾言刚也打开门，端着茶杯漱了漱口。那几个人是突然出现的，直接走进顾言刚办公室，没说几句，就把他扭了出来。全局的人都还没反应过来，顾言刚就被按着脑袋塞进了一辆面包车。

在这套市井坊间的版本之外，院子里的人又讲出另一个版本。顾言刚出事，并没有什么戏剧化的场面，甚至，他身边的人也没有马上察觉。几次约谈后，他照样上班，也亮相于一些公众场合，还在电视电话会议上按在职职务发言。直到半年后，一次低调的人事更迭，才让系统内部的人确认了结果。顾言刚的职务被新人替代，顾言刚本人则没有任命文件。这是终结。用民间土话说，他“即刻报废”了。

这过程中，动作声响，外人并不能知道。甚至顾家母女，也并不能说清楚。之前几乎击垮她们的一次次演习，只成了预演。真正的灾祸来临时，没有人能预知。倏忽而至的流星光束里，核心的陨石砸向何处，是将砸坏一辆拖斗车，还是毁灭整片村庄，甚或撞出一个湖泊。人不能知道。

袁天成说他不相信。他平时用于描述此类事件的词组“××犯错误了”，没有用在顾言刚身上。甚至，他也不主动去讲。包括对女儿袁园，也只是在一次电话的最后，淡淡提一句：“你顾叔叔出事了。”

袁园和顾恬一样，那时候已经在外地了。在电话另一头，袁园没有问父亲，他不相信的究竟是什么。

对着窗外楼群切割出来的杳远海面，袁园流下一点泪来。在夏天上蒸下煮最热的时节，顾言刚总是打着赤膊吃西瓜。他吓唬两个女娃娃说，胸口那大咧咧的伤疤，是打老虎留下的英勇战绩。她们都相信了。所以后来，袁园也不愿意去想，那或许只是某个手术，要切除身体上不该有的组织与肌理。

正月还没过完，顾恬就走了。房子一时半会儿出不了手，干等不是办法。顾恬走了没两天，章美玲搬走了。陈勇告诉袁园的版本是：“章老师喊我帮她搬家。”袁园回了个表情。过了半天又回：“还是帮顾恬找找买家。”

半年后，七月很热的一个下午，袁天成刚睡午觉起来，接到了岑军生的电话。他坐起来，去卫生间用冷水洗了脸，感觉清醒了一些。再看了一下手机，确实接了一个岑军生的来电，通话时长三十二秒。他跟林冬莹说要去一趟超市，就出了门。

岑军生给他开门，还没等他说话，就说：“我准备回来住了。”

岑军生说，过完年他跟老伴就去了加拿大，探亲签证六个月，但他早就待腻了，不是儿子留，他早就回来了，“刚开始每天看松鼠和麻雀在草坪上蹦还新鲜，后面管它们来几只都不想看了。”又说自己不懂英语，老伴好歹是英语老师，能跟媳妇比划几句，自己就成了个哑巴，“什么都做不成，跟坐牢差不多。”还说自己想清楚了，还是在自己的老窝最舒服，哪也不想去了。

听他差不多说完了，袁天成说：“回来住也好，都是老下属老同事，凡事有个照应。”

这句话一说出，岑军生一下子松弛了，像是不用再为自己的决定找理由。又说，老干局的人听说自己要回来住，也上门来慰问，还建议他积极参与文件学习和各种活动。

袁天成点点头。这些退休干部的待遇，他是没有的，他收到的通知，一般是歌咏比赛、朗诵比赛、书法大会之类。

两人又说起半年间老同事老相识们的动态。岑军生提到方小鸣，说看电视里的地方新闻，方小鸣气色看起来不错，“当年他来的时候，还是个刚毕业的大学生！”

袁天成想起了什么，支吾了两句说：“我过年的时候去找过他，言刚不是要出来了吗？请他关照关照。”

岑军生点一支烟，“天成啊，他又能关照什么呢？”

袁天成答不上来，心里想的一句“他还在位上”也没有说出来。

“他现在势头正好，那么多眼睛盯着，他就是有心帮也要避嫌的。”

“我晓得。”

“你要是真的想找人，还是找言刚原来关照过的小兄弟，不吃这碗饭的。”

从岑军生家出来，袁天成脑子里嗡嗡着“不吃这碗饭的”几个字。暑气蒸腾，衣服却冷冰冰地贴在他背上。大概就是那些做生意的吧，拿得出真金白银的，总归好过口头所谓“打个招呼”。回家后他跟林冬莹说，不用考虑岑军生的房子了，我们应该把言刚的房子买下来。

“你疯了啊？”林冬莹吼。

“就当借给他。”

“你欠他的啊？这个家不用钱啊，袁园不用钱啊？”

两个人这架吵得厉害，吵得林冬莹打电话给女儿袁园哭诉，你爸疯了，居然要去买顾家的房子。更可气的是，袁园居然说，也不是不可以，就当借他们。“你们父女俩就是我的克星啊？我一辈子伺候你们，到头来文个眉毛都不敢花钱！”林冬莹哭起来，是真的伤心了。哭够了，林冬莹也没再闹，毕竟，存折在她手上，哪个敢乱动！

又过了一个多月，顾言刚出来的日子一天天逼近的时候，顾家的房子突然卖出去了。

林冬莹每个星期总有两三天在外面跟姐妹打麻将。她退休后参加了合唱团、舞蹈团、老年健步团，认识了全城爱唱爱跳的老年妇女，信息渠道也就大大拓宽了。这天，牌桌上，陈三嬢说，自己侄女最有生意头脑，最近收购了城里面好几套老房子，等着升值。陈三嬢的儿子不争气，毕业了不工作只啃老，所以她经常拿这个传说中的侄女出来绷点面子。林冬莹一般都是说，了不得哦，你这个侄女！嘻嘻哈哈就过去了。但这天，不知道是不是“房子”这个词刺激了她，就多说了一句：“老房子还升值啊？那我把我们家老房子卖了！”

陈三嬢一边碰一边说：“她买的几套里面，还真有一套就在你们那片。”

“墙外面那些农民房子？”

“不是，不是，就是你们院子里面。听说是当官当到省里面去了，后来判刑了的。”

“姓哪样？”

“好像姓付……不对不对……反正不是个大姓，”陈三嬢摸起一张牌来笑眯眯，“姓顾！姓顾！”

林冬莹走了神，等了好久的一个杠子都错过了，“噗”一声把自己的三个八筒推倒，“哎呀呀，报废了。”

“我侄女说，买下来，等拆迁一量房子，一套少说要赔一百万！”陈三嬢又碰。

“拆迁？哪里拆迁？”牌桌上其他三个人都问。

“大半个老城区都要拆！”陈三嬢得意，“我侄女不是在市政府嘛……”

林冬莹冷笑道：“她这买卖可能要打水漂了。拆哪里，都拆不到我们那片的。”

陈三嬢摸牌，叫一声：“自摸！”其他三个人数钱递钱，她又说：“林妹妹，你们那片是不是预制板盖的？说是预制板盖的，现在都算棚户区，统统拆迁！”

林冬莹不吭声，把钱甩在陈三嬢面前，“输得老子鬼火戳！不打了！”

回家，袁天成被问得懵了，说我确实不晓得顾家房子卖出去了啊。想了想又反问林冬莹：“这下你也不用担心我想买他们房子了，还闹什么呢？”林冬莹打电话给袁园，女儿说，顾恬没跟我说啊！

过了几分钟，袁园打回电话来说，确实是卖了，林冬莹高兴起来，跟袁天成说："拆了好，我早就住腻了！"

这天晚上，袁天成想发一条短信给顾恬。短信是这样的："恬恬，你好！望带话给你爸爸，欢迎他回来。他的根基在这里，我们这些老朋友也都还在，互相有个走动、照应。我去年大病一场，想通一个道理：活着就好！钱的事情不要顾虑，总可以解决！袁伯伯"。

字打出来，袁天成盯着屏幕看了好多遍，把短信删短了："恬恬，你好！望带话给你爸爸，欢迎他回来。我去年大病一场，想通一个道理：活着就好！袁伯伯"。

手机的电从 82% 一直戳到 30%，袁天成把短信改了又改，删了又删，最后没有给顾恬发出去。只是走去阳台上，抽了一根烟。

顾家房子卖出后，林冬莹松了口气。她报名去泰国旅游，"袁天成，跟着你省吃俭用，国都没出过！今时不同往日了。"袁天成说："拆迁款都还没到位，你就把钱用了。"林冬莹兴高采烈试自己在网上买的新墨镜、太阳帽，"不跟你说了！"

从踏上去泰国的旅程开始，林冬莹每隔几小时就给袁园发图片，"快帮妈妈美一下。"袁园就帮她一键美颜、一键瘦身，好让她发朋友圈。偶尔也有林冬莹跟其他团友的合影，袁园认出其中一张，是林冬莹跟章美玲。

林冬莹的说法是，章美玲得了癌症，出来游山玩水已经大半年了。一开始她看见团里面有章美玲，还不高兴得很，后来晓得她的病，倒真是同情起来。"到了我们这个年纪，都晓得只有生死是大事。"同情归同情，林冬莹还是林冬莹，跟女儿说完这些，马上问一句："妈妈和她哪个美？"

袁园于是更仔细地看那张合影。真要说五官，林冬莹是更好看些的。但章美玲有说不出来的味道，笑容、眼神、仪态都引人遐想。袁园回："妈妈你更漂亮。"也算是实话。章阿姨更美。

林冬莹看了女儿的夸赞，连回两个"棒棒哒"。

章美玲去世后，委托陈勇把自己的几本藏书给袁园做纪念。袁园翻了翻，一本书里不知何时夹了章美玲年轻时的小照。照片背面写着："似那处曾相见。天成留念。一九九九年夏。"袁园想了想，合上了书。

九重葛贱。秉性与这方水土太相宜，不须照料就长得漫天飞舞，花开颜色也秾丽俗艳。新班子植银杏。说是进口的树苗，新城区八车道的路边三米一棵，真真的黄金大道。银杏却不喜这边多石的黄土，长得垂头丧气。直至新班子统统"双规"，个别人逃窜至国外，银杏也不曾像市民们期待的那样，绽出一地金黄，在秋的天色里闪闪发亮。

顾言刚出来后不久，顾家就搬了回来。卖了老房子的钱，在新区买了新的公寓，有花园、有电梯。最开始，顾言刚不太愿意出小区，每天在院子里散步十几圈。后来慢慢熟悉了新区的每一条道路，还学会了滴滴打车。有一天，他突然打了滴滴，来大院敲袁家的门，说要带袁天成去吃杀猪饭。

袁天成没有像其他退休干部一样，去老年大学唱歌、打拳、写书法。他学会了上论坛。刚开始只是看，慢慢自己开始写。他的玄幻修仙武侠惊悚巨著《苗乡蛊师八千里追凶神探狄仁杰》写到了第一百零八章。

袁家与顾家的相聚如常，几颗头颅紧密团结在带电炉的桌子周围，热热闹闹吃起来。灯光是橘色，脸是红色。顾叔叔身体还是好得很，就像小时候一样，袁园和顾恬都觉得，顾叔叔可以打死老虎。

要爱就爱活着的肮脏的人

七月的北京，去机场的路上处处见着杨树。夏天把杨树叶片萃成深绿，在爽利的风中急速抖动，一个个小小的巴掌。就像这城市里，我能想象，但并不相识的无数个人。暗流处生命依然壮阔。耳机里，循环播放的是肖斯塔科维奇的《爵士组曲》。曲调敲打鼓膜，带我奔腾直至穿透眼前的一切。肖斯塔科维奇在回忆录《见证》里说："就像有句话说的那样，你们要爱就爱黑黑的我们，反正白白的我们任何人都会爱的。"这句话在俄罗斯流传甚广，不少人都引用过，但舒克申说出了最让我难忘的版本，"干净的死者我们所有人都惋惜、爱戴，你们要爱就爱活着的和肮脏的人呗。"

这是本书完成时，我想说的话。

书里的七篇小说，除了《把戏》，其余都写于2016年到2018年。这两年里，我自己的生活经历了巨大转变，从工作了十年的传媒行业离开，而父亲母亲退休、生病、衰老。结束了朝九晚五的生活后，我开始接受写作成为生命的一部分，像宋冬的"水写日记"一样。他每天用毛笔蘸水在石块上写日记，水渍干掉就了无痕迹。如果有人问询这"作品"的意义，大概无从证实其结果，而只能接受艺术成为艺术家生命一部分的事实。纵使千万个汉字写上去，石头也只给出空白的沉默。我觉得，自己的写作，也在这样缓慢无声地行进。

大学毕业到广州工作前，我待过的都是小地方。小地方的人被忽视或被轻视，活着或死去，在暗处无声无息。以前，他们还是“被侮辱的与被损害的”，但在热点只能维持三天，三天后就被遗忘的今天，他们被清零、被跳过、被一键删除。

我凝视他们，像声嚣之中，时间投下的影子。但说到底，影子因光而生，有了光，我们才能领受这世界。

起初，本能和直觉引领我，人物和故事呼召我。但行至某处，一个世界在身后轰然成形，不免被人问——为什么要写这样的小说？为什么要写鲍时进、章美玲、丁小莉这样的角色？我试着解释，甚至为他们辩护，毕竟，他们与我有关。但这样的辩护往往力不从心，鲍时进就是鲍时进啊，章美玲难道不是真的很美吗？小说家从来不是辩手，他们只负责叙述经验、释放想象，在一个个或深或浅的现象中，发现隐藏的复杂的神秘的关系。进入小说的世界，我们发现这里无比熟悉，而当我们读完它，穿过它，世界再也不是之前那个世界了。这是我理解的小说在做的事。“要有光。”确定了这一点后，我更倾向于沉默，而不是说话。我跟鲍时进们的关系，只能是理解、怜恤与守望。他们大过了我。他们元气充沛、自成一格，来自我们眼睛可见之处，但又超脱了它。

这本书携带着小小的奇迹而来。它让我珍爱的人，重新回到我的生活。让我重拾女儿的身份，再次诞生。也许，更大的奇迹是，现在，你们读到了它，我们从此相识。

郭爽

2018 年 7 月 31 日

图书在版编目(CIP)数据

正午时踏进光焰 / 郭爽著 . -- 北京 : 新星出版社，2018.11

ISBN 978-7-5133-2978-1

Ⅰ . ①正… Ⅱ . ①郭… Ⅲ . ①短篇小说－小说集－中国－当代 Ⅳ . ① I247.7

中国版本图书馆 CIP 数据核字 (2018) 第 167876 号

正午时踏进光焰

郭爽 著

策划统筹 林妮娜
责任编辑 汪 欣
特邀编辑 岳卫华 王 琨
封面摄影 郭 爽
装帧设计 王 斑
内文制作 王春雪
责任印制 史广宜

出　　版 新星出版社 www.newstarpress.com
出 版 人 马汝军
社　　址 北京市西城区车公庄大街丙 3 号楼 邮编 100044
　　　　 电话 (010)88310888 传真 (010)65270449
发　　行 新经典发行有限公司
　　　　 电话 (010)68423599 邮箱 editor@readinglife.com
印　　刷 北京中科印刷有限公司
开　　本 787毫米×1250毫米 1/32
印　　张 9.5
字　　数 190千字
版　　次 2018年11月第1版
印　　次 2018年11月第1次印刷
书　　号 ISBN 978-7-5133-2978-1
定　　价 49.00元